»Als ich an jenem Morgen mit meiner Mischlingshündin Frieda spazieren ging, lag es plötzlich da – das perfekte Stöckchen. Wenn ich sage, da lag das perfekte Stöckchen, ist das allerdings nicht ganz korrekt. Es steckte. Und zwar im Auge eines Mannes, der mausetot war. Mein erster Impuls war, das Stöckchen rauszuziehen und zu werfen. Doch bei näherer Überlegung argwöhnte ich, dass dieses Verhalten merkwürdig auf andere wirken könnte. Also griff ich trotz inneren Widerwillens statt zum Stöckchen zum Handy und rief die Polizei an.«

Bärbel Böttcher, 54, Tierpräparatorin, ledig, früh verwaist, keine Kinder, Hundehalterin, Eigenbrötlerin aus Überzeugung, schaut am liebsten Shoppingsendungen, will ihre Ruhe, aber es kommt anders …

»Kraftvoll, frisch, mit hohem Tempo und schön skurril.«
Jörg Maurer

Marie Reiners, aufgewachsen im niederrheinischen Mönchengladbach-Rheydt, deswegen per se intime Kennerin von Tristesse und Tragikomik, schrieb bereits während ihres Studiums fürs Fernsehen. Sie entwickelte Sitcomfolgen für »Lukas« mit Dirk Bach, schrieb Serienbücher u.a. für »Die Sitte«, »Die Rosenheim-Cops«, »Der Ermittler«, »Morden im Norden« und erfand die Krimiserie »Mord mit Aussicht«, die mehrfach ausgezeichnet wurde und eine der meistgesehenen deutschen Fernsehserien ist. »Frauen, die Bärbel heißen« ist ihr erster Roman. Marie Reiners lebt in der Eifel und in Köln.

Weitere Informationen finden Sie auf www.fischerverlage.de

MARIE REINERS

Frauen, die Bärbel heißen

ROMAN

FISCHER TASCHENBUCH

MIX
Papier | Fördert gute Waldnutzung
FSC® C014496

4. Auflage, 2025

Erschienen bei FISCHER Taschenbuch
Frankfurt am Main, Juli 2019

Satz: Dörlemann Satz, Lemförde
Druck und Bindung: GGP Media GmbH, Pößneck
ISBN 978-3-596-03643-1

Kontaktadresse nach EU-Produktsicherheitsverordnung:
produktsicherheit@fischerverlage.de

»Wahre Freiheit hat man erst,
wenn man mit dem Sex durch ist.«
ANDY WARHOL

»Wenn man acht langhaarige Katzen zusammenknotet,
hat man noch lange keinen Perserteppich!«
INGEBORG REINERS

ALS ICH an jenem Morgen mit meiner Mischlingshündin Frieda spazieren ging, lag es plötzlich da – das perfekte Stöckchen. Um wirklich perfekt geworfen werden zu können, muss ein Stöckchen mehrere Bedingungen erfüllen: Es sollte nicht länger als circa siebzig Zentimeter sein, nicht mehr als maximal drei Zentimeter Durchmesser haben und aus festem, schwerem, nicht zu faserigem Holz sein, damit man sich keine Splitter einzieht. Ahorn zum Beispiel eignet sich hervorragend.

Wenn ich sage, da *lag* das perfekte Stöckchen, ist das allerdings nicht ganz korrekt. Es steckte. Und zwar im linken Auge eines auch im Liegen hochgewachsen wirkenden Mannes, der mausetot war. Um sicher zu sein, stupste ich ihm leicht mit dem Fuß in die Seite. Nichts. Klarer Fall. Tot.

Mein erster Impuls war, die gallertartige Umrandung des Stöckchens zu ignorieren, es rauszuziehen und trotzdem zu werfen. Doch bei näherer Überlegung argwöhnte ich, dass dieses Verhalten merkwürdig auf andere wirken könnte. Immerhin lag hier eine menschliche Leiche. Übrigens die erste, die ich und Frieda hier bisher zu Gesicht bekommen hatten.

Also griff ich trotz Friedas erwartungsvollen Wedelns und meines eigenen inneren Widerwillens statt zum

Stöckchen zum Handy und rief die Polizei an. Man bat mich zu warten und versprach, baldmöglichst zu kommen.

Ich betrachtete den toten Mann und stellte fest, dass es sich um ein MAMIL handelte. Wie Sie sicher wissen, ist MAMIL das Akronym für »middle aged men in lycra«, zu Deutsch »mittelalte Männer in Lycra«, die besonders im Frühjahr und Sommer in Scharen auftreten. Dieses Exemplar war überaus farbenprächtig, alle Schattierungen des Regenbogens waren auf seinem hautengen Rennradtrikot versammelt. Er sah freilich so aus, als hätte er das Radfahren nur als Wochenendsport betrieben, wenn ich sein kleines Bäuchlein und die dünnen Wadenbeine richtig deutete. Sein Rad, das ein paar Meter weiter im Wald lag, wirkte teuer, desgleichen der silberne Helm, der sicher auch einem Astronauten gut zu Gesicht gestanden hätte.

Ich wartete eine geschlagene Viertelstunde auf die Beamten. In der Zwischenzeit suchte ich im Unterholz nach einem Ersatzstöckchen für Frieda, aber keines erschien mir so ideal wie das im Auge des fremden Herrn steckende. Immerhin – ich fand im größeren Umkreis zwei augenscheinlich vor langer Zeit benutzte Kondome (aber die warf ich natürlich nicht!), einige vergilbte Zigarettenkippen und wiederum ganz in der Nähe der Leiche ein zartes silbernes Kettchen mit einem Anhänger in Form eines geschwungenen Vs, das mir aber nicht gefiel. Ich mag keinen Schmuck, schon gar nicht so einen filigranen Firlefanz, weswegen ich den hässlichen Halsschmuck weiter weg ins Dickicht trug und dort sorgfältig mit dem Fuß verscharrte.

ALS ENDLICH die Polizei eintraf, war es mit der Waldesruhe vorbei. Mir wurden alle möglichen Fragen gestellt, die mir noch nie jemand gestellt hatte – wann genau ich die Leiche gefunden hätte, ob ich irgendwen in der Nähe gesehen hätte, ob ich den Mann berührt hätte. Ich schnappte Gesprächsfetzen der Spurensicherungsbeamten auf, die der Meinung waren, mein Hund hätte den Tatort kontaminiert. So ein Unfug! Frieda war doch kein Bullmastiff, sondern nur ein mittelgroßer, braunbeige gescheckter Hund, sie war einfach nur herumgelaufen, das war ja wohl ihr gutes Recht. Vorsichtshalber erwähnte ich nicht, dass sie kurz das Gesicht des Mannes abgeleckt hatte, weil ich ahnte, dass auch das auf Missbilligung stoßen würde. Allerdings konnte ich mir nicht verkneifen, den ermittelnden Kommissar zu fragen, ob nach Abschluss ihrer Untersuchungen eine Chance bestünde, das Stöckchen bei der Polizei abzuholen. Er schaute mich mit einem sonderbaren Gesichtsausdruck an und verneinte unnötig barsch meine höfliche Bitte. Dann wies er mich an, ihn aufs Kommissariat zu begleiten.

Dort ging die lästige Fragerei prompt weiter. Ich bereute jetzt schon heftig, dass ich das MAMIL nicht einfach liegen gelassen, sondern die Polizei angerufen hatte. Ich musste meine Personalien angeben, Bärbel Böttcher,

54, ledig, keine Kinder. Als er mich nach meinem Beruf fragte und ich ihm antwortete, dass ich arbeitssuchende Dermoplastikerin sei, wusste er wie die meisten nicht, was das ist. Schade, dass sich das Bildungsniveau auch bei Beamten im Sinkflug befand. Ich klärte ihn auf – ich stopfte Tiere aus. Früher hatte ich das lange Jahre freiberuflich für eine Firma gemacht, die hauptsächlich Jäger als Kunden hatte, nun machte ich es meist nur noch zu meinem eigenen Vergnügen. Wenn wir so durch den Wald streiften, fanden Frieda oder ich manchmal ein frisches totes Tier, das mich förmlich anzuflehen schien, es zu konservieren und damit unsterblich zu machen. Dann nahm ich es mit und präparierte es für seine neue Existenz.

In meinem Haus wohnten mittlerweile ganze Scharen von einheimischen Kleintieren, es waren auch Hunde und Katzen darunter, deren Abenteuerlust der Straßenverkehr ein Ende gesetzt hatte. Es war so ein friedvoller Anblick, wenn Frieda zwischen ihren früheren Artgenossen schlief, denn man konnte mit bloßem Auge nicht sofort unterscheiden, welches Tier noch in dieser Welt weilte und welches schon in seine konservierte Ewigkeit hinübergegangen war. Als hätte man dem Tod seinen Stachel genommen. Aber ich schweife ab, das passiert mir oft, wie Sie noch merken werden.

Es war klar, dass der Kommissar – Herr Lichtblau war sein Name – mich unsympathisch fand. Damit war er in guter Gesellschaft, das war ich gewohnt. Viele Leute lehnten mich ab – manche fanden, dass ich sonderbar roch, aber das blieb bei meinem Beruf nun mal nicht aus, andere stießen sich an meiner spröden Art. Ich hatte mich damit arrangiert, eine Einzelgängerin zu sein. Das war ich schon als Kind.

MEINE ELTERN waren rechtschaffene Leute, die schon ziemlich alt waren, als ich zur Welt kam. Sie behandelten mich wie einen eigentlich unerwünschten Besuch, dem man aber aus Höflichkeit nicht sagt, dass er besser wieder gehen sollte. Sie zelebrierten diese Täuschung geduldig und recht geschickt, dennoch war das Gefühl, nicht willkommen, sondern nur geduldet zu sein, für mich stets präsent. Schlussendlich gingen *sie*, und ich blieb. Ich war vierzehn, als sie sich an einem lichtdurchfluteten, warmen Oktobertag einfach so in unser in der fensterlosen Garage befindliches Familienauto setzten und durch einen Schlauch Kohlenmonoxid ins Innere des Autos leiteten, bis sie – kirschrot im Gesicht, sonst war ihr Teint eher fahl gewesen – ihren letzten röchelnden Atemzug taten. So stellte ich mir das jedenfalls vor, ich war ja nicht dabei gewesen.

Da stand ich nun! Obwohl ich keine Erfahrung mit elterlichem Selbstmord hatte, war mir klar, dass die Behörden mich nun vermutlich ins Heim schicken würden, denn mit vierzehn war ich nach vorherrschender öffentlicher Meinung noch nicht alt genug, um auf mich selbst aufzupassen. Ich ahnte, was mich im Heim erwarten würde – ich hatte ja schon in der Schule Probleme mit meinen Klassenkameraden, das würde in einem Heim, wo ich tagein, tagaus anwesend sein müsste, sicher nicht besser werden.

Ich überlegte und entschied, dass vielleicht niemand *sofort* erfahren musste, was meine Eltern mir angetan hatten mit ihrem Entschluss, diese Welt zu verlassen.

Mein Vater hatte mir einmal in einer seiner seltenen Anwandlungen von väterlicher Zuwendung gezeigt, wie man ein Auto bedient. Da unseres zudem über ein Automatikgetriebe verfügte und ich also die Grundbegriffe des Fahrens kannte, beschloss ich, das Auto mit meinen toten Eltern darin von unserem Grundstück wegzufahren. Ganz bei uns in der Nähe gab es ein morastiges, völlig verwildertes Waldstück mit einem kleinen Tümpel in der Mitte, das so zugewachsen war, dass ich dort noch nie Jäger oder Spaziergänger gesehen hatte. Ich hatte es irgendwann mal beim Herumstreifen durch den Wald entdeckt und rechnete mir gute Chancen aus, dass dort in nächster Zeit niemand meine Eltern finden würde.

In der Zwischenzeit könnte ich erst mal so tun, als seien meine Eltern verreist. Ich musste nur ihre Koffer packen und nach außen hin so wirken, als sei alles in bester Ordnung. Gott sei Dank waren meine Eltern ebenso wenig wie ich gesellige Typen gewesen. Ich konnte mich nicht erinnern, dass jemals jemand zu uns zu Besuch gekommen wäre. Manchmal kam der Briefträger vorbei, aber der war es gewohnt, dass er meine Eltern nie zu Gesicht bekam. Wurde tatsächlich mal alle Jubeljahre ein Päckchen geliefert, nahm immer ich es an.

Fast wäre dieser spontane Plan an dem nahezu undurchdringlichen Dickicht gescheitert, durch welches ich den großen Honda fahren musste, um ihn im Tümpel zu versenken. Aber nach drei Tagen harter Arbeit mit der Laubsäge und anderem Werkzeug meines Vaters hatte ich es geschafft. Es waren trotz der fortgeschrittenen Jahreszeit drei sehr heiße Tage – die Stechmücken machten mich wahnsinnig, und auch meinen Eltern bekam die Hitze nicht.

In der Schule hatte ich angegeben, dass ich einen grippalen Infekt hätte, und eine schriftliche Entschuldigung meiner Mutter geschickt. Sie hatte eine sehr akkurate Handschrift, die leicht nachzumachen war.

Es war ein großartiges Gefühl, als der alte Honda mit meinen Eltern und ihren Koffern endlich langsam in das faulige, grünbraun schillernde Wasser rollte, bis nur noch das Heck herausschaute. Ich wusste um den weichen, schlammigen Untergrund des Gewässers, das sie, wie ich hoffte, mit der Zeit ganz verschlucken würde. Ich blieb noch ein wenig da, um sicherzugehen, und siehe da, nach drei Stunden war nur noch ein winziges Stück der Stoßstange sichtbar. Die kleinen Bläschen im schlickigen Wasser, die beim Einsinken entstanden, platzten nach kurzer Zeit immer aufs Neue mit einem leisen, schmatzenden Geräusch. Dieses kaum hörbare, aber dennoch satte Ploppen vermittelte mir eine Ahnung von Sicherheit, wie ich sie noch nie erlebt hatte. Endlich verstand ich den Sinn eines Gedichts, das ich irgendwann mal in der Schule auswendig lernen musste – *und jedem Abschied wohnt ein Zauber inne*. Oder so ähnlich.

Nachdem ich noch die freigesägte Stelle mit Totholz aufgefüllt hatte und endlich wieder im Haus war, sank ich erschöpft auf dem Sofa zusammen und schlief fast zwanzig Stunden. Als ich aufwachte, hatte ich zum ersten Mal das Gefühl, wirklich *zu Hause* zu sein. Niemand war mehr da, der mir subtil vermittelte zu stören. Ich konnte tun und lassen, was ich wollte. Was ich dann auch die nächsten vier Jahrzehnte tat. Ich ging einigermaßen regelmäßig in die Schule – übrigens außer den notwendigen Einkäufen mein einziger Kontakt zur Außenwelt –, streute das Gerücht, dass es aufgrund des fortgeschrittenen Alters meiner Eltern mit ihrer Gesundheit nicht zum Besten stehe, rief aber mit verstellter Stimme die Schulsekretärin an, wenn ich es für nötig befand, den Anschein zu erwecken, dass sie meine schulische Laufbahn verfolgten. Zudem kümmerte ich mich um alle behördlichen Dinge, indem ich auch die Schrift meines Vaters nachahmte, und hatte im Großen und Ganzen meine Ruhe. Mir kam zugute, dass mein Vater ein sehr sparsamer Mann gewesen war, der Bankinstituten grundsätzlich misstraute und deshalb alles Geld und auch erkleckliche andere Vermögenswerte zu Hause aufbewahrte.

Als ich endlich volljährig war, schrieb ich den Brief, von dem ich gewünscht hätte, sie hätten ihn mir tatsächlich hinterlassen, und ging damit zur Polizei. Ich behauptete, meine Eltern seien aus einem dreiwöchigen Urlaub in den Alpen nicht wieder zurückgekehrt und ich hätte auf der Suche nach einer Erklärung dafür schließlich dieses Schriftstück im Schreibtisch meines Vaters vorgefunden, an mich adressiert. Ich hatte lange an dem Schreiben gefeilt, und die Beamtin, die den Brief las, schaute mich nach der Lektüre mitleidig an, bevor sie aufstand und mich in den Arm nehmen wollte. Ich machte mich so steif wie möglich, was sie auf meine Trauer schob. Der Inhalt besagte, dass meine Eltern beschlossen hätten, nicht mehr zurückzukehren, und deutete ihren geplanten Selbstmord an. Ich hatte mich als Alleinerbin eingesetzt – es gab ja auch keine weiteren Familienangehörigen – und am Schluss noch mal beteuert, dass sie diese Entscheidung lange und sorgsam überlegt hätten, mich liebten, haha, und mir für mein weiteres Leben alles Gute wünschten. Natürlich gab es Nachforschungen, aber nachdem sie mehrere Jahre als vermisst galten, bekam ich schließlich die amtliche Bestätigung, dass man sie für tot erklärt hatte.

Das war vielleicht einer der glücklichsten Momente meines Lebens.

NACHDEM ICH fast zwei Stunden im Büro von Kommissar Lichtblau festgehalten worden war, durfte ich endlich gehen. Immerhin hatte man mir zwischendurch belegte Brote und Kaffee angeboten, es war ja früher Morgen gewesen, als ich das Stöckchen fand, und man konnte davon ausgehen, dass ich noch nichts gegessen hatte. Mein Hinweis, dass ich keinen Käse mochte und nur Fleisch aß, wurde allerdings ignoriert, so dass ich auf das fragwürdige Frühstück dankend verzichtete. Außerdem konnte ich mir lebhaft vorstellen, wie unruhig Frieda mittlerweile sein musste, sie kannte es ja nicht, mit jemand anderem als mit mir zusammen zu sein. Zu meiner Verwunderung machte Frieda, die so lange in die Obhut einer jungen Polizistin gegeben worden war, aber einen durchaus entspannten Eindruck. An den Resten in dem improvisierten Hundenapf – ein schmuddeliger Plastikbehälter, der offenbar mal griechischen Salat enthalten hatte, denn es klebte noch ein kleiner schwarzer Olivenstein am Rand – konnte ich erkennen, dass sie das Käsebrot, das man zunächst mir offeriert hatte, nicht verschmäht hatte. Ich mochte es nicht, wenn ein Fremder meinen Hund fütterte, das machte ich der jungen Frau unmissverständlich klar, obwohl mir bewusst war, dass sie sowieso nicht die Gelegenheit haben würde, ihren Fehler zu wiederholen.

Man bot mir sogar an, mich nach Hause zu fahren, aber ich lehnte ab. Ein bisschen Laufen hatte noch niemandem geschadet. Ich nahm mir vor, auf dem Weg nach Hause in der Metzgerei vorbeizuschauen, etwas Tatar vom Rind zu kaufen und es mir dann bei einer Tasse Milch und einer kleinen Mahlzeit gemütlich zu machen.

Kommissar Lichtblau hatte sich an mir die Zähne ausgebissen. Außer den Tatsachen, die sowieso offenkundig waren, hatte er nichts weiter erfahren. Mir doch egal, wenn er der Meinung war, ich sei seltsam. Mit dem MAMIL konnte er mich nicht in Verbindung bringen, und mir war auch völlig gleichgültig, warum der Radler tot im Wald gelegen hatte. Schlussendlich konnte ich sogar den Verlust des perfekten Stöckchens verschmerzen – es war vermutlich am anderen Ende ziemlich spitz gewesen, und das wiederum hätte beim Werfen ein gewisses Risiko mit sich bringen können. Bei meiner Arbeit war es gefährlich, Verletzungen an den Händen zu haben, es hätte Leichengift in die Wunde gelangen können, und jeder wusste, was das für schreckliche Folgen haben konnte. Wie hatte meine Mutter immer gesagt – kein Ding ist so schlecht, als dass es nicht auch eine gute Seite hätte. Meine gute Seite hatte sie allerdings niemals entdeckt, und wenn doch, darüber geschwiegen.

ALS ICH aus dem Kommissariat trat, war es fast Mittag. Der Himmel war perlgrau, die Sonne wirkte sonderbar verwaschen, wie durch blindes Fensterglas scheinend. Am Nachmittag sollte es ein Gewitter geben, hatte der Wetterfrosch im Radio gesagt, aber jetzt würde ich noch trockenen Fußes nach Hause kommen, wenn ich mich etwas beeilte.

Ich war kaum zwanzig Schritte weit gekommen, als mich ein junger Mann ansprach. Ich schätzte ihn auf Mitte zwanzig, obwohl sein Haar schon schütter war, was er durch eine höchst alberne Art, die Haare zu frisieren, zu verbergen versuchte. Der Seitenscheitel saß genau über seinem linken Ohr, und er hatte sich an dieser Seite die Haare so lang wachsen lassen, dass er sie bis zum anderen Ohr rüberkämmen konnte. Ich hatte mal gelesen, dass man diese Frisur als *Overcomb* bezeichnete. Dieser Makel hielt ihn aber überhaupt nicht davon ab, mir gegenüber höchst selbstbewusst, ja, ich möchte sagen, dreist aufzutreten.

Frieda wedelte aufgeregt mit dem Schwanz. Sie war Fremden gegenüber sehr aufgeschlossen; vermutlich erhoffte sie sich von ihnen Streicheleinheiten oder Leckereien. Oft wünschte ich mir, sie wäre etwas reservierter oder sogar offensiv ablehnend. Aber andererseits eckte man mit einem bissigen Hund auch leicht an, und das versuchte ich stets zu vermeiden. Dennoch – ich überlegte ernsthaft, Friedas Schwanz bis zur Wurzel zu kupieren, damit nicht jeder sofort sah, dass mein Hund völlig ungefährlich war. Trotz ihres wild wackelnden Hinterteils, für dessen Beweglichkeit jede Salsatänzerin wahrscheinlich gemordet hätte, hielt der Fremde Abstand zu ihr; anscheinend lagen ihm Hunde nicht.

Ich brauchte ein bisschen, bis ich begriff, was der junge Mann mit dem einbetoniert scheinenden Grinsen eigentlich von mir wollte. Ich war nicht gewohnt, dass mich Männer auf offener Straße ansprachen, und dachte zunächst, er täte dies aus irgendeiner seltsamen sexuellen Motivation heraus. Dabei kleidete ich mich niemals aufreizend, sondern trug immer lange Hosen und hochgeschlossene Blusen, selbst im Sommer, und signalisierte auch sonst meines Wissens nicht, dass ich ein erotisches Interesse an meiner Umwelt haben könnte. Auch mein Äußeres war nicht besonders auffällig – ich war eher klein, hatte glattes, dunkles, an den Schläfen allmählich ergrauendes Haar, war stämmig gebaut und verfügte über so gut wie keine Brüste. Sex interessierte mich nicht; die paar Male, bei denen ich mich als gerade Volljährige mit Männern eingelassen hatte, um mich nicht völlig unbeliebt zu machen, hatten mich zu der Erkenntnis gebracht, dass der allerorts so beliebte und sagenumwobene Geschlechtsverkehr nichts weiter als eine klebrige und seltsam riechende Angelegenheit war, auf die ich gut verzichten konnte.

Aber um körperliche Interessen ging es dem jungen Mann zu meiner Erleichterung auch nicht; es stellte sich heraus, dass er Lokalreporter war, und da er illegal den Polizeifunk abhörte, hatte er Wind von dem Leichenfund bekommen.

Er hatte vor dem Revier gewartet, und als er mich herauskommen sah, richtig vermutet, ich könne eine Zeugin sein.

Da mir niemand gesagt hatte, dass ich über meinen Fund Stillschweigen bewahren müsse, und ich keinen anderen Weg sah, den Mann wieder loszuwerden – schließlich wollte ich nicht nass werden, der Himmel zog sich schneller zu, als ich es für möglich gehalten hätte –, sagte ich ihm das wenige, das ich wusste. Seiner Miene war zu entnehmen, dass ich für ihn ein Glücksfall war, aber ich gedachte nicht, mich noch länger mit ihm zu unterhalten. Ich war allerdings nicht schnell genug, ihn davon abzuhalten, ein Foto von mir und Frieda zu schießen. Gott, wie ich diese Handykameras hasse. Früher war ein Foto eine große Sache; man brauchte eine richtige Kamera und überlegte dann auch gut, ob man Abzüge machen lassen würde, denn schließlich kostete das auch eine Kleinigkeit. Heute knipste alle Welt wie von Sinnen alles, was da war – digitaler Müll, wenn Sie mich fragen.

Während ich nun meine Schritte eilig nach Hause lenkte – ich hatte noch diverse Portionen Tatar in der Tiefkühltruhe, davon würde ich eine auftauen und auf meinen Metzgereibesuch verzichten –, tröstete ich mich mit dem Gedanken, dass die Polizei vermutlich sowieso eine Pressekonferenz abhalten würde und sich dann niemand mehr für mich interessierte.

Ich sollte mich irren.

ZU HAUSE empfingen mich meine ausgestopften Tiere mit ihrem üblichen Gesichtsausdruck der Resignation. So gut ich als Dermoplastikerin auch war, es wollte mir einfach nicht gelingen, so etwas wie Freude oder Erwartung in die tierischen Gesichter zu legen. Andererseits war das vielleicht auch eine nicht realisierbare Aufgabe – Tiere verfügen über wesentlich weniger Gesichtsmuskeln als der Mensch, so dass ihre Mimik naturgemäß eingeschränkter ist. Allerdings war Frieda in ihrem lebendigen Zustand durchaus in der Lage, freudig zu wirken; wieso schaffte ich das also nicht bei ihren toten Freunden? Immer und immer wieder hatte ich es versucht, und ich kann Ihnen sagen, dass solch ein ständiger Misserfolg sehr frustrierend ist. Ich war sogar einmal so weit gegangen, mit Nähmaschinenmotor, Batterie, Kugelgelenk und diversen Drähten den Schwanz eines toten Hundes so zu konstruieren, dass er wedeln konnte. Trotzdem wirkte es ziemlich unnatürlich, wie ich mir eingestehen musste.

Doch jetzt wollte ich mich nicht weiter mit negativen Gedanken belasten. Es war ein anstrengender Morgen gewesen, ich hatte etwas Ruhe nötig. In meiner Werkstatt im Keller lag noch ein toter Fuchs, den ich vorgestern gefunden hatte. Ich hatte ihn nicht eingefroren, weil ich eigentlich sofort mit der Arbeit an ihm beginnen wollte. Und jetzt wurde es wirklich höchste Zeit.

Nach einigen Stunden friedvollen Arbeitens am Kadaver des Wildtiers, der bereits erste Verwesungsmerkmale aufwies, aber noch verwendbar war, bekam ich Appetit. Jetzt eine schöne Tasse heiße Milch mit einem Schuss Anislikör und dazu mein Tatar, das schien mir eine verlockende Aussicht zu sein. Der Leichenfund vom Morgen und die damit verbundenen Unannehmlichkeiten schienen bereits in weiter Ferne zu liegen.

Ich machte es mir also mit einem Tablett im Wohnzimmer vor dem Fernseher bequem.

ICH SCHAUTE gerne fern. Fast all mein Wissen über die gegenwärtige Welt bezog ich aus dieser Quelle. So hatte ich erst unlängst eine Sendung geschaut, in der es um das Radfahren als Massensport ging, weswegen ich den toten Mann auch so rasch hatte als MAMIL identifizieren können. Aber am liebsten mochte ich die Verkaufskanäle. Ich konnte stundenlang zuschauen, wenn sich ältere Männer mit bunten Messern blitzschnell durch Dutzende von Zwiebeln hackten oder ältere Frauen an noch älteren und oft übergewichtigen Geschlechtsgenossinnen rumzupften, um beispielsweise die Vorteile eines Strick-Büstenhalters, einer waschmaschinenfesten Komplettpaillettierung oder einer Apparatur zur Entfernung von überflüssigen Haaren zu demonstrieren. Nicht, dass ich je so einen Unfug gekauft hätte. Aber mich erfüllte klammheimliche Freude, wenn mir so plastisch vor Augen geführt wurde, wie dumm die Menschen waren und wie gut ich daran tat, nicht an ihrem wuseligen haarigen Leben teilzunehmen. Diesmal allerdings wurde nur ein Bastelset beworben, und wie ich dem aufgeregten Gezwitscher des eindeutig homosexuellen Moderators entnahm, konnte man mit den vorgestellten Karten individuelle Grußbotschaften herstellen.

Wenn mich etwas nicht interessierte, dann individuelle Grußbotschaften. Oder überhaupt Grußbotschaften. Ich beschloss spontan, den Kanal zu wechseln. Und kniff irritiert kurz die Augen zu, als ich plötzlich *mich* im Fernseher sah. Ja, wirklich mich – eine Verwechslung schien ausgeschlossen. Jedenfalls sah die Frau aus wie ich und trug genau die Kleidungsstücke, die ich noch immer anhatte, lange graue Hosen und eine kurzärmelige, bis oben zugeknöpfte rotkarierte Bluse. Da ich das trotzdem nicht glauben konnte, ging ich kurz zum großen Dielenspiegel und betrachtete mich, nur um ganz sicherzugehen, dass das wirklich ich war.

Als ich zurückkam, wurden bereits andere Bilder gezeigt. Diesmal von einem Mann, der mir vage bekannt vorkam, aber ich brauchte eine Weile, bis mir klarwurde, dass es der Mann mit dem Stöckchen im Auge war. Eigentlich brachte mich Frieda auf diesen Gedanken – sie bellte nämlich kurz auf, als sie den Fremden sah. Und da erinnerte ich mich wieder, wie sie sein Gesicht abgeleckt hatte. Ja gut; hätte *ich* das gemacht, wäre mir die Ähnlichkeit vermutlich auch gleich aufgefallen, da musste sich Frieda also gar nichts drauf einbilden, dachte ich. Im Fernsehen trug der Mann einen Anzug und Schuhe und sah viel wichtiger aus als in seiner bunten Lycra-Pelle. Ein bisschen wie diese Politiker, die man ständig in der Werbung sah, wenn Wahljahr war, und auch sonst viel zu oft. Aber die Stimme im Fernseher behauptete, er sei ein bekannter Schauspieler. Ansgar Wonnemuth, so hieß er angeblich, und er war der Hauptdarsteller in der bereits seit achtzehn Jahren laufenden ZDF-Serie »Alles außer Austern«. Darin, erfuhr ich jetzt, verkörperte er einen Tierarzt, der so gut wie keine leidende Kreatur nach Hause schicken mochte, auch wenn eine Heilung fast aussichtslos schien. Der Titel der Serie sollte vermutlich nahelegen, dass kranke Austern weniger Glück bei ihm hatten, und das wiederum war wohl humorvoll gemeint. Wer's mag, dachte ich.

Sosehr ich Tiere schätzte – so was guckte ich nicht, schon wegen des ganzen gefühligen Geschwätzes. Und weil man sich im Fernseher jetzt fragte, wer wohl Wonnemuths Mörder sei und was das Opfer getrieben haben mochte, um irgendwann tot in einem einsamen Waldgebiet zu liegen, schaltete ich wieder um. Keine Sekunde zu spät, denn jetzt war Gott sei Dank die Grußkartenwerbung vorbei, und es wurden Putzschwämme vorgestellt, die wahre Wunder vollbringen sollten. Der stiere Blick, den der ebenfalls homosexuelle Moderator beim anschaulichen Wischen mit den Schwämmen aufgesetzt hatte, erinnerte mich vage an die Mimik meiner drei »Liebhaber«, die mich damals, vor so vielen Jahren, bestiegen hatten. Waren sie vielleicht auch gleichgeschlechtlich veranlagt und deshalb so desinteressiert an mir gewesen? Das würde ich wohl nicht mehr klären können, aber es kümmerte mich auch nicht sonderlich. Ich nahm einen langen Schluck aus meiner Milchtasse und einen großen Happen vom noch immer eiskalten Tatar, schob das Kissen ein wenig tiefer in meinen Rücken und machte mich auf zwei Stunden Schwämme gefasst. Ja, so konnte man es aushalten.

DAS KLINGELN an der Haustür war ein dermaßen seltenes Geräusch, dass ich zunächst annahm, der rote Schwamm, der gerade gezeigt wurde, wäre die Quelle des schrillen Geläuts. So viel, wie der konnte, hätte es mich nicht gewundert. Andererseits – warum sollten Schwämme klingeln? Eine Frage, die mich noch beschäftigte, als ich schon auf dem Weg zur Haustür war, vor der Frieda bereits laut bellend wartete.

Ich schaute durch den Spion. Draußen stand eine junge, reichlich aufgetakelte Frau. Ich hoffte, dass sie wieder weggehen würde, schließlich kannte ich sie nicht. Aber darauf nahm sie keine Rücksicht – immer und immer wieder klingelte sie, und jetzt behauptete sie auch noch durch die Tür, sie wisse, dass jemand zu Hause sei. Ja, natürlich konnte sie Frieda hören, aber Hunde machten bekanntlich selten Türen auf. Doch dann rief sie, sie habe mich durch den Spion gesehen und ich solle unverzüglich aufmachen. Irgendwie erinnerte mich ihre herrische Aufforderung an meine Mutter. Die gab auch den lieben langen Tag Befehle, meistens meinem Vater, aber fast genauso häufig auch mir. Und da ich eine gehorsame Tochter war, folgte ich stets automatisch, ohne mir Gedanken über den Sinn zu machen. Demzufolge öffnete ich zu meiner eigenen Überraschung tatsächlich die Tür.

ALS ERSTES schlug mir ihr Geruch entgegen. Süßlicher Blumenduft – vielleicht Rose oder Jasmin – mit einer Kopfnote Moschus. Manchmal riecht totes, aber noch frisches Rotwild so. Überhaupt hatte sie viel von einem Reh, das sah ich jetzt. Sie war schlank, ihre Haare waren mittelbraun mit einem kupfrigen Schimmer, und sie hatte riesige braune Augen, die noch größer wirkten, weil sie an beiden Augen am oberen Lidrand einen samtbraunen Strich aufgetragen hatte. Ich fragte mich, ob wohl hinten auf ihrem engen beigen Rock eine weiße Blume prangen würde, aber das würde ich niemals feststellen können, weil ich nicht die Absicht hatte, sie hineinzubitten, nur um sie von hinten zu sehen. Ich schaute sie ablehnend an.

»Frau Böttcher?«, fragte sie zaghaft.

Offenbar hatte sich ihre Autorität mit der Aufforderung, die Tür zu öffnen, vollständig verbraucht. Auf ihre Frage antwortete ich nicht – schließlich wohnte ich alleine, also wer bitte, wenn nicht Frau Böttcher sollte ich sonst wohl sein?

»Ich bin Valerie Wonnemuth«, sagte sie und streckte mir eine schmale, gepflegte Hand entgegen.

Ich musterte sie weiter, ohne mich zu rühren oder etwas zu sagen. Im Hintergrund hörte ich, dass jetzt die gelben genoppten Schwämme dran waren. So ein Scheibenkleister, ich hätte wirklich zu gern gewusst, welche Wunder die vollbringen konnten, stattdessen stand ich in der Haustür und musste mich mit einem menschlichem Bambi abgeben, dem meine Frieda winselnd und wedelnd um die hohen Schuhe strich, anstatt es wegzujagen oder wenigstens zu verbellen. Die großen braunen Augen wurden feucht.

»Sie haben heute Morgen meinen Mann gefunden«, wisperte sie und erwartete klar erkennbar endlich eine Reaktion von mir.

Ich durchforstete meinen Kopf nach einer angemessenen Erwiderung, aber mir wollte nichts einfallen, deswegen beschränkte ich mich auf ein Nicken.

»Bitte«, kam es flehend vom Bambi. »Die Polizei hat mir bislang so gut wie nichts erzählt. Aber *Sie* können mir doch sicher sagen, unter welchen Umständen mein Mann …?«

Sie ließ das Wort »Mann« einfach so in meinen Hausflur wehen und verstummte. Ob sie wohl wieder verschwinden würde, wenn ich ihr erzählte, was sich zugetragen hatte? Immerhin hatte ich bereits sowohl diesem Kommissar als auch dem Reporter mit der albernen Frisur die Geschichte erzählt, und von Letzterem hatte sie wahrscheinlich auch meinen Namen erfahren und dann meine Adresse nachgeschlagen.

»Er lag tot im Wald und hatte ein Stöckchen im Auge«, sagte ich spröde. Und weil ich nicht ganz so kurz angebunden wirken wollte, ergänzte ich: »Ein ganz tolles Stöckchen, ideal für meine Frieda zum Werfen, ich hoffe, die Polizei überlässt es mir, wenn sie es aus der Leiche rausgezogen und untersucht haben. Herzliches Beileid.«

Letzteres war mir noch gerade so eingefallen, das sagten die Leute doch, wenn jemand gestorben war, und ich war stolz, dass ich die Geistesgegenwart besessen hatte, diese Floskel noch anzuhängen. Aber mehr hatte ich jetzt wirklich nicht mitzuteilen, also schloss ich die Tür wieder. Beziehungsweise wollte ich sie schließen, aber die Frau stellte jetzt doch tatsächlich ihren hochhackigen wildledernen Schuh in meinen Türspalt!

»Darf ich vielleicht ganz kurz hereinkommen?«, säuselte sie freundlich, musterte mich dabei allerdings mit einem merkwürdig abschätzenden Blick.

Nein, auf gar keinen Fall durfte sie das, das wäre ja noch schöner, und genau das sagte ich ihr auch in aller Deutlichkeit, während sie plötzlich in ihrer beigen Handtasche wühlte, den Fuß aber in der Tür ließ. Wollte sie etwa jemanden anrufen, der ihr zur Hilfe eilen sollte, oder was suchte sie in ihrer Tasche? Das Ding, das sie schließlich herauszog, sah tatsächlich aus wie ein sehr altes Handy, aber obwohl meines bereits auch schon über sieben Jahre alt war, wusste ich doch, dass die neuen Mobilfunkgeräte viel kleiner waren als das klobige schwarze Teil, das sie mir jetzt entgegenhielt. Oder nein – sie hielt es mir gar nicht entgegen, sondern führte es mit einer schnellen, gänzlich unerwarteten Bewegung an meinen nackten Oberarm. Mir fiel noch auf, dass ihre Augen plötzlich trotz der samtbraunen Striche ganz schmal geworden waren und …

Meine Welt explodierte. Mein ganzes Ich war nur noch Schmerz und Zittern und Schwärze und Krampf. Das Letzte, was ich hörte, war Friedas hohes Fiepen, das sie nur dann ausstieß, wenn sie Angst bekam.

ALS ICH wieder zu mir kam, lag ich auf dem Boden des Hausflurs. Die Haustür war geschlossen. Frieda saß neben mir und leckte mein Gesicht. Als sie sah, dass meine Augen offen waren, hörte sie auf. Sie wusste genau, dass ich es nicht mochte, abgeleckt zu werden, noch nicht mal von ihr. Ich versuchte aufzustehen, aber meine Gliedmaßen gehorchten mir nicht, außerdem hatte ich schlimme Schmerzen in den Muskeln. Was war geschehen? Das, was ich normalerweise am meisten an Tieren schätzte, nämlich, dass sie nicht sprechen konnten, war jetzt von Nachteil. Frieda hätte mir sicher sagen können, was in der Zwischenzeit passiert war.

Ich horchte. Und hörte neben der Schwammwerbung Poltern aus meiner Werkstatt unten im Keller. War diese Frau etwa in mein Haus eingedrungen? Aber warum? Was wollte sie von mir?

Ich wurde so wütend wie selten in meinem Leben. Wenn diese Frau sich einbildete, einfach so hier einbrechen zu können, dann hatte sie sich getäuscht. Ich schaute auf meinen Arm. Dort, wo mich das seltsame Ding berührt hatte, registrierte ich kleine dunkelrote Flecken, die wie Brandmale aussahen, ganz ähnlich den Stigmata, die vornehmlich mit Marienerscheinungen einhergingen, glaubte man der Presse und den Katholiken.

Mit der mir eigenen Selbstdisziplin rappelte ich mich

mühsam hoch und versuchte, die Krämpfe, die immer noch anfallsartig meinen Körper malträtierten, zu ignorieren. Schließlich gelang es mir, mich aufzurichten und einige wankende Schritte Richtung Keller zu tun. Wie lange war ich überhaupt ohnmächtig gewesen?

Aus dem Wohnzimmer drang dumpf die Stimme des Moderators, der sich mittlerweile über orangefarbene Schwämme ausließ. Zehnmal zehn Zentimeter, mit zwei unterschiedlichen Oberflächen. Ideal für Küche und Bad, aber auch fürs Auto. Das sagte mir jetzt wenig über die Zeit, die vergangen war. Auf jeden Fall aber weniger als zwei Stunden, denn sonst wären schon die Steppschuhe mit Luftsohlen dran gewesen, ich hatte den Programmhinweis auf die nächste Sendung gesehen.

Ich hielt inne, als ich federleichte Schritte auf der Kellertreppe hörte, die näher kamen, und richtig, da erschien auch schon Bambi im Rahmen der Kellertür. Aber sie hatte sich verändert. Alles Weiche, Zarte, Anmutige war aus ihrem Gesicht verschwunden, jetzt war es bleich mit eckigen Kanten und roten Flecken. Ich war nicht sicher, ob das durch den Besuch in meiner Werkstatt kam, deren Anblick nichts für schwache Mägen war, oder aber durch meinen unverhofften Anblick, denn vielleicht hatte sie ja nicht damit gerechnet, dass ich so bald wieder aufstehen würde. Ich sah sofort, dass sie in der rechten Hand immer noch dieses Ding hielt, das mir solche Schmerzen zugefügt hatte und es vermutlich wieder tun könnte. Also rührte ich mich nicht und schaute sie nur an.

»Man hat mir bei der Polizei gesagt, dass Sie verrückt sind, aber dass Sie derartig irrsinnig sind, war mir nicht klar«, waren die leisen Worte, die sie zu mir sagte, bevor sie mit ihren raschen Bambischritten auf mich zueilte und wieder das Ding an meinen Arm hielt. Ich versuchte zwar, sie abzuwehren, aber ich hatte die Kontrolle über meinen Körper immer noch nicht vollständig wiedergewonnen, und sie war schnell und behände.

Als ich zum zweiten Mal aufwachte, saß ich auf meiner Couch, und meine Hände und Füße waren mit dem festen Garn, mit dem ich normalerweise Tierhäute zunähte, festgebunden. Die Schmerzen rasten nur so durch meinen Körper, noch schlimmer als beim ersten Mal, und ich konnte zunächst kaum etwas sehen, weil mir meine Augenlider nicht gehorchten. Minuten vergingen, bis ich wieder meine Umgebung erkennen konnte. Ich stellte fest, dass ich mich erbrochen hatte. Ein Brei aus Milch und Tatar klebte auf meiner guten karierten Bluse, und das, was auf dem Boden gelandet war, schlappte gerade Frieda auf. Frieda schätzte rohes Fleisch fast so sehr wie ich, bekam es aber nur selten von mir, ich hatte noch nie gerne geteilt.

Sie saß vor mir auf dem niedrigen gekachelten Couchtisch, den mein Vater vor vielen Jahren im Versandhandel bestellt hatte, weil er nicht gerne in Geschäfte ging. Als der Tisch dann schließlich geliefert wurde, waren meine Eltern enttäuscht; so hatten sie sich ihn nicht vorgestellt, sie hatten auf mehr Holz und weniger Kacheln spekuliert. Aber mit den Jahren gewöhnten sie sich an ihn – mehr als an mich, musste ich ehrlicherweise zugeben. Manchmal war ich fast eifersüchtig auf diesen Tisch gewesen, konnte mich aber nach ihrem Weggang trotzdem nicht entschließen, einen neuen zu kaufen. Vielleicht auch, weil ich ebenso ungern wie mein Vater in einen Laden ging, und wie sehr man sich bei Versandhausbestellungen vertun kann, hatte ich ja damals miterlebt.

Ein gepresstes Keuchen drang aus dem schmalen Brustkasten meines Gegenübers, wie wenn ein Kitz, von einem Hund gehetzt, sich endlich in trügerische Sicherheit gebracht hat und verschnauft. Ich entnahm ihrem Atmen, dass es wohl sehr anstrengend für sie gewesen war, mich von der Diele ins Wohnzimmer zu schleifen und hier zu positionieren. Ich hatte sie *definitiv* unterschätzt! Ich war nämlich wie erwähnt kein Leichtgewicht, ich würde sogar denken, dass ich beträchtlich schwerer war als sie, auch wenn sie größer war als ich. Da ich in meiner gegenwärtigen Situation sowieso nichts anderes tun konnte, als schweigend dazusitzen, tat ich genau dies, darauf wartend, dass sie wieder das Gespräch eröffnen würde. Doch sie sagte zunächst nichts, und so saßen wir beide eine Weile stumm da. Frieda hatte mittlerweile den Linoleumboden blitzblank geleckt und sprang nun neben mich auf die Couch, um auch meine Bluse abzuschlecken. Erstaunlicherweise hatte meine dumme Hündin begriffen, dass ich sie nicht daran hindern können würde, weil ich gefesselt war. Das würde später auf jeden Fall noch Konsequenzen haben, diesmal war ihr Schwanz wirklich fällig, nahm ich mir vor.

Als sich die Atmung der Frau endlich beruhigt hatte, schaute sie mich an. Ihr Blick wirkte ebenso angewidert wie hart.

»Wo ist sie?«, fragte sie mit schneidender, hoher Stimme. Wovon um alles in der Welt redete sie? Offenbar sprach mein ahnungsloser Gesichtsausdruck Bände, denn sie fügte unaufgefordert hinzu: »Die Kette? Die silberne Kette?«

Ein erneuter Krampf zuckte jäh durch meinen Körper, der mir aber immerhin Zeit gab, über ihre Frage nachzudenken. Silberne Kette? Meinte sie etwa das geschmacklose kleine Ding, das ich in der Nähe des toten Mannes gefunden und danach ein paar Dutzend Meter weiter wieder sorgfältig verscharrt hatte? Das war jedenfalls die einzige silberne Kette, die ich in letzter Zeit gesehen hatte.

Der Krampf ebbte langsam ab, aber ich entschied, dass ich durchaus noch ein paar Sekunden weiter so tun könnte, als hielte er an. Woher wusste sie, dass eine Kette im näheren Umfeld der Leiche gelegen hatte? Sollte sie etwa *ihr* gehört haben? Wie hieß sie noch, Valerie? Das geschwungene V des Anhängers stand mir plötzlich wieder deutlich vor Augen. Aber das würde ja bedeuten … Während ich meine Augen weiter wild herumrollen ließ und das Weiße zeigte, zudem ächzende Schmerzlaute von mir gab, begriff ich endlich, dass Bambi höchstpersönlich das Stöckchen in das Auge ihres Ehemanns gestoßen haben musste. Und jetzt wunderte sie sich folgerichtig, dass die Polizei die Kette nicht gefunden hatte, die ihr Mann ihr vielleicht im Todeskampf abgerissen haben mochte. Also hatte sie vermutlich gefolgert, dass nur ich sie eingesteckt haben könnte.

Ich hatte mich mittlerweile so in meine Darbietung hineingesteigert, dass ich ehrlich verwundert war, als ich plötzlich kaltes Wasser ins Gesicht geschüttet bekam. Sie hatte Friedas Wassernapf entdeckt und versprach sich davon wohl ein Abklingen des Anfalls. Aber jetzt wusste ich wenigstens, was sie von mir wollte. Frieda neben mir schüttelte sich kurz, auch sie hatte einen Spritzer Wasser abgekriegt, aber dann schleckte sie hingebungsvoll den Stoff meiner Bluse weiter ab, denn so was Gutes wie Tatar ließ sie sich natürlich nicht entgehen.

»Die Kette, ja«, stotterte ich mühsam.

»Also haben Sie sie?«, fragte sie ungeduldig.

Was sollte ich jetzt nur antworten? Mir war es herzlich egal, was sie mit ihrem Mann angestellt hatte, schließlich waren die beiden verheiratet gewesen, und meine Eltern hatten mir beigebracht, dass Eheleute Streitigkeiten unter sich selbst ausmachen mussten, da sollte sich niemals ein Dritter einmischen. Obwohl sie es bei ihren seltenen Differenzen durchaus begrüßt hätten, wenn ich Partei bezogen hätte, aber dafür war ich zu schlau. Andererseits hatte die Rehfrau nicht nur mit meinem perfekten Stöckchen Schindluder getrieben und mir damit einen unschönen Vormittag bereitet, sondern sie war auch in mein Haus eingedrungen und hatte mir arge Schmerzen zugefügt, und das gehörte eindeutig auf das schärfste bestraft.

Plötzlich merkte ich, dass die Angelegenheit anfing, mir Spaß zu machen, eine Empfindung, die ich sonst nur beim Präparieren verspürte, und auch da immer seltener. Als sie mein unwillkürliches Grinsen sah, schlug sie mir heftig ins Gesicht. Ich nahm es gelassen hin.

»Du sagst mir jetzt sofort, wo die Kette ist, oder ich jage dir so lange Strom durch den Körper, bis du elendig krepierst und deine Überreste von deinem Köter aufgefressen werden!«, zischte sie.

Diese Drohung war ernst zu nehmen, das spürte ich, und zutrauen würde ich Frieda auch, dass sie nach ein, zwei Tagen ohne Futter Appetit auf mich bekäme. Besser, ich riss mich jetzt zusammen. Ich schaute also so ängstlich wie irgend möglich und schlug dann scheinbar resigniert die Augen nieder, hoffend, dass ich in etwa den hoffnungslosen Ausdruck meiner ausgestopften Tiere traf.

»Im Keller«, flüsterte ich. »Ich hab sie im Keller versteckt.«

Sie nickte, und ihre Stimme war jetzt wieder ruhig.

»Wusste ich's doch. Du wolltest mich erpressen, richtig? Du hast meinen Mann natürlich erkannt und gehofft, dass du aus der Kette irgendwie und irgendwann Kapital schlagen kannst, stimmt's?«

Ich zuckte unbestimmt mit den Achseln, was mir eine erneute Ohrfeige eintrug. Aber das beeindruckte mich nicht – ihr Schlag war ähnlich leicht wie ihre Schritte.

Sie hatte nicht viel Kraft, war sicher Vegetarierin wie ihre tierischen Ebenbilder, und ohne diesen – wie nannte man so ein Ding noch? – *Elektroschocker* hätte sie mich nie überwältigen können. Aber wer dachte schon an so was, wenn ein Bambi vor der Türe stand?

»Wo im Keller?«, wollte sie erneut wissen. »Ich hab da schon gesucht, was für eine widerwärtige Sauerei ist das da unten bloß.«

»Ich hab die Kette eingenäht«, stammelte ich. »In den Fuchs, der auf der Werkbank liegt.«

Ihr Gesicht verzog sich jäh vor Ekel, und ich merkte, dass jetzt auch sie mit Brechreiz kämpfte, als sie sich vorstellte, den Kadaver berühren zu müssen. Ich hatte richtig geraten und war dankbar, dass der Fuchs schon roch und noch nicht final zurechtgemacht war, weil ich lieber hatte fernsehen wollen. Als mir die Schwämme einfielen, überrollte mich erneut eine Welle der Wut, denn den Fernseher hatte sie während meiner zweiten Ohnmacht auch einfach so ausgeschaltet, wie mir jetzt erst auffiel.

Sie schaute sich suchend im Zimmer um, bis ihr Blick auf eine Schere fiel, mit der ich am Vortag die günstigsten Hundefutterangebote ausgeschnitten hatte. Sie stand auf und holte die Schere. Wollte sie mich jetzt damit erstechen? Nein, sie kniete sich nur vor mich, um die Fesseln von meinen Füssen zu lösen. Ich triumphierte innerlich, denn jetzt war sie für mich berechenbar. Ich dachte kurz darüber nach, ob ich ihr mit voller Wucht ins Gesicht treten sollte, aber entschied mich dagegen. Ich wollte das Spielchen noch ein Weilchen weiterspielen, es machte mir mittlerweile einfach zu viel Freude. Aber diesmal war ich auf der Hut und kontrollierte meine Mimik.

»Steh auf!«, befahl sie mir.

Es tat auch jetzt noch weh, mich aufzurichten, aber ich merkte, dass mein Körper mir wieder ausreichend gehorchte. Ich tat allerdings, als wäre ich kaum in der Lage, mich zu erheben, und ließ mich sogar zweimal mit schmerzverzerrtem Gesicht zurück auf die Couch plumpsen. Auch Frieda fand unser Spiel lustig und kläffte auffordernd, während sie um uns herumlief und mit ihrem demnächst zu kupierenden Schwanz hektisch wedelte.

MEINE HÄNDE befreite Bambi leider nicht, aber damit hatte ich auch nicht gerechnet. Sie schubste mich zur Kellertür und befahl mir, die Treppe hinunterzusteigen. Ich versuchte, mich am Geländer festzuhalten, was mit gefesselten Händen schwierig war, also nahm ich immer nur eine Treppenstufe und blieb dann wieder stehen. Ihre Ungeduld wuchs, das konnte ich förmlich riechen, in den zarten Blumenduft hatte sich etwas anderes gemischt, etwas Schärferes. Sie griff wieder den Elektroschocker und drohte mir, mich gefälligst zu beeilen, wenn ich nicht die nächste Ladung Strom abbekommen wolle. Aber ich wusste, dass sie bluffte – sie wollte sicher nicht riskieren, dass ich nicht mehr in der Lage war, die Kette für sie aus dem Fuchs zu holen. Mir schwante auch, dass sie mich wahrscheinlich töten würde, sobald ich dies getan hätte. Bestimmt fand sie mich unsympathisch, wie alle *normalen* Leute, aber vor allem wollte sie sicher nicht, dass ich irgendwann doch mit der Polizei plaudern würde. Da kannte sie mich schlecht, das hätte ich sowieso niemals getan. Der eine Vormittag mit Lichtblau hatte mir völlig gereicht.

Endlich waren wir unten angekommen. Es roch anscheinend streng, wenn ich das nervöse Flattern ihrer Nasenflügel und ihre wieder erblassende Gesichtshaut richtig interpretierte. Ich wusste, dass der Tod selten nach Maiglöckchen duftete, und war an seinen süßlichen, beißenden Geruch gewöhnt, ja, ich mochte ihn sogar irgendwie, weswegen ich das kleine Fenster, das oben an der Wand angebracht war und zum Garten führte, nur selten öffnete.

Ich stolperte mühsam zur Werkbank und erwähnte, dass ich zum Aufschneiden des Fuchses Werkzeug bräuchte. Sie befahl mir, ihr wieder den Rücken zuzukehren, und fragte von hinten, was ich benötigen würde. Ich machte eine Kopfbewegung hin zum alten Kellerregal, wo neben diversem Werkzeug wie Hammer, Zange, Schraubenzieher und einer rostigen Säge, mit der ich vor so vielen Jahren den Weg zur letzten Ruhestätte meiner Eltern freigeschnitten hatte, auch meine diversen Arbeitsmesser ausgebreitet lagen. Der Elektroschocker blieb auf mich gerichtet, während sie sich rückwärts zum Regal tastete, um nach einem Messer zu greifen. Aus dem Augenwinkel sah ich, wie ihr Blick kurz auf mein stattliches Ausbeinmesser fiel, aber sie befahl mir sofort, mich wieder umzudrehen. Bambi war auf der Hut, das musste ich ihr lassen. Schließlich hielt sie mir meinen kleinen Skinner, also mein Häutemesser, mit spitzen Fingern vor die Nase.

Frieda hatte in der Zwischenzeit offenbar die Couch nach weiteren Tatarresten abgeschnüffelt und gesellte sich nun wieder zu uns. Aufmerksam schaute sie zwischen mir und dem Fuchs hin und her. Für unseren ungebetenen Besuch interessierte sie sich gar nicht mehr, was auf Gegenseitigkeit beruhte, auch Bambi hatte verstanden, dass ihr vonseiten meiner Hündin keine Gefahr drohte.

Nun habe ich ja bereits erwähnt, dass Frieda rohes Fleisch liebte. Und sie war auch nicht allzu wählerisch, selbst wenn das Fleisch nicht mehr taufrisch war. Am allerliebsten aber mochte sie rohe Leber. Ich hatte mich schon oft amüsiert über die Vorstellung, wie meine Frieda wohl mit Prometheus umgesprungen wäre – ich glaube, sie wäre für ihn eine weitaus größere Bestrafung als der alte Adler Ethon gewesen, der in der Mythologie Prometheus' sich immer wieder erneuernde Leber aushackt. Aber ich schweife ab: Manchmal, wenn ich ein Tier aufbrach, um die Eingeweide zu entnehmen, bekam sie als Belohnung tatsächlich die Leber von mir. Ich sagte Hopp, das war unser Wort dafür, und Frieda sprang aus dem Stand sofort hoch, auf meine Werkbank, vor Gier hechelnd nach ihrem blutigen Leckerli und erst befriedigt, wenn sie es in einem Stück runtergewürgt hatte. Natürlich hatte der Fuchs vor mir schon längst keine Leber mehr, aber das wusste Frieda nicht. Sie beobachtete nur aufgeregt, wie ich jetzt mit beiden Händen den Skinner nahm und ungelenk das bereits partiell präparierte Tier wieder aufschnitt. Ich konnte nicht sehen, wo Bambi den Elektroschocker hatte, aber zumindest spürte ich ihn nicht am Arm. Meine Chance war gekommen. Ich sagte scharf Hopp, und erwartungsgemäß sprang Frieda sofort mit einem Riesensatz an Bambi vorbei auf die Werkbank, während ich mich blitzschnell umdrehte und mit hocherhobenen Händen blind mit dem Skinner dorthin ausholte, wo ich das Gesicht meiner Peinigerin vermutete.

Mein Messer fand sein Ziel – es grub sich durch Bambis rechte Wange und legte kurz einen zarten elfenbeinfarbenen Knochen frei, bevor das Blut zu spritzen begann. Zeitgleich aber spürte ich einen heftigen Stich im unteren Rücken, der mir sofort alle Kraft nahm, mich zu Boden gleiten und zum dritten Mal innerhalb kurzer Zeit meine Welt für einige Sekunden stillstehen ließ.

Ich nahm wahr, dass sie ebenfalls zu Boden gegangen war, und konnte verschwommen Frieda auf der Werkbank sehen, die sich enttäuscht durch das Innere des Fuchses wühlte, auf der vergeblichen Suche nach einer Leber.

Mein Sichtfeld schränkte sich jetzt immer weiter ein, Schwärze kroch von allen Seiten auf mich zu, und mir wurde klar, dass ich erneut kurz vor einer Ohnmacht stand. Bislang hatte ich mich seit meinem Fall nicht gerührt, da der Schmerz im Rücken eine Dimension hatte, die jede Bewegung instinktiv verbot. Aber jetzt nahm ich in einer heftigen Aufwallung von Trotz in Kauf, mich noch schwerer zu verletzen, und drehte mich mit letzter Kraft keuchend auf die Seite. Erstaunlicherweise nahm der Schmerz sofort ab, und mein Gesichtsfeld vergrößerte sich wieder. Zum einen konnte ich jetzt endlich Bambi sehen – sie lag vor mir, blutete stark und schien die Besinnung verloren zu haben. Ihr Gesicht war jetzt eine einzige rote Fläche, der Skinner hatte ihre Wange vom unteren Augenrand fast bis zum Mundwinkel aufgeschlitzt, bevor er mir aus der Hand geglitten war. Das jetzt wiederkehrende pulsierende Stechen im Rücken so gut es ging ignorierend, versuchte ich, an mein Häutemesser zu gelangen, und schließlich konnte ich es greifen. Gut, dass meine gefesselten Hände nicht allzu viel von Bambis Blut abgekommen hatten, sonst wären sie zu glitschig gewesen, um das Messer so zu halten, dass ich meine Fesseln aufschneiden konnte, aber auch so kostete es mich viel Mühe, und dass es mir schließlich gelang, war nur der Tatsache geschuldet, dass ich wirklich viel Übung im Umgang mit Messern hatte.

Als meine Hände endlich frei waren, gönnte ich mir einige Sekunden des erschöpften Innehaltens. Frieda hatte zwischenzeitlich eingesehen, dass dieser Fuchs keine Delikatessen mehr zu bieten hatte, und war von der Werkbank runtergesprungen. Ich rollte genervt mit den Augen, als sie nun begann, Bambis Gesicht abzulecken, weil ich befürchtete, dass diese dadurch ihr Bewusstsein wiedererlangen könnte.

Ich griff nach hinten und merkte sofort, dass auch ich stark blutete, ja, dass sich unter mir bereits ein kleiner klebriger See gebildet haben musste, wenn ich die Feuchtigkeit, die Hose und Bluse durchdrang und mir jetzt erst bewusst wurde, korrekt deutete. Meine Hände tasteten zögerlich, vorsichtig, fast widerwillig an meinem Rücken entlang, und dann bestätigte sich leider, was ich bislang nicht zu vermuten gewagt hatte. Sie fanden den mir nur zu vertrauten hölzernen Griff meines großen Ausbeinmessers, dessen Klinge immer noch in Nähe meiner linken Niere zu stecken schien. Pech für mich – offenbar hatte Bambi vorhin entschieden, die Waffen zu wechseln, um mich in Schach zu halten, und hatte mir bei meinem unerwarteten Angriff das Messer noch in den Rücken stoßen können, bevor auch meines sein Ziel fand.

Ich atmete tief ein und zog dann entschlossen mit einem Ruck das Messer aus mir heraus.

Mit einiger Erleichterung spürte ich, dass die Klinge bei weitem nicht so tief eingedrungen war, wie ich zuerst befürchtet hatte. Glücklicherweise hatte meine Kleidung wohl einen Teil des Stoßes abgefangen. Wie gut, dass ich die Gewohnheit hatte, über der Unterhose immer noch ein straffes Miederhöschen zu tragen und die Bluse zudem stets ordentlich in Letzteres zu stecken, so dass sich keine Beulen am Hinterteil bilden konnten. Denn das sah schlampig aus, hatte meine Mutter, die selbst stets ein einteiliges Korsett trug, immer gesagt. Als ich mit elf meine erste Regelblutung bekam, hatte meine Mutter mir ebenfalls ein Korsett verpasst, aber da ich auch zwei Jahre später noch keine nennenswerte Brustbildung vorzuweisen hatte, blieb der Büstenhalter am Korsett leer, also verfiel sie auf die Alternative Miederhöschen, eben eine der Anordnungen, die ich auch nach dem Tod der beiden weiter befolgte, weil mir nie in den Sinn gekommen war, sie zu hinterfragen.

Jetzt wusste ich immerhin endlich, wozu ein Miederhöschen gut war. Danke, Mutter, dachte ich. Dennoch war ich nicht unerheblich verletzt, das war mir klar, und auch der Blutverlust machte sich allmählich bemerkbar, und mir wurde erneut schwindelig. Jetzt hieß es handeln und nicht lamentieren, ermahnte ich mich im Stillen.

Ich rappelte mich also hoch, was nicht einfach war, weil der Boden ganz rutschig vom Blut war, kam aber schließlich doch auf die Füße. Bambi gab immer noch keinen Mucks von sich, obwohl Frieda das Blut in ihrem Gesicht mittlerweile fast ganz weggeleckt hatte, so dass man wieder einen Teil ihres elegant geschwungenen Wangenknochens durch das zerschnittene Fleisch sehen konnte. Heute würde ich Frieda nichts mehr zu fressen geben, beschloss ich. Aber dankbar war ich ihr doch für ihre Hilfe – vielleicht würde ihr Schwanz noch eine Weile dranbleiben.

Ich betrachtete meinen jetzt stillen Besuch. Die klaffende Wunde stand ihr gar nicht gut zu Gesicht, dachte ich boshaft, da halfen auch die samtbraunen Striche über den Augen nicht mehr.

So schnell es mein geschwächter Zustand zuließ, wickelte ich festen Gartendraht um Bambis lange, schmale, jetzt schlaffe Beine und ihre zarten Handgelenke und stopfte ihr zudem zwei von Mutters großen Taschentüchern, die ich mittlerweile als Putzlappen bei meiner Arbeit verwendete, in den Mund. Ein Zipfelchen lugte danach vorwitzig aus ihrer geteilten Wange hervor, ein lustiger Anblick, der meine Laune hob. Der Fuchs war wohl mittlerweile nicht mehr zu verwenden; also nahm ich ihn, um ihn später im Wald in der Nähe eines Ameisenhaufens zu entsorgen. Bestimmt hatten die fleißigen Hautflügler noch ein wenig Freude an dem Kadaver. Nachdem ich also das Wesentliche erledigt hatte, machte ich mich auf den Weg nach oben, um meine Wunde zu versorgen und mich danach ein paar Stunden hinzulegen. Dieser lange Tag hatte selbst meine grundsätzlich zähe Kondition an die Grenzen ihrer Kapazität gebracht, aber eine Mütze Schlaf würde sicher Wunder wirken. Natürlich schloss ich die Kellertür von außen ab; nicht, dass ich es für möglich gehalten hätte, dass Bambi in ihrer jetzigen Verfassung den Weg nach oben geschafft hätte, aber Vorsicht ist die Mutter der Porzellankiste, Sie ahnen sicher, von wem ich diesen Spruch hatte.

ICH ERWACHTE im Morgengrauen in meinem Bett. Natürlich; wo auch sonst. Die Sonne stand noch tief am Himmel und tauchte die zarten Wölkchen am Horizont in ein welkes Rosa, das mich vage an die Farbe des Korsetts meiner Mutter erinnerte. Ich setzte zu einem langen, genussvollen Gähnen an, als mich ein stechender Schmerz im Rücken unangenehm daran erinnerte, was gestern geschehen war. Mein lieber Schwan, das war wirklich ein aufregender Tag gewesen! Und auch für heute stand einiges auf dem Plan, an das ich gestern früh noch nicht im Traum gedacht hätte.

Ich überlegte, was wohl das Dringlichste sei – sollte ich wie jeden Morgen erst mal mit Frieda gehen oder doch lieber nachschauen, ob Bambi überhaupt noch lebte? Oder aber mich entgegen aller Gewohnheit informieren, wie weit Polizei und Öffentlichkeit mittlerweile in Sachen toter Mann mit Stöckchen im Auge gekommen waren, was hieße, eine Zeitung zu kaufen oder doch zumindest Lokalnachrichten zu schauen? Am End wurde Bambi bereits vermisst? Schließlich war sie nicht nur seine Witwe, sondern auch seine Mörderin; möglicherweise hatten die Beamten einige Fragen an sie. Ich musste schmunzeln. In Sachen Mordermittlung war ich dem guten Kommissar Lichtblau ein ganzes Stückchen voraus, auch wenn mich die ganze Chose immer noch nicht die Bohne interessierte. Ständig diese Fragen nach dem Wieso und Warum, dem Motiv, dem Alibi, was weiß ich – man sollte doch meinen, tot ist tot, da half es nicht, nach Gründen zu suchen, und die Verurteilung des Verantwortlichen erweckte das Opfer auch nicht mehr zum Leben, kostete aber den Staat eine Menge Geld.

Also grübelte ich nicht lange, wusch meine Wunde mit Wasserstoffperoxid aus, verband sie neu, schluckte zwei Ibuprofen 600 gegen die Schmerzen und schnappte mir Leine und toten Fuchs, um zumindest den ersten Stunden des Tages den Anstrich von Normalität zu verleihen. Frieda wartete schon auf mich, und so traten wir gemeinsam in den jungen Morgen.

Wie Sie meiner Erzählung vermutlich schon entnommen haben, wohnte ich sehr abgelegen. Das Haus meiner Eltern lag am Ende einer Sackgasse im Wald; mein nächster Nachbar war fast einen Kilometer entfernt und sowieso selten da, weil Niederländer und eigentlich in Breda wohnhaft. Ging man in die andere Richtung, hatte man fünfzehn Kilometer Wald und Moor vor und für sich.

Nach den ersten tausend Metern, auf denen Frieda wie immer sofort ihre Geschäfte erledigte und ich einen passenden Platz für den Fuchs im tiefen Gebüsch gefunden hatte, sah ich einen Wagen. Eine olivgrüne, teuer wirkende Limousine, die hinter einer Gruppe junger Birken geparkt war. Ich stutzte; hier gingen wirklich nur sehr selten Spaziergänger lang, und wenn, dann parkten sie für gewöhnlich auf dem Waldparkplatz, der zwischen mir und dem Holländer gelegen war. Frieda lief zum Auto hin und schnüffelte an der Fahrertür. Dann wedelte sie und sprang an der Türe hoch. Mir wurde klar – das musste Bambis Auto sein, denn ganz offenbar hatte Frieda ihren Geruch erschnüffelt. Natürlich, irgendwie musste sie ja zu mir hingekommen sein, darüber hatte ich mir bislang noch gar keine Gedanken gemacht. Und weil sie anscheinend nicht wollte, dass irgendwer ihr Auto sehen könnte, kein Wunder, bei dem, was sie vorgehabt hatte, hatte sie es hier abgestellt.

Neugierig linste ich durchs Fenster, aber das Innere des Autos war leer. Ich rüttelte am Türgriff, verschlossen. Dann versuchte ich, den Kofferraum zu öffnen, auch das leider vergeblich. Aber dass der Wagen hier nicht ewig stehen bleiben konnte, wollte ich keine unliebsame Aufmerksamkeit erregen, war mir auch bewusst. Ich schaute noch mal durchs Fenster und war erleichtert, als ich sah, dass er über ein Automatikgetriebe verfügte. Ich war zwar seit der Verbringung meiner toten Eltern mit keinem Auto mehr gefahren, aber so sehr hatte sich die Technik hoffentlich nicht verändert, dass ich es nicht schaffen würde, auch diesen Wagen verschwinden zu lassen.

Nun, resümierte ich, sie trug die Autoschlüssel ja sicher bei sich. Ihre geräumige, aber elegante Handtasche fiel mir wieder ein. Wo war die eigentlich gelandet? Aber das würde ich schon sehen, wenn ich wieder nach Hause kam, unterbrach ich meine unnützen Gedankengänge.

In den nächsten zwei Stunden war nichts als tiefer Frieden in mir. Selbst die flatternden gelben Absperrbänder der Polizei, die den gestrigen Tatort markierten und die ich nach weiteren zwanzig Minuten zügigen Ausschreitens passierte, konnten mir meine fast kontemplativ zu nennende Ruhe nicht rauben. Erst als meine Stichwunde wieder unangenehm zu pochen begann, trat ich den Rückweg an.

IM HAUS herrschte Stille. Ich fütterte Frieda, nahm selbst auch ein paar Bissen Frühstücksfleisch zu mir und war froh, dass mich mein Appetit nicht im Stich ließ, denn ich fühlte mich nach unserem Gang ein wenig fiebrig, aber vielleicht bildete ich mir das auch nur ein. Leider war mir unser altes Thermometer vor ein paar Jahren runtergefallen und hatte, als es zerbrach, überall kleine silberne Quecksilberkügelchen verteilt, denen ich eine Weile fasziniert zusah, denn sie vereinigten sich zu größeren Kügelchen, wenn ich dagegen stupste, um sich dann sofort wieder zu trennen. Eigentlich genau wie Menschen, dachte ich damals, bevor ich sie zusammenfegte und ins Klo schüttete.

Bambis Handtasche lag im Wohnzimmer neben der Couch. Ich zog mir Mutters alte Handschuhe aus feinstem Saffianleder an und begann sorgfältig, die Handtasche auszuräumen. Nicht, weil ich Sorge hatte, Fingerabdrücke zu hinterlassen, ich fasste nur nicht gerne die Habseligkeiten fremder Personen an, von den Personen selbst ganz zu schweigen. Es hatte mich gestern schon Überwindung gekostet, Bambis Hände und Beine mit bloßen Händen zu berühren, aber da hatte ich keine andere Wahl; jetzt schon.

Nacheinander zog ich Portemonnaie, Schminktasche,

Schlüsselbund, eine Packung Papiertaschentücher, zwei Hustenbonbons, Nagelfeile, Nagelschere, Handspiegel, Kamm, Haarbürste, eine kleine Dose Haarspray, diverse Cremetiegel, einen großen verschlossenen Umschlag und eine Haarspange, an der noch einige feine braune Haare hingen, aus der Tasche. Ich wunderte mich kurz, dass sie kein Handy dabeihatte, aber vielleicht mochte sie Telefone ebenso wenig wie ich.

Im Portemonnaie steckten Bambis Personalausweis, Krankenversicherungskarte, Führer- und KFZ-Schein sowie jede Menge Kreditkarten, außerdem fast tausend Euro in bar und Scheine einer Währung, die ich nicht kannte. Ich konnte Peso entziffern, aber das sagte mir nicht, um welches Land es ging. Argentinien oder Mexiko vielleicht? Mein Blick fiel auf den Personalausweis, und ich staunte nicht schlecht, als ich sah, dass Bambi gar nicht mehr so jung war, wie ich angenommen hatte. Sie war bereits über vierzig, und ich hatte sie höchstens auf Ende zwanzig geschätzt. Wenn dies das Ergebnis der Cremetiegel war, dann sollte ich mir vielleicht auch mal so etwas zulegen. In meinem Verkaufskanal wurden solche Cremes zwar auch ständig beworben, aber ich hatte bislang immer angenommen, dass das nicht wirklich nutzen würde.

Ich öffnete den Umschlag. Nein, weder Argentinien noch Mexiko, aber mit Südamerika hatte ich schon ganz gut gelegen. Neben einem Flugticket der Air Canada nach Concepción, Chile, das heute 15.40 Uhr ab Frankfurt auf den Namen Valerie Wonnemuth ausgestellt war, gab es einen Mietvertrag für einen Pkw am Flughafen Concepción und etwas, das aussah wie eine Maklerexpertise, aber da sie in spanischer Sprache verfasst war, konnte ich sie nicht lesen. Mein Schulenglisch war gar nicht mal so übel, aber bei Spanisch musste ich passen. Außerdem lagen ein paar Fotos eines weißen Hauses dabei, das mir in südlichen Gefilden zu stehen schien. Man sah im Vordergrund einen Garten mit Palmen, Kakteen und einem nierenförmig angelegten Swimmingpool, obwohl im Hintergrund auch ein türkisblaues Meer zu erahnen war. Alles in allem eigentlich kein Ort, an dem Rotwild sich auf Dauer wohl fühlt. Aber diese Sorge hatte ich Bambi ja genommen – sie würde keinesfalls an diesem Nachmittag in Frankfurt in irgendein Flugzeug steigen, da war ich mir sicher.

Weil ich immer noch nicht recht in der Stimmung war nachzusehen, ob sie noch lebte oder nur ausschlief, schaltete ich den Fernseher an. In meinem Verkaufskanal wurden gerade Solarlampen beworben, eine der überflüssigsten Erfindungen überhaupt, wie ich fand. Wozu draußen Lampen aufstellen, die gespeist von Sonnenenergie in der Nacht ungefragt krank wirkendes Licht ausstrahlten, wenn es doch naturgemäß dunkel zu sein hatte? Immerhin fiel es mir so nicht schwer, den Sender zu wechseln, und nach zwei, dreimaligem Umschalten fand ich ein mittägliches Info-Magazin, in dem eine ganz und gar hellgelbe Frau mit hoher Stimme die neuesten Nachrichten verlas. Der gewaltsame Tod von Bambis Gatten wurde recht schnell thematisiert, offenbar war man der Ansicht, dass der Fall die Öffentlichkeit interessieren könnte, denn der Beitrag kam sofort nach der Meldung, dass es in China Massenhinrichtungen Oppositioneller gegeben hatte.

Wie ich erfuhr, hatte man eine Sonderkommission Wonnemuth zusammengestellt – SoKo MAMIL wäre der originellere Name gewesen – aber offenbar noch nichts Nennenswertes über einen möglichen Täter herausgefunden. Interessanter wurde es, als Archivaufnahmen von Wonnemuth und Bambi gezeigt wurden, wie sie bei irgendeiner Preisverleihung gemeinsam über einen roten Teppich schritten. Das Bambi im Fernsehen trug ein elfenbeinfarbenes, tief ausgeschnittenes, langes Abendkleid, lächelte in die Kamera und sah mit sich und der Welt sehr viel zufriedener als gestern Abend auf dem Kellerboden aus. Der Mann mit dem Stöckchen im Auge hielt sie in seinem Smokingarm und schien ein Interview zu geben. Kein Wort darüber, dass sie vermisst wurde. Aber vielleicht wusste das die hellgelbe Frau auch noch nicht, sonst hätte sie es sicher erwähnt. Stattdessen wurde ein alter Mann mit viel zu jugendlicher Pferdeschwanzfrisur und lilageäderter Trinkernase zugeschaltet, der wortreich sein Entsetzen und seine Trauer über den Mord an dem allseits beliebten Kollegen Wonnemuth aussprach. Und ein weiterer, eher dicklicher Mann mit schlierigen Augen, der sich als Leiter Serie bezeichnete, führte aus, dass der Tod Wonnemuths ein durch nichts wiedergutzumachender Verlust für seinen Sender sei. Na ja, so schlimm würde es am Ende schon nicht werden, da war ich zuversichtlich, denn ich nahm an, dass so ziemlich jeder mit zwei Beinen und zwei Armen einen Tierarzt im Fernsehen spielen konnte.

Nachdem ich dann doch noch ein Weilchen dem Solarlampenverkäufer zugeschaut hatte – er hatte so nette Grübchen und konnte ja auch nichts dafür, dass ich keine Solarlampen mochte – und mich danach nicht recht von einer Sendung über keramikbeschichtete Pfannen losreißen konnte, der noch ein mehrstündiges Latexmatratzenoutlet folgte, erschrak ich, als ich bemerkte, dass die Sonne schon bald wieder untergehen würde. Wo war nur der Tag geblieben?

MÖGLICH, dass ich zwischenzeitlich mal weggedämmert war, ich wusste es nicht. Mir war heiß, und meine Haut hatte einen feuchten Schimmer, den sie sonst nie hatte. Eher litt ich unter zu trockener Haut, die ich aber mit Melkfett vor Schrunden zu bewahren wusste.

Bambi war jetzt seit fast vierundzwanzig Stunden in meiner Werkstatt; allmählich konnte ich den Gang nach unten nicht länger hinausschieben. Ich überlegte, warum ich diesbezüglich so eigenartig antriebslos war. Normalerweise war ich gern in meiner Werkstatt, und dass der Tod in all seinen Erscheinungsformen mir keine Angst machte, hatte ich in meinem Leben bereits hinlänglich bewiesen. Vielleicht befürchtete ich einfach, dass Bambi eine Wunderheilung hingelegt haben könnte und wieder so zart und makellos aussah wie am Tag zuvor, als sie vor meiner Tür gestanden hatte mit dem Plan, mich wegen ihres albernen Kettchens umzubringen.

Ich schalt mich dumm und stand mühsam von der Couch auf. An meine Wunde hatte ich in den letzten Stunden nicht gedacht, da hatte ich mich aber auch nicht bewegt. Jetzt hatte die Wirkung des Analgetikums aufgehört, und der scharfe Schmerz erinnerte mich auf das deutlichste an meine Verletzung. Wenigstens war das aber auch ein guter Grund, den Gang in den Keller doch noch zumindest für ein paar Minuten hinauszuzögern.

Als ich Richtung Bad ging, schnüffelte mir Frieda hinterher, sie versuchte sogar, mich rücklings anzuspringen, aber nicht aus Aggression oder Spieltrieb, sondern um mehr von dem Geruch zu erhaschen, den mein unterer Rücken offenbar verströmte, obwohl ich selbst nichts roch. Aber Hunde waren in der Lage, auch kleinste Geruchsmoleküle zu erschnuppern.

Im Bad öffnete ich die dunkelblaue Hose, die ich heute Morgen frisch angezogen hatte. Ob ich aus meiner grauen die Blutflecken jemals wieder herausbekommen würde, bezweifelte ich, vielleicht mit Gallseife? Ich zog die Hose bis zu den Knien hinunter, dann ließ ich Miederhöschen und Unterhose folgen und riss den Verband ab, den ich mir vor vielen Stunden angelegt hatte. Ich verdrehte mühsam den Kopf zum Spiegel, um meinen unteren Rücken betrachten zu können. Die Wundränder sahen jetzt weißlich angeschwollen aus, eine gelbliche Flüssigkeit sickerte heraus, und ein zartroter Hof hatte sich um den Einstich herum gebildet. Wann hatte ich das Ausbeinmesser eigentlich zum letzten Mal gründlich gereinigt? Ich konnte mich nicht erinnern. Normalerweise wischte ich es einfach nur mit einem Putzlappen ab, wenn ich damit gearbeitet hatte. Sollte sich die Wunde etwa entzünden?

Da ich aber meiner unverwüstlichen Kondition mehr vertraute als dem gegenwärtigen Augenschein, beschloss ich, die Wunde erneut mit Wasserstoffperoxid auszuwaschen und diesmal auch mit Jod nicht zu sparen. Notfalls musste ich mir Antibiotika besorgen, was nicht ganz einfach war, denn ich lehnte es entschieden ab, zu Ärzten zu gehen. Selbst meine Zähne behandelte ich in der Regel selbst, sie waren gesund und scharf, nur einmal hatte ich mir einen Backenzahn ziehen müssen, der so schlimm vereitert war, dass es keine Alternative gab. Aber ich kannte einen Medikamentenauslieferer, der glaubte, mir verpflichtet zu sein; ich hatte ihn mal auf dem Waldparkplatz in einem höchstens fünfzehnjährigen Jungen erwischt, und seitdem besorgte er mir für gewöhnlich alles, worum ich ihn bat. Nicht, dass Sie glauben, ich hätte ihm je gedroht, nein, das war nicht meine Art. Er ging nur wie jeder Mensch automatisch davon aus, dass ich für mein Stillschweigen eine Gegenleistung erwartete, was nicht der Fall war, aber darauf musste ich ja nicht auch noch extra hinweisen, oder?

Nachdem ich meine Bluse wieder akkurat im Miederhöschen verstaut hatte – ein Blick in den Spiegel bestätigte mir, dass mein Hosenboden glatt wie ein zugefrorener See war –, verließ ich das Bad wieder. Jeder Schritt schmerzte, aber wie hatte meine Mutter immer gesagt? Indianerherz kennt keinen Schmerz, eine Auffassung, der ich voll und ganz zustimmte. Vorsichtshalber sperrte ich noch Frieda, die bereits auf ihren Abendnapf wartete und hungrig um mich herumschlich, im Wohnzimmer ein. Ich wollte vermeiden, dass sie erneut an Bambi herumleckte. Dann zog ich Mutters Saffianhandschuhe an und ging langsam Richtung Keller.

ICH SCHLOSS die Türe auf. Auf der obersten Stufe der Treppe lauschte ich ins Dunkel, hörte aber nichts. Es herrschte völlige Stille dort unten. Ich schaltete das Licht an und ging langsam hinunter. Bambi lag erfreulicherweise noch genau dort, wo ich sie zurückgelassen hatte, die großen Augen geschlossen, die Haut kalkweiß, ihre zerschlitzte Wange hatte nach Friedas gründlicher Säuberung noch etwas nachgeblutet, aber jetzt war das Blut geronnen. Der winzige Zipfel des Taschentuchs ragte nicht mehr heraus. Vielleicht hatte sie es verschluckt? War sie tot? Aber doch wohl nicht von solch einem im Grunde harmlosen Schmiss, den früher jeder Burschenschaftler rituell wegstecken musste? Vielleicht war sie an ihrem eigenen Blut erstickt? Ich wagte noch nicht, näher an sie heranzutreten, und versuchte zu erkennen, ob sich ihre Brust noch hob und senkte. Aber das war schwer zu sehen, weil ihre Arme gefesselt auf dem Oberkörper lagen. Vorsichtshalber nahm ich den Hammer aus dem Regal – wenn sie irgendwelche Dummheiten im Sinn hatte, würde ich damit zuschlagen und das Spiel ein für alle Mal beenden.

Wie vorausschauend und weise diese Überlegung gewesen war, stellte ich fest, als ich vorsichtig neben ihr in die Hocke ging, um mich zu ihr hinunterbeugen zu können. Denn kaum näherte sich mein Ohr ihrem geknebelten Mund, als sie plötzlich wie ein Springteufel mit dem Oberkörper hochfuhr und mit ihren gefesselten Händen ausholte. Ihre Augen waren weit aufgerissen und sprühten vor Hass, selbst die samtbraunen Striche darüber schienen förmlich zu lodern. Durch den Aufprall ihrer Fäuste verlor ich das Gleichgewicht und fiel hart auf die linke Seite, was einen schneidenden Schmerz im Rücken auslöste, aber während sie versuchte, mir ihre Knie in meinen ihr jetzt zugewandten weichen Bauch zu rammen, konnte ich mit dem rechten Arm ausholen und traf sie einigermaßen hart mit dem Hammer am Kopf. So plötzlich, wie sie hochgeschnellt war, brach sie wieder in sich zusammen, genau wie die kleine Gliederpuppe, die ich mal als Kind besessen hatte und die ich mit ihren durch Gummifäden zusammengehaltenen Gliedmaßen per Knopfdruck aufrichten oder in sich zusammenfallen lassen konnte. Ein Spiel, das ich so lange wiederholte, bis die Gummifäden schließlich zu sehr erschlafften, um weiterhin die Illusion von Lebendigkeit vermitteln zu können. In irgendeinem der Schränke oben müsste sie eigentlich noch liegen, fiel mir ein, denn Mutter hatte selten etwas weggeworfen. Ich würde sie Bambi als Grabbeigabe auf dem Weg ins Jenseits mitgeben, beschloss ich spontan; ein wirklich treffendes Symbol für ihre letzten Stunden.

Diesmal, spürte ich, würde ich mich ihr gefahrlos nähern können, und so horchte ich erneut an ihrer Brust, ob es noch Lebenszeichen gab. Ihr Atem ging wisperleise, stockend und flach, also war sie immer noch nicht tot.

Zähes Dingelchen, dachte ich mit widerwilliger Bewunderung.

Ich drehte ihren Kopf, um nachzuschauen, wie schwer es sie erwischt hatte, aber ich sah nur ein bisschen Blut, das ihre feinen braunen Haare verklebte. Ich beließ es dabei – eigenartigerweise widerstrebte es mir trotz meiner behandschuhten Hände, die Wunde genauer zu untersuchen, obwohl mir das, wie Sie bereits wissen, bei toten oder sterbenden Tieren nicht das Geringste ausmachte. Ich redete mir ein, dass ich Mutters gute Handschuhe nicht beschmutzen wolle, um mir nicht eingestehen zu müssen, dass ich eigentlich gar nicht wollte, dass Bambi schon sterben würde, denn ich genoss unser Spiel viel zu sehr, um es jetzt schon zu beenden.

Zur Sicherheit überprüfte ich noch mal ihre Fesseln. Die saßen nach wie vor stramm, aber diesmal band ich ihre Hände lieber auf dem Rücken fest. Ich brachte sie in eine seitliche Position, im Fachjargon stabile Seitenlage genannt, ging wieder hoch und schloss die Kellertür ab. Es war an der Zeit, das Auto wegzuschaffen.

MIT IHREN AUTOSCHLÜSSELN in der Hand, meiner Stabtaschenlampe und Frieda neben mir ging ich in der nun vollends einbrechenden Dunkelheit zu Bambis teurer Limousine.

Der Wind hatte zum Abend hin aufgefrischt, die Nacht war voller Geräusche, es knackte und knisterte, wisperte und ächzte um mich herum, aber ich verspürte keine Angst, denn der Wald um unser Haus war mir seit Kindesbeinen vertraut. Wenn meine Eltern abends schweigend vor dem Fernseher saßen – ich durfte nie mitschauen, sondern musste um spätestens acht im Bett liegen –, hatte ich mich manchmal aus meinem Zimmer geschlichen und war nach draußen gegangen, bis die Lichter in unserem Haus gelöscht wurden und ich sicher sein konnte, dass meine Eltern zu Bett gegangen waren. Sie gehörten nicht zu der Sorte Menschen, die vor dem Schlafengehen das Bedürfnis hat, noch mal nach dem Kind zu schauen, das zumindest hatte ich immer an ihnen geschätzt.

Bambis Auto war ein älteres Modell, Gott sei Dank, denn ich hatte in der Stadt beobachtet, dass immer mehr Leute ihre Autotüren mit einer Fernbedienung öffneten, und war mir nicht ganz sicher, ob ich das auch gekonnt hätte. Während ich also ganz klassisch mit dem Schlüssel die

Autotür aufschloss, sah ich aus dem Augenwinkel, wie Frieda am Kofferraumdeckel schnüffelte.

Ich setzte mich hinters Steuer und betrachtete die Instrumententafel. Alles sah anders aus als damals im Auto meiner Eltern, und ich war mir für einen kurzen Moment unsicher, ob ich damit klarkommen würde. Aber immerhin gab es ein Zündschloss, und als ich den Schlüssel im Schloss drehte, sprang der Motor sofort mit einem weichen, satten Schnurren an, fast übertönt vom Radio, das ebenfalls anging und in dem ein alter Song der Beatles gespielt wurde, den sogar ich wiedererkannte: *Let it be* von John Lennon, der ja auch schon länger tot war, von einem fanatischen Fan erschossen, wenn ich das richtig in Erinnerung hatte. Ich stellte den Motor wieder ab, das Radio verstummte, und ich stieg aus, um mir den Kofferraum anzuschauen. Ich ging davon aus, dass Bambi dort wahrscheinlich ihr Gepäck verstaut haben würde, denn wer flog schon ohne Koffer nach Chile?

Frieda tanzte im Schein meiner Taschenlampe aufgeregt vor dem Kofferraum herum, und ich überlegte kurz, ob Bambi wohl auch Reiseproviant darin hatte, weil Frieda so interessiert an seinem Inhalt war. Die frischgebackene Witwe Wonnemuth schien mir eigentlich nicht der Typ zu sein, der sich mit hartgekochten Eiern und diversen Butterbroten auf den Weg nach Südamerika machen würde, aber man lernte ja nie aus.

Als ich auf den Knopf des Schlosses drückte, hob sich der Deckel automatisch und gab endlich den Blick auf das beleuchtete Innere frei. Ich hatte recht gehabt – links in der Ecke stand ein kleiner, eleganter Koffer, natürlich aus beigem Leder, in der Farbauswahl war Bambi offenbar konsequent. Rechts vom Koffer lag – und das erklärte Friedas Aufregung – der zusammengekrümmte, schmächtige Körper eines Menschen, von dem ich sofort und ohne jeden Zweifel wusste, dass er tot war, denn kein lebendes Wesen, noch nicht mal ein ohnmächtiges, konnte sich derartig zusammenfalten, es sei denn, es war ein Schlangenmensch. Lange, dicke hellblonde Haare verklebten das Gesicht, und an den bloßen Armen – der Leichnam trug ein orangefarbenes ärmelloses T-Shirt – wies er ähnliche dunkelrote Brandmale wie ich auf, was meine Annahme bestätigte, dass Bambi nicht nur für den Tod ihres Mannes verantwortlich war, sondern vermutlich auch für den des unerwarteten Insassen ihres Kofferraums. Was hatte sie da bloß wieder angestellt? Frieda bellte jetzt laut, offenbar wollte sie auch einen Kommentar dazu abgeben.

Mit einiger Anstrengung – mein Rücken meldete sich wieder, aber ich ignorierte den Schmerz – wuchtete ich den Körper aus dem Kofferraum und ließ ihn auf den Boden fallen. Totes Fleisch wog immer schwerer als lebendes; aber dafür fiel es mir leichter, es anzufassen.

Als die Gestalt ausgestreckt auf dem Boden lag – die Leichenstarre hatte sich schon wieder erledigt, was mir verriet, dass sie schon mindestens vierundzwanzig Stunden tot sein musste –, sah ich, dass es sich um eine Frau handelte. Das hatte ich angesichts der Größe und der langen blonden Haare auch bereits vermutet. Oder noch eher war es ein junges Mädchen, denn die Brüste waren hoch und wölbten sich kaum erkennbar unter der eng anliegenden orangefarbenen Baumwolle, und die mit einer ebenso engen Jeanshose bekleideten Beine wirkten dünn und fohlenhaft. Die Fußnägel waren mit neongelbem abblätternden Nagellack gefärbt.

Ich strich das lange Haar beiseite, um ihr Gesicht sehen zu können.

Große hellgraue, weit auseinanderstehende Augen mit winzigen roten Einsprengseln stierten mich ausdruckslos an, der Blick war bereits milchig, die Augäpfel eingesunken. Im Licht meiner Taschenlampe sah ich, dass es sich tatsächlich um eine sehr junge Frau handelte – maximal achtzehn, wiewohl ich mit meiner Altersschätzung ab jetzt vorsichtiger sein würde. Vielleicht war sie wider Erwarten auch schon fünfundzwanzig. Ebenmäßige Züge, eine kecke, schmale Nase mit ein paar Sommersprossen auf dem Rücken, markante Wangenknochen, ein volllippiger Mund, dem die letzten, dringend benötigten Atemzüge verweigert worden waren. Ihr Gesicht erinnerte mich vage an das einiger weiblicher Disneyfiguren, vielleicht an Arielle oder Alice im Wunderland. Sie war erstickt oder erdrosselt worden, vermutete ich. Ich korrigierte meine erste Einschätzung ihren Todeszeitpunkt betreffend, als ich jetzt bewusst an ihr schnupperte und den Verwesungsgeruch wahrnahm, der dem Körper entströmte. Wahrscheinlich war sie doch schon eher drei oder sogar vier Tage tot.

Aber da war noch etwas – ich kannte sie.

DA ICH keinerlei gesellschaftlichen Umgang pflegte, begann ich zu grübeln, woher. War sie vielleicht manchmal im Fernsehen zu sehen, verkaufte sie irgendetwas, für das ich mich eher weniger interessierte, hatte ihr Gesicht aber beim Umschalten registriert? Nein, beschloss ich, dazu war sie nicht der Typ. Zu modern, zu *cool*, wie man heutzutage sagte. Woher konnte ich sie sonst noch kennen? Ich betrachtete ihr stilles Antlitz nachdenklich, und da fiel es mir plötzlich ein: Sie war die Tochter einer ehemaligen Klassenkameradin, Karin Wolter, die damals aus mir unerfindlichen Gründen auch noch nach dem Abitur den Kontakt halten wollte. Sie schrieb mir in den ersten Jahren manchmal eine Karte aus dem Urlaub, und vor ein paar Jahren waren wir uns zufällig beim Einkaufen begegnet. Sie hatte mich sofort erkannt und so getan, als würde sie vor Freude über das Wiedersehen schier platzen, und bei dieser Gelegenheit war das Mädchen, das ihr überhaupt nicht ähnlich sah, dabei gewesen. Ich rechnete nach – diese Begegnung mit Karin, die mittlerweile Eppenhagen hieß, musste jetzt mindestens sechs Jahre her sein, damals war ihre Tochter nicht älter als fünfzehn oder vielleicht sechzehn gewesen, hieß, sie musste jetzt also knapp über zwanzig sein. Ich versuchte mich an ihren Vornamen zu erinnern, irgendwas mit L, wenn ich mich nicht täuschte. Lina, Lola, Lotte, nein, jetzt hatte ich es wieder: Lea. Lea Eppenhagen, falls dieses junge Ding, das vor mir auf dem Boden lag, nicht geheiratet und auch den Namen irgendeines Mannes angenommen hatte.

Normalerweise war ich alles andere als neugierig und vermied nach Kräften, mich in die Angelegenheiten Fremder einzumischen, aber jetzt konnte selbst ich nicht umhin, mich zu fragen, warum ausgerechnet *sie* tot in Bambis Kofferraum lag. Karin dürfte darüber alles andere als erfreut sein, schoss es mir durch den Kopf. Sie hatte schon immer eine ausgesprochen mütterliche Art gehabt, die aber in Wahrheit nur selbstgefällig war. Meist war sie damit beschäftigt, irgendwelche Klassenaktivitäten zu organisieren, sie wurde regelmäßig zur Klassensprecherin gewählt und kümmerte sich um alles, was ihrer Meinung nach Hilfe benötigte – sei es eine heulende Freundin, die eine angeblich ungerechte Fünf in Mathe bekommen hatte, oder die graugetigerte Schulkatze, die sich beim Sprung aus dem dritten Stock das Bein gebrochen hatte. Oder eben um mich, die klassische Außenseiterin. Sie liebte es, im Mittelpunkt zu stehen, ihr Gesicht in mitleidige Falten zu legen und ungebetene Ratschläge von sich zu geben. Nachdem wir die Schule verlassen hatten, war Karin diejenige, die zu Klassentreffen einlud, zu denen ich natürlich niemals hinging. Wenn ich mich recht erinnerte, war sie auch die Einzige gewesen, die mir schriftlich zum Tod meiner Eltern kondoliert hatte, als dieser offiziell bestätigt wurde. Wie sie allerdings davon erfahren hatte, war mir schleierhaft. Ihr Vater war Frauenarzt gewesen, aber ihre Mutter hatte im Einwohnermeldeamt gearbeitet. Vielleicht war Karin auch bei einer solchen Behörde beschäftigt und hatte deshalb Zugang zu Informationen, die der Öffentlichkeit vorenthalten wurden. Ich hatte sie nicht gefragt, was sie beruflich machte, es hatte mich nicht interessiert.

Ich gestand mir ein, dass mir das alles allmählich ein wenig über den Kopf wuchs. Hier stand ich mitten im Wald, vor mir lag eine tote Frau und im Keller eine halbtote, und mir selbst ging es auch nicht besonders gut. Ich befühlte meine Stirn und stellte fest, dass sie wieder heiß und feucht war. Ich überlegte, was ich jetzt machen sollte, und beschloss, das tote Mädchen erst mal zurück in den Kofferraum zu hieven. Ein verlassenes Auto mitten im Wald konnte mit etwas Pech jemandem auffallen, eine Leiche davor aber noch mehr.

Ich atmete tief durch, bündelte meine Kräfte, dann bückte ich mich und hob den Körper hoch. Ich war froh, dass Karins Tochter so dünn war, sonst hätte ich es in meinem angegriffenen Zustand nicht geschafft, sie wieder in den Kofferraum zu verfrachten.

Ich ließ den Deckel zufallen, öffnete die hintere Tür und befahl Frieda, ins Auto zu springen, was sie freudig tat, obwohl sie noch niemals vorher in einem Auto Platz genommen hatte.

Als ich den Motor erneut anließ, ging auch das Radio wieder von selbst an. Leider lief diesmal keine Musik, sondern Nachrichten. Ich suchte im Licht der Innenbeleuchtung nach dem Ausschaltknopf, fand ihn aber auf der mir unvertrauten Konsole nicht auf Anhieb und musste deshalb unfreiwillig mithören, was es Neues in der Welt gab. Allerdings hörte ich genauer hin, als ich plötzlich wieder Wonnemuths Namen vernahm. Die Sprecherin berichtete vom rätselhaften Verschwinden seiner Frau Valerie, dann wurde der Leiter der SoKo Wonnemuth zugeschaltet. Ich war nicht verwundert, als ich hörte, dass es Kommissar Lichtblau höchstpersönlich war, der via Rundfunk die Bevölkerung bat, sich zu melden, wenn jemand sachdienliche Hinweise auf Frau Wonnemuths derzeitigen Aufenthaltsort hätte. Sie wurde angeblich dringend als Zeugin gesucht.

Zeugin ist gut, dachte ich belustigt. Obwohl, sie war ja zweifelsohne bei dem Mord dabei gewesen. Ob Karins tote Tochter wohl auch darin verstrickt war? Aber wie sollte ich das bitte herausfinden, ich hielt nichts von diesem sagenhaften Internet, das für viele ebenso unverzichtbar wie Luft zum Atmen zu sein schien. Ich besaß noch nicht mal einen Computer. Und was würde es mir überhaupt bringen, es zu erfahren?

Frieda schnüffelte von hinten an meiner Schulter und stupste mich zärtlich an, ganz so, als ob sie mir etwas mitteilen wollte. Ich drehte mich fragend zu ihr um und schaute in ihre schwarzumränderten braunen Augen, die mich plötzlich ein wenig an Bambi erinnerten. Gut, sollte mein Gast immer noch leben, würde es unser Spiel vielleicht würzen, wenn ich ihr klarmachte, dass ich nicht nur die Herrin ihrer Zukunft war, sondern auch mehr über ihre Vergangenheit wusste, als ihr lieb sein konnte.

ENDLICH FAND ICH den Ausschaltknopf und brachte den Schalthebel in die Position D. Wie ein alter Hase machte ich das, fand ich. Vorsichtig und ganz langsam lenkte ich den Wagen an der Gruppe junger Birken vorbei und folgte im Schritttempo dem halb überwachsenen Forstweg, der tief in den Wald führte und mich nach einigen Kilometern zum Tümpel bringen würde, in dem bereits meine Eltern ihre letzte Ruhestätte gefunden hatten. Ich hoffte sehr, dass es das kleine stehende Gewässer überhaupt noch gab, und wenn ja, war mir klar, dass es wieder einige Tage harter Arbeit erfordern würde, die letzten zwanzig, dreißig Meter dahin von Gestrüpp und Unterholz zu befreien, immerhin lag mein Besuch dort vierzig Jahre zurück, und sicher war alles längst wieder zugewachsen. Aber das hatte Zeit. Wichtig war erst mal, den Wagen so gut wie möglich zu verstecken. Ich gedachte auch, ihn mit Zweigen und Blättern zu bedecken, damit er morgen nicht das Sonnenlicht reflektierte. Dass Bambi die Farbe olivgrün für ihr Auto ausgesucht hatte, was sich farblich hervorragend in den Wald integrierte, nahm ich als positives Zeichen. Aber beige wäre auch in Ordnung gewesen.

ALS ICH DREI STUNDEN später völlig erschöpft und verschwitzt vom nächtlichen Marsch zurück nach Hause kam, sehnte ich mich nur noch nach einer Mahlzeit und meinem Bett. Auch Frieda war ausgehungert, ihre übliche Fressenszeit war bereits um vier Stunden überschritten. Ich öffnete mit steifen Bewegungen eine Dose gehackter Lammherzen für sie, die sie gierig und innerhalb weniger Sekunden verschlang. Dann machte ich für mich eine Dose mit Gulaschsuppe auf und schüttete den Inhalt in einen kleinen Topf. Ich stellte die Herdplatte auf niedriger Stufe an und ging ins Bad.

Ich streifte meine durch den langen Waldspaziergang am unteren Saum verschmutzte dunkelblaue Hose ab, ließ ächzend Unterhose und Miederhöschen folgen und betrachtete den Verband. Er war fleckig, eine gelbbraune Flüssigkeit war durch den Mull gesickert. Das konnte natürlich vom Jod kommen, dachte ich, biss die Zähne zusammen und riss den Verband erneut mit einem scharfen Ruck ab.

Die Stichverletzung sah nicht gut aus, musste ich zugeben. Zwar hatten sich die Ränder jetzt geschlossen, aber das sie umgebende Fleisch war stärker verfärbt als heute Morgen und stark angeschwollen. Offenbar hatte sich im Inneren Flüssigkeit angesammelt. Ich roch an dem alten Verband und verzog über den Gestank unwillkürlich das

Gesicht, obwohl ich, wie Sie bereits wissen, keine allzu empfindliche Nase hatte. Ich würde mir also doch Antibiotika besorgen müssen, da kam ich nicht drum herum. Außerdem musste die Wunde nochmals geöffnet werden, um den Eiter abfließen zu lassen. Ich nahm mir vor, erst meine Suppe zu essen und es dann noch vor dem Schlafengehen hinter mich zu bringen. Einer der Vorteile des Alleinlebens war es, sich nicht wieder ankleiden zu müssen, denn vor allem das Aus- und Anziehen des straffen Miederhöschens war zurzeit eine ziemlich unangenehme Prozedur.

In der Küche dampfte die Suppe bereits, und gerade, als ich mich hingesetzt hatte – natürlich nicht, ohne vorher ein Geschirrhandtuch auf dem Stuhl auszubreiten, damit das brüchige Kunstleder nicht mit meinem Geschlechtsteil in Berührung kam – und den ersten Löffel nehmen wollte, hörte ich ein dumpfes Klopfen.

Ich erschrak heftig. Es musste weit nach Mitternacht sein, und ich war nur halb bekleidet – stand da etwa jemand an der Tür? Frieda bellte laut los, und ich herrschte sie an, sie solle ruhig sein, denn bei dem Lärm, den sie machte, konnte ich nicht feststellen, woher das Klopfen kam. Der Umstand, dass Frieda nicht in die Diele gelaufen war, sagte mir, dass es woanders als an der Haustür klopfte, und als ich jetzt genauer hinhörte, begriff ich, dass das Klopfen aus dem Keller kam. Bambi! Die hatte mir jetzt gerade noch gefehlt! Ich hoffte, dass sie über kurz oder lang wieder damit aufhören würde, und löffelte stoisch weiter meine Suppe. Aber das Klopfen hielt an.

So würde ich trotz meiner Erschöpfung nicht einschlafen können, also musste ich wohl oder übel etwas dagegen unternehmen.

In der Diele streifte ich mir meinen guten Popelinemantel und Mutters Handschuhe über – ich hatte keine Lust, mir nur wegen Bambi wieder Hosen anzuziehen –, dann schloss ich die Kellertür auf und ging hinunter.

Diesmal tat sie nicht so, als würde sie schlafen, sondern schaute mich mit weit aufgerissenen Augen an und gab erstickte Laute von sich. Ihre rechte Hand war aufgeschürft, das hatte sie sich selbst zuzuschreiben, was klopfte sie auch mitten in der Nacht, dachte ich. Dennoch wollte ein Teil von mir gerne hören, was sie mir zu sagen hatte. Ich griff wieder zum Hammer und näherte mich ihr.

»Keine weiteren Fisimatenten, Frau Wonnemuth«, sagte ich kühl. »Sonst bekommen Sie meinen Hammer zu spüren!«

Sie nickte hastig und klimperte mit ihren verschmierten Wimpern. Offenbar hatte sie keine wasserfeste Tusche verwendet, aber die samtbraunen Striche darüber saßen noch tadellos, was mich irgendwie verstimmte.

Ich beugte mich zu ihr hinunter und riss die verknäuelten und vom Blut hart gewordenen Taschentücher aus ihrem Mund, was sie mit einem spitzen, hohen Wehlaut quittierte.

»Also?«, fragte ich.

Sie versuchte etwas zu sagen, aber es gelang ihr nicht. Nach mehreren Anläufen brachte sie schließlich so etwas wie »Wascher« heraus. Klar, dass sie Durst hatte, sie hatte seit fast dreißig Stunden keine Flüssigkeit mehr zu sich genommen, fiel mir jetzt ein.

»Wie bitte?«, fragte ich katzenfreundlich. »Ich weiß nicht, was Sie meinen, Sie müssen sich deutlicher ausdrücken.«

Ihre Pupillen verengten sich kurz, dann machte sie einen neuen Versuch.

»Wascher. Dusst.«

»Ach, Sie wollen etwas trinken? Warum haben Sie das nicht gleich gesagt?«, erkundigte ich mich gleichbleibend freundlich. »Bihde!«, kam es gepresst von ihr.

Ich erhob mich und ging zu dem alten, schmutzigen Keramikbecken, in dem ich immer meine Hände wusch, wenn ich mein Tageswerk erledigt hatte. Ich nahm eine Schale, in der ich manchmal Mörtelmasse anrührte, und füllte sie mit Wasser.

Ihre Augen klebten an mir, weswegen ich das Wasser extra lange laufen ließ und die Schale mehrfach ausspülte und neu füllte. Ich konnte ihre Gier nach Wasser fast körperlich spüren. Schließlich kehrte ich zu ihr zurück und half ihr, sich halb aufzusetzen, dann führte ich die Schale an ihren Mund. Obwohl noch kleine Mörtelbröckchen, die sich von den Seiten gelöst hatten, darin schwammen, trank sie wie eine Verdurstende, die sie wohl auch war, und hörte erst auf, als die Schale leer war. Aus ihrer zerschnittenen Wange liefen hellrote Rinnsale, und sie leckte ihre blutverkrusteten Lippen, die Frieda bei ihrer hündischen Säuberungsaktion ausgelassen hatte.

»Mehr«, forderte sie schwach.

Aber jetzt wollte ich mich endlich um mich selbst kümmern, und außerdem hatte sie mir gar nichts zu befehlen. Ich schüttelte scheinbar bedauernd den Kopf und griff nach dem Knebel.

»Bihde nein, nich«, wimmerte sie.

Na ja, eigentlich war es auch egal, niemand konnte sie hören außer mir.

»Wenn Sie mir versprechen, nicht mehr zu klopfen!«, sagte ich generös.

Sie nickte und hustete rasselnd.

Na, es ging doch, man musste ihr nur gut zureden, konstatierte ich zufrieden und überließ sie einer weiteren Nacht in meinem Keller.

AM NÄCHSTEN MORGEN erwachte ich spät, es war schon nach neun, als brennender Harndrang einen sofortigen Gang auf die Toilette erforderlich machte. Mit gerunzelter Stirn sah ich, dass jetzt auch mein Urin verfärbt war, er hatte einen dunklen, cognacfarbenen Ton angenommen.

All das hatte ich nur Bambi zu verdanken, dachte ich verärgert. Aber es half nichts, ihr Vorwürfe zu machen, ich musste selbst etwas unternehmen. Nach Erledigung der sonstigen morgendlichen Abläufe ging ich also ins Wohnzimmer, um einen meiner seltenen Anrufe zu tätigen.

Unser Telefon hatte ich schon vor mehr als zwanzig Jahren abgemeldet, stattdessen kaufte ich mir alle sechs, sieben Jahre ein Prepaid-Seniorenhandy ohne jeglichen Schnickschnack, auf dem ich immer genau drei Nummern abspeicherte. Die der Auskunft, meine eigene, die ich sonst sofort vergessen würde, und die des Medikamentenauslieferers, den ich jetzt hoffte, an die Strippe zu bekommen, ach nein, es gab ja keine Strippen mehr, seltsam, wie allgemein gebräuchliche Formulierungen vom Fortschritt ad absurdum geführt wurden.

Ich hatte Glück, und er meldete sich sofort. Als er erkannte, wer am anderen Ende war, senkte er seine Stimme unwillkürlich.

»Was wollen Sie?«, kam es schneidend von ihm.

Ich teilte ihm mit, dass ich Antibiotika benötigte und er sie bis spätestens heute Mittag zum Waldparkplatz bringen und unter die Bank dort legen sollte. Ich würde sie dann abholen. Er sagte irgendwas von unmöglich, er hätte dringende Terminfahrten, aber ich schnitt ihm das Wort ab.

»Bis heute Mittag«, sagte ich brüsk und beendete das Gespräch. Ich wusste, dass ihn mein Wissen um seine sexuellen Vorlieben gehorchen lassen würde.

Dann bereitete ich mich innerlich auf mein zweites, wesentlich schwierigeres Telefonat vor. Die Auskunft gab mir die Telefonnummer von Karin Wolter-Eppenhagen und verband mich freundlicherweise auch gleich mit ihr, und so dauerte es nur wenige Sekunden, bis ich ihre mir immer noch verblüffend vertraute Stimme hörte.

»Eppenhagen?«, meldete sie sich und hörte sich genauso selbstsicher und resolut an wie damals, wenn sie ein Referat hielt oder für ihre Wiederwahl als Klassensprecherin warb. »Hier ist Bärbel«, sagte ich, und als sie nichts erwiderte, fügte ich hinzu »Bärbel Böttcher. Du erinnerst dich doch sicher noch an mich?«

»Bärbel«, sagte sie gedehnt.

Ich spürte, wie es in ihrem Kopf ratterte, doch sie überspielte ihre Verblüffung über meinen unerwarteten Anruf souverän und fuhr mit leicht herablassendem Ton fort.

»Natürlich erinnere ich mich an dich. Wie geht es dir?«

»Gut«, antwortete ich.

Sie hörte sich entschieden nicht so an, als ahnte sie bereits, dass ihre Jüngste tot war. Es war ein gutes Gefühl, ihr einmal etwas voraus zu haben.

»Was kann ich denn für dich tun, ich bin gerade beim Kofferpacken, ich verreise morgen für ein paar Tage«, sagte sie.

Nun konnte ich ja schlecht behaupten, ich wolle nach so vielen Jahren einfach nur mal wieder ein Schwätzchen mit ihr halten, aber ich hatte mir im Bad etwas überlegt, auf das sie todsicher reagieren würde.

»Also«, sagte ich zögerlich, »ich habe in letzter Zeit oft an dich denken müssen und daran, dass sich unser Abi bald zum fünfunddreißigsten Mal jährt …«

»Aha? Aber du hast dich doch nie auf einem unserer Treffen blicken lassen, obwohl ich dich so oft eingeladen habe«, erwiderte sie.

Das stimmte, und ich hatte auch nach wie vor nicht vor, es jemals zu tun. Außerdem klang sie etwas beleidigt. Sie konnte es schon früher nicht ausstehen, wenn jemand einer ihrer Einladungen nicht Folge leistete, es sei denn, er war tot oder zumindest schwer verletzt.

»Ja, tut mir leid, wirklich, sehr leid«, log ich. »Du weißt doch, wie ich bin. Aber ich hab mir vorgenommen, endlich mehr unter Leute zu gehen, das hast du mir doch damals schon immer geraten …«

»Allerdings! Gratulation zu dieser späten Einsicht!«, sagte sie prompt. »Ich begreife nur immer noch nicht ganz …«

»Na, ich dachte, dass du doch bestimmt was organisierst, ich meine, wenn nicht du, wer dann, du machst das doch am besten, oder?«

Sie lachte geschmeichelt, ich hatte mich aber auch wirklich sehr bemüht, einen ebenso bewundernden wie devoten Tonfall anzuschlagen.

»Ich würde mich wirklich sehr freuen, wenn ich diesmal kommen dürfte und euch alle mal wiedersähe«, flötete ich.

»Ehrlich?«, fragte sie zögerlich.

Schnell schob ich hinterher »Hast du eigentlich noch Kontakt zu Cordula?«

Cordula war damals ihre größte schulische Konkurrenz gewesen, und ich nahm an, dass sie immer noch liebend gerne über sie herzog. Erwartungsgemäß begann sie sofort, mir Cordulas tragisches Leben zu schildern, nie geheiratet, drei uneheliche Kinder von drei verschiedenen Männern, sie lebte jetzt auf Bali und sei völlig verarmt, man stelle sich so was vor. Dass sie eigentlich weg wollte, schien sie vergessen zu haben, so sehr genoss sie es, unter der dünnen Firnis von Empathie all den Klatsch der letzten Jahrzehnte über unsere Mitschüler loszuwerden, vor allem über die, die es nicht wie Karin »geschafft« hatten, eine Familie zu gründen und ein gutbürgerliches Dasein zu führen.

Ich fragte nach ihrem Gatten Herrn Eppenhagen und war überrascht, als ich hörte, dass sie seit einigen Jahren getrennt von ihm lebte. Aber, beeilte sie sich zu ergänzen, sie habe ein sehr freundschaftliches Verhältnis zu ihm und die Kinder sähen ihn regelmäßig. Familie habe nun mal Priorität. Aha. Ich verzichtete darauf, nachzufragen, wer denn wen verlassen hatte, weil ich ahnte, dass sie das verstimmen würde.

Dass ich mich irgendwann nach ihren Kindern erkundigte, schien so fast zwangsläufig.

»Ach, die Jungs sind schon längst verheiratet, stell dir vor, ich hab schon fünf Enkelkinder, das glaubt mir keiner«, kicherte sie.

»Und deine Tochter, ich hab sie doch mal kennengelernt, sie war so ein bildhübsches Ding, kam ganz nach dir, wie hieß sie noch?«, fütterte ich sie an.

»Du meinst Lea«, sagte sie.

»Todsicher auch schon verheiratet, richtig?«, fragte ich munter weiter.

»Nein«, sagte Karin. »Sie ist zwar schon vor drei Jahren weg von zu Haus in eine Frauen-WG gezogen, aber …«

»Ach was!«, unterbrach ich sie. »Aber sie ist doch nicht etwa …?« Ich ließ offen, was ich meinte, mein Tonfall hatte allerdings gen Ende eine leicht genante Färbung angenommen, und Karin biss sofort an.

»Nein, selbstverständlich ist sie nicht *lesbisch*, sie hat seit ein paar Monaten einen festen Freund.«

Das große ABER, das sie sich verkniff, verstopfte fast die Leitung. Dann würde ich es eben aussprechen.

»Aber …?«

Sie seufzte. »Aber ich kenne ihn nicht. Noch nicht. Obwohl die zwei sich mindestens drei-, viermal die Woche sehen.«

»Hat er was gegen dich?«, fragte ich scherzhaft.

Sie schwieg.

»Du bist doch sicher eine Traumschwiegermutter«, setzte ich nach.

»Na ja, sie macht halt ein Riesengeheimnis um ihn.« Sie senkte ihre Stimme leicht. »Er ist nämlich *prominent*!«

So ehrfürchtig, wie sie dieses Wort aussprach, war mir sofort klar, dass sie sich zwar vor Neugierde verzehrte, aber auch äußerst stolz war, dass ihre Tochter so einen kapitalen Fang gemacht zu haben schien, weswegen sie sich offenbar mit allzu penetranten Fragen über das töchterliche Privatleben zurückhielt.

»Prominent?? Wirklich? Wie spannend. Ist er Politiker oder Sänger?«, sagte ich in der Hoffnung, mehr zu erfahren, und wurde auch jetzt nicht enttäuscht.

»Er ist wohl ein sehr bekannter Schauspieler.« Sie seufzte kokett. »Und einiges älter als sie, aber sie hat ein Faible für reifere Männer. Tja, und mehr hat sie noch nicht erzählt.«

Ich sagte beruhigend, es gebe sicher Schlimmeres als einen lebenserfahrenen Mann in den besten Jahren und wechselte erneut das Thema, damit sie nicht wegen meines Interesses an Lea misstrauisch wurde. Nach dem Anhören ein paar weiterer mediokrer Schicksale aus Karins Dunstkreis leitete ich das Ende des Gesprächs ein, indem ich behauptete, den Postboten mit einem Päckchen für mich nahen zu sehen. Ich glaube, ich hatte seit etwa vier Jahrzehnten nicht mehr so viel am Stück gesprochen beziehungsweise auch zugehört wie gerade, war aber ziemlich sicher, es einigermaßen »normal« hinbekommen zu haben. Ich dankte ihr nochmals *»für alles, du weißt schon«*, sie versprach, mir eine Einladung zum Klassentreffen zu schicken, bei dem ich ihr dann hoffentlich auch etwas über mich erzählen würde. Sie klang plötzlich neugierig, offenbar war ihr gerade erst bewusst geworden, dass wir nur über sie geredet hatten.

»Das mach ich dann auf jeden Fall, Karin!«, sagte ich und wünschte ihr noch eine gute Reise. Dann konnte ich endlich das Gespräch wegdrücken.

Ich legte erschöpft den Kopf in den Nacken und schaute auf die mit PVC in Holzoptik vertäfelte Zimmerdecke, die mein Vater damals eigenhändig abgehängt hatte. Dieses Telefonat war für mich Schwerstarbeit gewesen, aber ich konstatierte auch, dass ich durch die sich überstürzenden Ereignisse, ausgelöst durch den Mann mit dem Stöckchen im Auge, wieder um einiges geschmeidiger kommunizieren konnte als noch vor zwei Tagen. Wenn ich nur daran dachte, wie spröde ich mich noch Bambi gegenüber verhalten hatte, als sie vor meiner Tür stand. Wie lange ich gebraucht hatte, um auch nur die Floskel »Herzliches Beileid« aus meinem Sprachschatz hervorzukramen. Dagegen war das Telefonat mit Karin eine verbale Meisterleistung gewesen. Ich machte mich.

Nachdem ich Bambi, die zusehends verfiel und nicht zur Konversation aufgelegt schien, mit diesmal reichlich Wasser sowie einer Vitamin- und einer Magnesiumtablette versorgt und das Kellerfenster einen Spalt geöffnet hatte, damit sie ein wenig frische Luft schnappen konnte, fühlte ich mich als vorbildliche Gastgeberin. Ich hatte ihr sogar einen Eimer bereitgestellt, damit sie sich erleichtern konnte. Außerdem hatte ich ihr Gesicht und Hände gewaschen. Alles in allem ein Service, wie ihn sicher nur allererste Häuser leisteten.

DANACH GING ICH mit Frieda rüber zum wie immer leeren Waldparkplatz, um zu sehen, ob mein Medikamentenauslieferer seine Schuldigkeit getan hatte. Ja, sah ich erfreut, unter der Bank lag tatsächlich ein kleines Päckchen. Es wurde aber wirklich auch Zeit, denn mittlerweile spürte ich auch ohne Thermometer, dass ich Fieber hatte, und zwar nicht zu knapp.

Wieder daheim, öffnete ich das Päckchen und fand die gewünschten Antibiotika vor. Sorgfältig überprüfte ich, ob die Folie über den Tabletten unversehrt war; ich hatte keine Lust, mich zu vergiften, falls er auf die Idee käme, das Vertauschen oder Präparieren von Tabletten könnte eine gute Möglichkeit sein, mich endgültig loszuwerden. Nein, alles schien seine Richtigkeit zu haben. Dieser Feigling. Ich an seiner Stelle hätte Mittel und Wege gefunden, mich meiner zu entledigen.

Ich schluckte die erste Dosis sowie zwei weitere Analgetika und fühlte mich sofort etwas besser, was natürlich Einbildung war, aber die Psyche trägt einen Gutteil zur körperlichen Genesung bei, das hatte ich mehrfach gelesen. Und erst wenn ich die Entzündung erfolgreich bekämpft hatte, würde ich Bambi – so sie denn versterben würde – und Lea für immer verschwinden lassen können. Vorher hätte ich definitiv nicht die

Kraft, den Weg zum Tümpel freizusägen, das war mir bewusst.

Ich musste nur noch eine elegante Möglichkeit finden, Bambi aus dem Keller zu schaffen und sie ungesehen zu ihrem Auto zu bringen, das ja bereits in der Nähe des kleinen Teichs auf seinen zweiten Passagier wartete. Vielleicht mit meiner Schubkarre? Ich könnte Bambis Körper zerlegen und in einen großen Müllsack packen, das würde zumindest weniger auffallen, und für den äußerst unwahrscheinlichen Fall, dass mich doch jemand dabei sähe, würde derjenige sicher annehmen, ich wolle illegal Müll entsorgen. Aber ganz sicher konnte ich da nicht sein. Ich beschloss also, die diesbezügliche Planung noch etwas zu vertagen.

Bis dahin konnte ich nur hoffen, dass die Polizei nicht auf die Idee kam, mich nochmals zu befragen oder mich gar zu Hause aufzusuchen. Aber warum hätte sie das tun sollen? Ich war ja nur eine Zeugin, völlig unwichtig, und dass Kommissar Lichtblau mich für eine verrückte, aber harmlose Alte hielt, kam mir nur zugute.

Als ich das MAMIL gefunden hatte, hatte ich keine Zeit damit verschwendet, zu spekulieren, wie das Stöckchen wohl in sein Auge geraten war. Ich muss gestehen, dass ich als Erstes sogar gedacht hatte, er sei gestolpert und dumm auf beziehungsweise *in* das Stöckchen gefallen.

Das hätte ich besser wissen müssen, ging es mir selbstkritisch durch den Kopf. Meine Eltern und Großeltern besaßen nämlich diverse Bücher zu allen möglichen Themen des Lebens, und an eines erinnerte ich mich deswegen so gut, weil meine Mutter es vor mir versteckt hielt: Es handelte sich dabei um ein Werk über Ehehygiene, verfasst von einer gewissen Dr. Irene Steffen, ihres Zeichens Gynäkologin. In einem Kapitel beschrieb sie ihre Erfahrung mit dem Einführen von Alltagsgegenständen in die Vagina, wovon sie im Übrigen dezidiert abriet. Sie schilderte, wie einmal ein frischverheiratetes Ehepaar zu ihr in die Praxis kam, weil die Frau einen Apfel in ihrer Scheide hatte, der nicht mehr von selbst rauswollte, und als Erklärung gab die extrem verlegene junge Dame an, sie sei versehentlich über einen Obstkorb gestolpert. Frau Doktor Steffen fand diese Begründung sehr unwahrscheinlich, ich auch. Und trotz dieser Geschichte hatte ich vor zwei Tagen nicht sofort an Mord gedacht. Ich konnte jetzt besser verstehen, warum die Leute mich für lebensfremd hielten. Aber vorgestern war meine Welt ja auch noch in Ordnung gewesen, ich hatte noch nicht die Bekanntschaft mit MAMILs und Leas Mörderin gemacht, verteidigte ich mich vor mir selbst.

Ich resümierte, was ich mittlerweile zu wissen glaubte. Obwohl es noch andere Möglichkeiten gab, schien es mir naheliegend zu sein, dass Karins Tochter ein Verhältnis mit dem Mann mit dem Stöckchen im Auge gehabt hatte. Es wäre schon ein arger Zufall, wenn ihr geheimnisvoller prominenter Freund und das MAMIL nicht ein und dieselbe Person gewesen wären. Ich versuchte, mir ein mögliches Szenario zusammenzureimen.

Angenommen Bambi hatte ihren untreuen Mann beobachtet, war ihm heimlich nachgefahren zu seinem letzten Stelldichein. Vielleicht hatten Lea und Wonnemuth beschlossen, »es« draußen zu tun, das Wetter war ja in den letzten Tagen einigermaßen sonnig gewesen, und da sie ihr Verhältnis geheim hielten, konnten sie sowieso nicht in ein Hotel gehen, wo man ihn sofort erkannt hätte. Und ein WG-Zimmer war wahrscheinlich auch nicht der diskreteste Ort für Geschlechtsverkehr mit einem Fernsehtierarzt.

Ich knabberte nachdenklich an meinem Daumennagel. Mir widerstrebte die Vorstellung von gelebter Fleischeslust in meinem Wald enorm, aber über so etwas hatte ich nun mal leider keine Kontrolle.

Dann hatte Bambi sie bei ihrem Treiben erwischt, in flagranti, so sagte man doch? Ich stellte mir die beiden verschwitzten Körper vor und Bambis große Rehaugen, die bestimmt schmal geworden waren, als sie zusah, wie ihr Mann das junge Ding inmitten von Moos und Farnen besteigen wollte. Ich konnte mich nicht erinnern, ob seine Leiche sichtbare Brandspuren vom Elektroschocker aufgewiesen hatte, aber es war ja alles voller Lycra gewesen. Und so genau hatte ich auch nicht hingeschaut, ich war ja nur an dem Stöckchen interessiert gewesen, aber vermutlich hatte es sich so verhalten, denn wie sonst hätte Bambi die beiden überwältigen können?

Sie machte also ihren Mann kampfunfähig, während

Lea … Ja, was hatte Lea wohl getan? War sie panisch davongerannt?

Ich zog mit den Zähnen einen winzigen Fetzen Haut von meinem Daumen und schmeckte augenblicklich Kupfer. Scheibenkleister, jetzt blutete ich auch noch. Ich leckte an der Wunde und überlegte weiter.

Bambi hatte keine andere Waffe als den Elektroschocker in ihrer Tasche gehabt. Aber damit bringt man niemanden so rasch um, da brauchte es eine ganze Menge Stöße, nahm ich an. Also hatte sie sich umgeblickt und mein perfektes Stöckchen entdeckt. Vielleicht war es abgebrochen gewesen und deshalb am Ende spitz? Oder Bambi hatte in aller Eile mit ihrer Nagelschere nachgeholfen? Vor meinem inneren Auge entstand das Bild, wie Bambi das Stöckchen packte und es ihrem hilflosen Gatten ins Auge rammte, mit aller Kraft, zu der sie fähig war. Vielleicht hatte er trotz Krämpfen noch mal versucht, sich zu wehren, und ihr dabei die Kette abgerissen, die dann im hohen Bogen im Unterholz landete, wo ich sie später gefunden hatte? Ja, so oder so ähnlich konnte es sich abgespielt haben.

Und was war dann geschehen? Meine Nagelhaut blutete jetzt nicht mehr, aber ich saugte trotzdem weiter an meinem Daumen. Klar, jetzt musste Bambi Lea finden, denn als Zeugin des Mordes wollte sie sie sicher nicht ungeschoren davonkommen lassen, das war nur logisch. Wenn Lea nach ihrer Mutter Karin kam, dann war sie bestimmt nicht so schlau gewesen, einfach das Weite zu suchen, sondern hatte sich vielleicht nur hinter einem Baum oder einem Gebüsch versteckt, um auf eine Chance zu warten, ihrem Geliebten zu helfen. Vielleicht hatte sie, als sie sah, wie Bambi Wonnemuth das Stöckchen ins Auge stieß, aufgeschrien und so ihren Standort verraten? Das würde natürlich erklären, warum Bambi nicht den Verlust ihrer Kette bemerkte, denn wenn sie Lea gehört hatte, musste sie *sofort* handeln. Ich nickte – genauso hätte ich es an ihrer Stelle auch gemacht.

Wieder sah ich vor meinem inneren Auge das MAMIL mit dem Stöckchen im Auge, aber diesmal auch, wie Bambi mit ihrem Elektroschocker bewaffnet Lea durch den Wald jagte und sie schließlich erwischte.

Wie dieses Intermezzo dann geendet hatte, wusste ich ja.

Das Einzige, was mich ein wenig irritierte, war die Tatsache, dass mir die Leiche des MAMILs nicht früher aufgefallen war. Ich nahm zwar nicht immer den gleichen Weg, manchmal wählte ich einen anderen Trampelpfad, aber trotzdem war es merkwürdig. Da er und Lea, sollte meine Theorie stimmen, zeitgleich vor drei oder vier Tagen gestorben waren, musste er bereits die ganze Zeit dort gelegen haben. Ich konnte mich allerdings nicht erinnern, Spuren von Tierfraß an ihm bemerkt zu haben. Leider hatte ich schlicht zu wenig Erfahrung mit menschlichen Kadavern, wer weiß, ob ein Fuchs oder ein anderes kleines Raubtier sich direkt an einen so großen Brocken heranwagen würde oder lieber erst ein paar Tage wartete, um sicherzugehen, dass die Beute wehrlos war. Ich musste an den Tagen zuvor so in Gedanken versunken gewesen sein, dass ich nicht auf den Weg geachtet hatte und an dem Toten vorbeigegangen war, vielleicht nur ein paar Dutzend Meter entfernt.

Wenn ich mit meinen Vermutungen richtiglag, musste die Polizei eigentlich Spuren gefunden haben. Allerdings wusste ich nicht, ob Fingerabdrücke an einem Holzstöckchen haften blieben. Wahrscheinlich nicht.

Wie auch immer, nachdem Bambi auch Lea überwältigt hatte, musste sie sie erstickt haben. Aber wie?

Vielleicht mit einer Plastiktüte, die lagen ja gerne herum, überlegte ich. Dann war sie mit Leas Leiche im Kofferraum nach Hause gefahren. Ihr Mann dürfte für sie viel zu groß und schwer gewesen sein, um ihn auch noch ins Auto zu hieven. In der Hoffnung, dass seine Leiche noch ein paar weitere Tage unentdeckt bleiben würde, hatte sie schließlich alles für ihre Flucht organisiert. Oder – und das war noch wahrscheinlicher – sie hatte schon vorher geplant, sich abzusetzen. Wonnemuth dürfte als erfolgreicher Schauspieler eine Menge Geld verdient haben, und das wollte sie vielleicht für sich alleine. Mir war Geldgier völlig fremd, aber dem Rest der Menschheit wohl eher nicht, wenn ich das richtig beobachtet hatte.

Aber warum hatte sie *mich* aufgesucht? Weil das Kettchen der ultimative Beweis für ihre Täterschaft gewesen wäre? Ich kannte mich einfach nicht gut genug in diesen Dingen aus; vielleicht hätte ich mehr Krimis als

Shoppingkanäle einschalten sollen, dachte ich amüsiert, weil alleine schon die Vorstellung mir ziemlich absurd erschien. Ich wäre vermutlich immer eher aufseiten des Täters als des Opfers gewesen, das so dumm war, sich umbringen zu lassen. Aber in Krimis waren die Täter wiederum so dumm, sich erwischen zu lassen. Nein, nein, ein Krimifan würde ich wohl nie werden.

MICH DERART INTENSIV in die Gefühlswelt fremder Menschen hineinzudenken hatte mich extrem angestrengt. Ich schätzte, dass ich mir noch nie so viel Gedanken über das Tun und Lassen anderer gemacht hatte wie in der vergangenen Stunde. Selbst damals, als meine Eltern sich umbrachten, hatte ich mich nie nach dem Warum gefragt, sondern schlichtweg die Tatsache als solche akzeptiert und versucht, das Beste daraus zu machen. Andere nannten das vielleicht seltsam, ich nannte es pragmatisch. Dennoch konnte ich nicht leugnen, dass ich mich jetzt und hier doch zum ersten Mal nach ihrem Motiv fragte. Ob sie wohl einfach keine Lust mehr gehabt hatten, mit mir zusammenzuwohnen? Aber ich hatte doch eigentlich immer alles getan, was sie wollten, mir alle Mühe gegeben, so unauffällig wie möglich aufzuwachsen. Was mochten sie als so unerträglich in ihrem Leben empfunden haben, dass sie es vorzogen, sich mit Kohlenmonoxid zu vergiften? War vielleicht einer der beiden todkrank gewesen, und sie wollten sich die Last eines langen Siechtums und die damit verbundene Pflege ersparen? Mein Vater klagte in seinen letzten Monaten öfter über Kopfschmerzen. Vielleicht hatte er einen Hirntumor gehabt?

Frieda riss mich aus meinen düsteren und müßigen Gedanken, als sie mich plötzlich vorwurfsvoll ankläffte. Wie so oft hatte sie recht. Ich musste jetzt wirklich mit der für mich völlig untypischen Grübelei aufhören, das brachte rein gar nichts. Aber als ich zu Frieda schaute, merkte ich, dass sie mir etwas ganz anderes hatte mitteilen wollen. Ich lauschte unwillkürlich. Und hörte erst jetzt ein leises Geräusch aus dem Keller, war das etwa ein Rufen? »Bebel … Bebel …« *Bebel?* Meine Mutter hatte den Schauspieler Jean-Paul Belmondo glühend verehrt, daher wusste ich, dass sein Spitzname Bebel lautete. Aber den konnte Bambi doch nicht ernsthaft zur Hilfe rufen wollen? Der Mann musste mittlerweile ein Greis sein, vielleicht sogar schon tot, und soweit ich wusste, lebte er in Frankreich, irgendwo in der Bretagne vermutlich, denn ich hatte ihn mal in einer Zeitschrift dunkel, schlank und groß vor einem mit Rhododendren überwucherten Steinhaus stehen sehen, und waren Rhododendren nicht die typischen Blumen der Bretagne? Ich fragte mich plötzlich, was meine Mutter eigentlich an meinem Vater gefunden hatte, der in jeder Hinsicht das komplette Gegenteil von Belmondo gewesen war – klein, dicklich, mit schütterem rotblonden Haar und einer Brille, dazu ängstlich wie ein Hase.

»Bebel«, rief es noch lauter aus dem Keller.

Und da begriff ich plötzlich – sie meinte »Bärbel«, also mich. Wie kam die Frau dazu, mich plötzlich Bärbel zu nennen? Und – noch ein Gedanke tauchte ungefragt in meinem Kopf auf – hatte meine Mutter mich etwa wegen

Belmondo Bärbel genannt? Weil es sich so ähnlich anhörte wie Bebel? Ich seufzte tief. Was war bloß heute mit mir los, dass ich mich solche Sachen fragte? Es musste das Fieber sein oder die Entzündung. Oder beides.

Egal, dachte ich und erhob mich schwerfällig vom Küchenstuhl. Ich würde jetzt nachsehen gehen, was Bambi wollte.

ALS ICH hinunter in den Keller trat – nicht ohne vorher die üblichen Vorsichtsmaßnahmen ergriffen zu haben, also Hammer und Handschuhe –, wirkte Bambi wesentlich fitter als noch am Morgen. Das viele Wasser, die frische Luft und die Tabletten schienen ihr ausgezeichnet bekommen zu sein. Zudem besaß ihre Wunde im Gegensatz zu meiner die Impertinenz, allmählich zuzuheilen, ohne sich zu entzünden. Wahrscheinlich hatte Friedas Speichel sie desinfiziert. Die Welt war ungerecht, aber diese Erkenntnis hatte mich bereits in meinem dritten Lebensjahr getroffen. Und sicher hätte Bambi noch die Hilfe eines Schönheitschirurgen benötigt, der die Wunde wieder hätte aufschneiden müssen, um eine vernünftige Naht zu setzen, statt dieses zerfetzten Halbmonds. Hätte, hätte ... Die Zeiten, in denen Bambi sich um ihr Äußeres sorgen musste, waren, was mich anging, vorbei.

Sie versuchte tatsächlich, mich anzulächeln, als ich vor ihr stand, aber das war offenbar noch zu schmerzhaft.

Dann sagte sie mit leicht verschliffener, aber verständlicher Stimme: »Es tut mir leid. Alles.«

Ich hob meine linke Augenbraue. »Was alles?«

»Dass ich in Ihr Haus eingedrungen bin, Sie verletzt und geschlagen habe, das war ein großer Fehler. Aber ich hatte gute Gründe!«

Ich nickte leicht und fragte: »War's das?«

Sie schaute mich verständnislos an.

»Gut. Dann gehe ich wieder nach oben!«, sagte ich und wandte mich ab.

»Halt«, rief sie. »Wollen Sie denn nicht wissen, *warum* ich das getan habe?«

Die Irritation über mein scheinbar völliges Desinteresse klang echt. Ich schüttelte stumm den Kopf und stieg die erste Stufe der Kellertreppe hoch.

»Sie können mich alles fragen, ich werde Ihnen die Wahrheit sagen, ich schwöre«, flehte Bambi jetzt.

Ich drehte mich um und sah Hoffnung in ihren Augen aufblitzen.

»Alles?«, fragte ich skeptisch.

Sie nickte.

»Wie kommt es, dass die Striche über Ihren Augen immer noch so perfekt aussehen?«

»Was?«, entgegnete sie perplex.

»Wie kommt es, dass …«, setzte ich erneut an.

»Ich hab Sie verstanden, aber …«

Sie schaute mich an, und ihrem Ausdruck war zu entnehmen, dass sie mich mehr denn je für komplett irrsinnig hielt.

»Permanent Make-up«, murmelte sie.

Davon hatte ich noch nie etwas gehört, aber ich würde es nachschlagen, auch wenn ich nicht sicher war, ob es darüber schon einen Eintrag im vierundzwanzigteiligen Brockhaus meiner Eltern gab. Ich stieg die zweite Stufe hoch.

»Ich gebe Ihnen Geld! Alles, was ich habe!«, kam es jetzt von hinten.

Ich drehte mich erst gar nicht um, sondern nahm die dritte Stufe in Angriff.

»Bitte!! *Bitte* lassen Sie mich doch hier raus!«, schluchzte Bambi.

Ich tat, als hörte ich sie nicht. Bei Stufe vier musste ich immer besonders aufpassen, weil sie etwas schmaler war als die anderen und ich mit meinen großen Füßen schon öfter an dieser Stelle gestrauchelt war.

»Mein Mann war ein dreckiger Mörder, ich MUSSTE ihn doch irgendwie stoppen, sonst hätte er mich auch umgebracht.«, schallte es verzweifelt zu mir hoch.

Jetzt hielt ich doch inne. Mann, Mann, Mann, was diese Wonnemuths alles auf dem Kerbholz hatten ... Ich überlegte, ob ich sie fragen sollte, wen *er* denn auf dem Gewissen hatte, als sie mir die Antwort bereits gab.

»Er hat meine Freundin umgebracht, weil ich ihn verlassen wollte ... Aus Eifersucht! Gehen Sie nicht, hören Sie mir zu, biiiitte ...«

Der letzte Satz ging in ein hysterisches Schluchzen über, weil sie es offenbar nicht ertragen konnte, dass sie in wenigen Sekunden wieder alleine im Halbdunkel sitzen würde. Tja, ein anderes Gästezimmer hatte ich leider nicht anzubieten. Aber zu meiner eigenen Verblüffung drehte ich mich noch einmal um. Ich wusste nicht, welcher Teufel mich plötzlich ritt, aber irgendwas in ihrem flehenden, dringlichen Ton hatte mich tatsächlich neugierig gemacht.

DIE MALE, an denen ich eine ähnlich lange Unterhaltung wie die kommende in meinem Leben geführt hatte, konnte ich an einer Hand abzählen. Ich war eher der wortkarge Typ. Selbst Karin, die schon zu Schulzeiten liebend gern als Gespräche getarnte lange Monologe hielt, hatte immer nach nur einem Blick in mein ausdrucksloses Gesicht eingesehen, dass ich dafür die Falsche war. Sie ging dann meist postwendend zu Cordula, und dann redeten die beiden parallel aufeinander ein, ohne sich auch nur die Bohne für das zu interessieren, was die jeweils andere zu sagen hatte. Ich konnte mich noch gut an das Auf und Ab ihrer grellen, selbstbewussten Stimmen erinnern, das sich zuverlässig nach circa fünf Minuten zum Crescendo steigerte, wenn der Wettstreit, wer mehr Nichtigkeiten und Bösartigkeiten von sich geben konnte, kurzfristig unentschieden stand und durch schiere Lautstärke entschieden werden musste.

Doch Bambi hatte nach zwei Tagen einsamen und schmerzhaften Kelleraufenthalts keinerlei Vorbehalte, mich als Gesprächspartnerin zu wählen. Nicht, dass ich vorhatte, ihr auch nur ein Wort zu glauben. Mir war völlig klar, dass sie alles Mögliche erfinden würde, damit ich sie freiließ. Sie kämpfte schließlich um ihr Leben. Aber waren die zu erwartenden Münchhausengeschichten nicht mal eine nette Abwechslung zum ewig gleichen Geplapper der meist homosexuellen Schwammmoderatoren?

»Ich war mit Ansgar nur ganz zu Anfang glücklich. Die große Liebe hatte sich schon nach ein paar Monaten erledigt. Ansgar ist … war mein Mann, den Sie gefunden haben«, erklärte sie überflüssigerweise.

Ich nickte, schon jetzt leicht gelangweilt. Als ob ich mich nicht mehr an das tote MAMIL erinnern würde, ich war ja schließlich nicht dement.

»Aber ich hatte mich mit ihm arrangiert, zumindest dachte ich das«, fuhr sie hastig fort, um wieder meine Aufmerksamkeit zu gewinnen.

»Ich hab nie was gesagt, wenn er mit anderen Frauen schlief, es war mir egal. Hauptsache, er ließ mich in Ruhe. Sie finden das sicher eigenartig, aber so war es nun mal.«

Ich fand das überhaupt nicht eigenartig; ich hatte ja nun auch meine Erfahrungen mit Geschlechtsverkehr gemacht und verstand völlig, dass Bambi dieser ermüdenden Tätigkeit irgendwann nicht mehr hatte nachgehen wollen. Aber das würde ich ihr natürlich nicht verraten.

»Vor drei Monaten habe ich nach jemandem gesucht, der mir privat Französischstunden gibt«, fuhr sie fort. »Eine junge Studentin meldete sich daraufhin bei mir, Lea.«

Ah, ja, dachte ich spontan. Und dein lieber Ansgar kam daraufhin bestimmt auf die Idee, sich nonverbal auf Französisch mit ihr zu amüsieren. Im selben Moment war ich schon erschrocken über diesen Einfall, normalerweise neigte ich überhaupt nicht zu Frivolitäten. Bambi schien mir meine schlüpfrigen Gedanken aber Gott sei Dank nicht anzusehen, sie sprach einfach weiter.

»Lea kam zweimal die Woche abends zu uns, um mir Unterricht zu geben. Trotz des Altersunterschieds verstanden wir uns super, es war, als wären wir schon ewig Freundinnen. Sie schien sich total wohl bei uns zu fühlen.«

Klar, dachte ich. Alles musste für Lea besser gewesen sein, als mit Karin oder gar in einer WG zu leben, wo sich jeder ungefragt in die privatesten Angelegenheiten einmischt, anstatt sich um seinen eigenen Kram zu kümmern. Ich kannte das natürlich nicht aus eigener Erfahrung, aber aus Reality-Formaten im Fernsehen, die ich allerdings nur selten schaute. Trotzdem: In diesen Wohngemeinschaften schien grundsätzlich die Toilette schmutzig zu sein, Alkohol wurde zu jeder Tages- und Nachtzeit getrunken, als wär's warme Milch, und nachts wurden die meisten wollüstig und fielen übereinander her, und die, die das nicht taten, weil schlichtweg niemand über sie herfallen wollte, redeten darüber, wer über wen hergefallen war und wie schlimm sie das fanden.

»Ich weiß nicht, wie Sie über Liebe zwischen Frauen denken«, meinte Bambi plötzlich.

Ich riss die Augen auf. Hatte ich irgendetwas überhört? Wie kam sie denn jetzt auf Liebe? Mir war es wie gesagt völlig egal, wer oder was sich mit wem oder was paarte, Hauptsache, niemand erwartete, dass ich mitmachte.

Bambi interpretierte meinen ablehnenden Gesichtsausdruck falsch.

»Ist mir auch egal, wenn Sie homophob sind«, sagte sie trotzig. »Lea und ich haben uns jedenfalls ineinander verliebt.«

Ich zuckte mit den Achseln.

»Die Liebe ist ein seltsames Spiel«, entfuhr es mir zu meiner eigenen Überraschung.

Bambis Mund verzog sich leicht, war das ein Lächeln? Schwer zu sagen wegen der verkrusteten Sichel unter ihrem Auge.

»Ja, so kann man es vermutlich sehen«, stimmte sie mir zu.

Was redete ich da plötzlich? »Die Liebe ist ein seltsames Spiel« war eines der Lieblingslieder meiner Mutter gewesen. Und eine der wenigen Schallplatten, die alle Jubelmonate mal bei uns gespielt wurden, vorzugsweise wenn mein Vater an irgendetwas im Keller bastelte oder im Garten war, denn er mochte keine Musik. Ich hatte noch nie darüber nachgedacht, worum es in diesem alten Schlager eigentlich ging, er war für mich immer nur Geräuschkulisse gewesen, zu der meine Mutter, wenn sie sich unbeobachtet wähnte, manchmal eckige Bewegungen vollführte, die sie wahrscheinlich für Tanzschritte hielt. Tatsächlich handelte es sich aber um ein starres kurzes Rucken der Beine, denen ihr gedrungener Rumpf dann gezwungenermaßen folgte. Vielleicht konnte sie sich wegen ihres Korsetts gar nicht in den Hüften wiegen, wer weiß das so genau. Vielleicht litt sie aber auch unter einer niemals diagnostizierten Spondylose der Lendenwirbelsäule.

Einmal erwischte sie mich, wie ich sie dabei belauerte und kichern musste, und ich erlebte postwendend mein *blaues Wunder*, einer der Begriffe, die meine Eltern für die seltenen Züchtigungen ihres einzigen Kindes anwandten.

»... und es war das Beste, das *Schönste*, was ich je erlebt habe«, hörte ich Bambi in diesem Moment sagen. In ihren großen Rehaugen glitzerten wieder Tränen.

Mist, ich hatte ihr schon wieder nicht zugehört. Aber eigentlich interessierte es mich auch nicht länger, was sie meinte mir unbedingt mitteilen zu müssen. Was hatte unsere Deutschlehrerin Frau Görner immer zu Karin oder wahlweise zu Cordula gesagt, wenn die beiden, um ihre komplette Unwissenheit zu kaschieren, vom Hölzchen aufs Stöckchen kamen? *Wenn du dann bitte mal auf den Punkt kommen würdest, Karin.*

Genau. Diese Floskel passte doch perfekt zur gegenwärtigen Situation.

»Wenn Sie dann bitte mal auf den Punkt kommen würden, Frau Wonnemuth«, sagte ich also zu meinem Besuch. Offenbar klang meine Stimme unfreundlich, denn Bambis Wimpern flatterten leicht.

»Aber ich hab Ihnen doch gesagt, mein Mann hat ...«

Mir riss der Geduldsfaden.

»Ihre Freundin umgebracht, Sie wiederholen sich. Und weiter?«

Jetzt wirkte Bambi nicht nur ängstlich, sondern auch irritiert. »Wie weiter?«, fragte sie verunsichert.

»Hatten Sie mehrere *Freundinnen* oder was?«, versuchte ich, ihr auf die Sprünge zu helfen.

Bambi starrte mich verständnislos an. Plötzlich schoss mir durch den Kopf, dass es mit ihrer Intelligenz doch nicht so weit her sein konnte. Normalerweise konnte ich die geistige Kapazität meiner Mitmenschen recht gut einschätzen. Meist wusste ich nach zwei Sätzen, ob ihre grauen Zellen im Duett oder im Chor musizierten. Bei Bambi hatte ich vermutet, es reiche zumindest für ein Streichquartett. Sollte ich mich in ihr geirrt haben? Vielleicht wäre es doch das Beste, sie so rasch wie möglich loszuwerden, sinnierte ich. Meine Wunde tat eigentlich nicht mehr ganz so arg weh, die Antibiotika schienen anzuschlagen.

Menschen mit geringer Intelligenz langweilten mich schnell, es sei denn, sie verkauften Schwämme. Oder arbeiteten bei einer Behörde, in beiden Fällen aber schien Dummheit zum Berufsbild zu gehören.

»Ich weiß nicht, wovon Sie reden. Ich versuche, Ihnen zu erklären, dass er Lea umgebracht hat und dann auf mich losgehen wollte, und deswegen habe ich *ihn* getötet!«, sagte sie jetzt mit einem überraschend aggressiven Unterton in der Stimme.

Ich konnte nicht umhin, milde zu lächeln. Glaubte sie etwa, *mein* Oberstübchen wäre ebenfalls nur teilmöbliert?

»Das ist leider unmöglich«, entgegnete ich überlegen.

Jetzt wurde ihre Stimme schrill.

»Lea lag vor ihm auf dem Waldweg, er saß halb auf ihr und schüttelte sie, aber sie war schon tot!«

Das »tot« schrie förmlich aus ihr heraus. Na toll, jetzt wurde mein ungebetener Gast also auch noch hysterisch.

»Und wann soll das gewesen sein?«, fragte ich, ohne meine Skepsis zu verhehlen.

Vielleicht half ihr ja simple Logik, zu begreifen, dass ich diesen Unfug nicht schlucken würde.

»Aber das wissen Sie doch! Vorgestern früh! Sie haben Ansgar doch kurz danach gefunden!«

»Ich sage es noch einmal – das kann nicht sein! Lassen Sie sich eine bessere Geschichte einfallen«, antwortete ich streng und drehte mich um.

»Aber es war so, genau so, ich schwöre es!«, stieß Bambi hervor, zusehends außer sich.

Ich wandte mich ihr erneut zu.

»Ihre Freundin Lea muss vorgestern früh schon mindestens vierundzwanzig Stunden tot gewesen sein. Sonst hätten Sie sie nämlich niemals in Ihren Kofferraum bugsieren können. Sie haben sie ja zusammengequetscht wie eine Ziehharmonika«, sagte ich ruhig, aber bestimmt.

Sie starrte mich an, anscheinend unfähig, das Gehörte zu begreifen.

»*Leichenstarre*. Rigor mortis. Noch nie davon gehört?«, fragte ich geduldig nach.

»Aber so was setzt doch erst viel später ein«, wisperte Bambi entsetzt. »Ansgar hatte Lea doch gerade erst umgebracht …«

Ich unterbrach sie.

»Nein. Dann wäre die Gute spätestens gestern, als ich sie aus Ihrem Kofferraum gepult habe, steif wie ein Brett gewesen. War sie aber nicht. Sie war weich wie Schmelzkäse und roch ehrlich gesagt auch so. Also?«

Ich schaute sie aufmunternd an.

Bambi sagte nichts. Es hatte ihr wohl die Sprache verschlagen.

»Also war Lea … na …?«, versuchte ich ihr auf die Sprünge zu helfen, aber sie reagierte immer noch nicht. Wie sie wollte, dann sprach ich es eben aus.

»Also war Lea, als Sie Ihren Ansgar vorgestern angeblich auf frischer Tat ertappt haben wollen, schon längst verstorben, und deswegen *kann* Ihr Mann sie gar nicht ermordet haben. Erwihischt!«

Bambis Gesichtsausdruck verriet mir, dass die kleinen Rädchen in ihrem Rickenhirn nun fieberhaft ratterten. Der Anblick war zum Schießen. Zu schade, dass ich keine Ahnung hatte, was aus Vaters alter Spiegelreflexkamera geworden war. Ob sie wohl nach all den Jahren noch irgendwo oben im Elternschlafzimmer lag? Wenn Bambi so einfältig war, wie ich annahm, könnte es doch sein, dass sich dieser herrliche Ausdruck von Fassungslosigkeit noch ein Weilchen länger auf ihrem Gesicht spiegeln würde und ich ihn als bleibende Erinnerung an dieses Gespräch einfangen konnte. Aber das war natürlich Unsinn. Selbst wenn ich die Kamera fände, so wäre doch kein funktionierender Film mehr darin. Und ich könnte sie auch höchstwahrscheinlich nicht auf Anhieb bedienen. Trotzdem – dass ich Bambi kalt erwischt hatte, stimmte mich geradezu übermütig.

»See you later, alligator«, sagte ich zum Abschied, mich unverhofft an eine weitere Schallplatte meiner Mutter erinnernd, und hüpfte trotz meiner Verletzung geradezu beschwingt die Treppe hoch. Oben angekommen, knallte ich gerade die Tür zu, als Bambi wohl endlich eine Replik einfiel, die ich allerdings durch das solide Holz nur noch als undeutliches Gemurmel wahrnahm.

Als ich wieder in der Küche war, hörte ich von Ferne die Kirchenglocke vier Uhr schlagen – ich war doch tatsächlich fast eine halbe Stunde unten bei Bambi gewesen. Meine Rückkehr nahm Frieda als Anlass zu freudigem Wedeln. Ich tätschelte geistesabwesend ihren Kopf und kicherte. Hatte ich mich wirklich mit »See you later, alligator« von Bambi verabschiedet? Was war nur los mit mir, dass mir plötzlich so viele Dinge von früher einfielen? War das der Tatsache geschuldet, dass ich zum ersten Mal seit Jahrzehnten nicht mehr alleine im Haus war?

MUTTER HATTE den Klang von Kirchenglocken immer gehasst, erinnerte ich mich. Sie kam ursprünglich aus einem kleinen Höhendorf der ländlichen Pampa eines Mittelgebirges. Als sie mit siebzehn meinen Vater auf einem der seltenen, von ihr immer als *urig* bezeichneten Junggesellenfeste kennenlernte und ihn nach nur zwei Wochen heiratete, zogen sie zu seinen Eltern in die nicht weit entfernte Kleinstadt, an deren Rand ich heute noch lebe. Danach ließen sie sich fast dreißig Jahre Zeit, um mich zu zeugen.

Früher, in ihrem Dorf, erzählte sie mir einmal, hatte der Pfarrer Mönkeberg die Kirchenglocke noch selbst per Hand betätigt. Als sie dann eines Tages nicht erklang, hatte man mit einiger Wahrscheinlichkeit davon ausgehen können, dass Mönkeberg Unschönes widerfahren war. Und so war es auch. Er war von jetzt auf gleich in der Sakristei tot umgefallen, obwohl er erst in seinen frühen Vierzigern war. Das war für meine Mutter kurzfristig ein Grund zur Freude, denn sie hatte als halbwüchsiges Mädchen für ihn putzen, die Wäsche machen und sämtliche Mahlzeiten kochen müssen. Oft bis spät abends, zweimal sogar bis zum frühen Morgen, und all das ohne nennenswerte Entlohnung.

Ich nehme an, er behandelte sie entgegen seiner christlichen Prinzipien nicht besonders gut, sonst hätte sie wohl kaum jedes Jahr seinen Todestag zelebriert, indem sie sich mit selbstgemachtem Rumpunsch betrank und ohne Rücksicht auf meinen Vater ihre wenigen Platten in Dauerschleife laufen ließ.

Damals konnte sie Mönkebergs Ableben noch nicht feiern; der nächste Pfarrer stand schon in den Startlöchern. Nur die rasche Eheschließung mit meinem Vater ermöglichte ihr die Flucht vor einem neuen kirchlichen Dienstherrn und wohl auch vor dem kleinen Dorf, in dem sie nach Pfarrer Mönkebergs Tod zunehmend schief angeguckt wurde, denn der eilig gerufene Arzt hatte als Todesursache eine Vergiftung vermutet.

Man hatte nie herausgefunden, ob, wie und, wenn ja, welches Gift in den Pfarrer gelangt war, aber meine Mutter meinte, da habe es jede Menge Gelegenheiten gegeben, da der Pfarrer wohl eine rechte Naschkatze gewesen war und sich alles Denkbare in den Mund gesteckt hatte, was dort nicht unbedingt hineingehörte. Dass sich Deutschland zur Zeit des ominösen Todesfalls noch im Krieg befand, mag auch dazu beigetragen haben, dass auf weiterführende Untersuchungen verzichtet wurde.

Obwohl Mutters Vorfahren ganze Generationen von strammen Katholiken hervorgebracht hatten, glaubte sie nach ihrer Zeit mit Pfarrer Mönkeberg nicht mehr so recht an einen lieben Gott. Nichtsdestotrotz hatte sie darauf bestanden, mich taufen zu lassen, und später auch zur Kommunion geschickt, weil sie fand, das gehöre sich nun einmal so. Heißt, auch ich hatte im Religionsunterricht lernen müssen, wie die Kirche den Unterschied zwischen Gut und Böse definiert, und war zu dem Ergebnis gekommen, dass ich ihn nicht verstand. Was sollte gut sein am Himmel? Was schlecht an der Hölle? Beides, so schien mir, hatte seine Vor- und Nachteile. Vielleicht war der sogenannte liebe Gott ja ähnlich wie ich nur eine Art Bastler, der seine Geschöpfe statt mit Styropor mit Blut, Trieben und kruden Gedanken ausstopfte und dann der frisch erschaffenen wimmelnden Vielfalt zufrieden zuschaute?

Adam habe er aus Lehm hergestellt, Eva aus einer von Adams lehmigen Rippen, hieß es in der Schule. Die Sache mit dem Odem des Lebens, den er ihnen am Schluss eingehaucht haben sollte, war doch durchaus vergleichbar mit meinen nie ruhenden Bemühungen, bei meinen ausgestopften Freunden eine Mimik herzustellen.

Die Vorstellung eines allmächtigen experimentierfreudigen Wesens ohne lästige Moral, das unablässig einen riesigen Haufen menschlicher Exponate zu seinem Privatvergnügen fabrizierte, heiterte mich ernsthaft auf.

Ich fragte mich, was sich dieser hypothetische Gott wohl von Bambi, dem MAMIL und Lea versprochen hatte, als er sie schuf. Vielleicht hatte er sie überhaupt nur erschaffen, um mir Rätsel aufzugeben? Oder um mich an der Nase herumzuführen? Saß er jetzt da draußen oder meinetwegen im Himmel oder wo liebe Götter auch immer zu sitzen pflegen, und schaute zu, wie ich beziehungsweise das, was ich unter meiner Existenz subsumierte, durch außergewöhnliche Umstände ins Trudeln geriet? Denn eines stand fest: Seit Bambi vor meiner Tür aufgetaucht war, hatte sich alles verändert, und Gott amüsierte sich vermutlich königlich beziehungsweise göttlich darüber.

Ich kam nicht umhin, darüber zu grübeln, wie Bambi wohl mit der Erkenntnis umging, dass sie ihrem Mann wegen nichts und wieder nichts mein perfektes Stöckchen ins Auge gerammt hatte. Gut, wäre ich eben im Keller geblieben, hätte ich es vielleicht erfahren. Aber ich fand, sie sollte jetzt erst mal im eigenen Saft schmoren.

Apropos eigener Saft – mir fiel auf, dass meine Wunde schon seit längerer Zeit nicht mehr pochte. Offenbar war mein Fleisch endlich willens zu heilen, was ich als gutes Omen interpretierte. Und auch wenn es momentan eher so schien, als würde Bambi sich erholen, konnte man nicht sicher wissen, ob sie nicht doch noch von selbst eingehen würde.

Vermutlich war es ein Fehler gewesen, sie so großzügig mit Wasser und Vitaminen zu versorgen. Ich schüttelte den Kopf über diese Anwandlung Nightingale'scher Menschenliebe, die mir eigentlich gar nicht ähnlich sah.

Es gab natürlich auch immer noch die Möglichkeit, Kommissar Lichtblau anzurufen und ihm zu sagen, dass ich die Mörderin gefunden und dingfest gemacht hatte. Dann würden sie Bambi aus meinem Keller holen und ihr den Prozess machen, und ich hätte nichts mehr mit der ganzen Angelegenheit zu schaffen.

Gut. Natürlich würden sie wissen wollen, weshalb ich sie erst jetzt benachrichtigt hatte. Aber da mich Kommissar Lichtblau sowieso für unzurechnungsfähig zu halten schien, würde er vielleicht darüber hinwegsehen?

Aber dann hätte ich ihnen wohl auch von Lea erzählen müssen, die tot in Bambis Kofferraum lag, dessen Deckel wiederum mit meinen Fingerabdrücken übersät war. Ich hätte erklären müssen, wieso ich die Leiche berührt und den Wagen weggefahren hatte. Karin würde erfahren, dass sie keine Tochter mehr hatte, und meinen Anruf in einem ganz neuen Licht sehen. Sie würde mich todsicher aufsuchen und mir stundenlang Vorwürfe machen. Vielleicht würde man bei gleich zwei Leichen sogar meinen Wald auf den Kopf stellen, den Tümpel entdecken und nach all den Jahren meine Eltern aus ihrem feuchten Grab herausholen. Dann wäre ich wirklich ganz schön gelackmeiert.

Nein, entschied ich, es war auf jeden Fall besser, weiterhin den Kopf in den Sand zu stecken und bloß nicht aufzufallen.

WEIL ICH so vertieft meinen Gedanken nachhing, war mir entgangen, dass Frieda trotz meiner mechanischen Liebkosungen leise zu knurren begonnen hatte. Offenbar nahm sie etwas wahr, das sie als bedrohlich empfand.

Ach du je, dachte ich erschrocken. Nicht, dass Kommissar Lichtblau mir doch noch einen Besuch abstattete! An Bambis Anwesenheit hatte sich Frieda nämlich längst gewöhnt. Ich horchte. Im Keller schien alles still zu sein. Ich hörte auch kein herannahendes Fahrzeug oder Ähnliches. Aber irgendetwas stimmte nicht, in diesen Dingen konnte ich mich auf meine dumme Hündin verlassen. Und wie zur Bestätigung stellten sich jetzt auch die feinen schwarzen Härchen auf meinen Handrücken auf.

Vorsichtig und bemüht, so wenig Geräusche wie möglich zu machen, erhob ich mich und ging in den Flur. Frieda folgte mir. Für die Haustüre schien sie sich nicht zu interessieren; sie blieb vor der Tür zum Keller stehen und stellte die Ohren auf, während ihr Schwanz hin- und herpeitschte und ihr Knurren leicht anschwoll.

Ich kniff ihr fest ins Halsfell, damit sie still war, und legte nun ebenfalls mein Ohr an das Holz der Kellertür. Und da hörte ich es endlich auch: wisperleise Zisch- und Klicklaute, fast nicht vernehmbar, wenn man nicht so ein extrem gutes Gehör hatte wie ich. Wenn Bambi da unten Selbstgespräche führte, wieso dann im Flüsterton?

Frieda und ich schauten uns beunruhigt an. Mir fiel schlagartig ein, dass ich das Kellerfenster nicht wieder zugemacht hatte.

Sollte sich etwa jemand an mein Haus herangeschlichen haben und jetzt mit Bambi kommunizieren?

Diese Vorstellung brachte mich umgehend zur Weißglut. So leise wie möglich öffnete ich den Besenschrank, der sich gleich neben der Garderobe befand, und entnahm ihm meinen Spaten.

Sie fragen sich jetzt sicher, wieso ich einen Spaten im Besenschrank hatte. Die Erklärung ist einfach.

Manchmal, vor allem im Winter, spazierten Mäuse zur Türe herein. Frieda war als Mäusefängerin leider völlig ungeeignet. Sie machte mich auch nie darauf aufmerksam, wenn, von mir unbemerkt, Feldmäuse sich anschickten, ihr Quartier in meinem Haus aufzuschlagen.

So fläzte ich mich eines schönen Dezembernachmittags auf unserer alten Couch, einem Ungetüm aus den späten 1940er Jahren, das noch von meinen Großeltern stammte, und schaute fern, als ich plötzlich ein nadelfeines Quieken von irgendwo unter mir vernahm.

Alarmiert setzte ich mich auf und horchte genauer hin. Da war es wieder! Ich sprang auf, hob die dicken, schweren Polster hoch und blickte schockiert auf ein in die Holzstreben der Couch gebettetes Nest voller winziger nackter, zuckender Mäusebabys. Die Eltern hatten sich natürlich aus dem Staub gemacht und ihre Brut im Stich gelassen.

So gerne ich Tiere mochte, Mäuse und Katzen gehörten nicht dazu. Ich ekelte mich vor Mäusen, vor ihren nackten Schwänzen und pelzigen wuseligen Körpern, und wenn ich nur das ferne Miauen einer Katze hörte, wurde mein Mund sofort ganz trocken. Insofern stand die Anschaffung eines natürlichen Mäuseverjagers und -fressers für mich niemals zur Debatte.

Die lebenden Babys anzufassen, selbst mit Handschuhen, kam für mich auch nicht in Frage. Also lief ich trotz der heftigen Graupelschauer, die der Winter mit sich bringt, so rasch wie möglich zum Schuppen am äußersten Ende des Gartens und holte besagten Spaten.

Ein beherzter Schlag damit auf das Nest, und das Problem hatte sich erledigt. Also, fast erledigt, denn ich brauchte Stunden, um das Blut aus den alten Holzrillen zu schrubben, bis zu diesem Tag sah man noch, wenn man ganz genau hinschaute, kleine bräunliche Flecken, die zu tief ins Holz eingedrungen waren, um sie zu beseitigen.

Seitdem bewahrte ich den Spaten im Haus auf, damit ich mich, sollte so etwas jemals wieder passieren, unverzüglich zur Wehr setzen konnte. Den potentiellen Vater der Brut – ich nahm jedenfalls an, dass es sich um das Männchen handelte, waren doch die Mäuseweibchen eigentlich dauerschwanger –, erwischte ich übrigens zwei

Tage später mit einer selbstgebastelten Falle, die ihn mit einem Schlag enthauptete.

Jetzt sperrte ich Frieda kurzerhand in den Besenschrank, damit sie mir nicht nachlief, und öffnete sachte die Haustür. Dann schlich ich mich, den Spaten mit festem Griff umklammernd, um die Hausecke.

ICH ERKANNTE ihn sofort an seiner albernen Frisur. Vor mein Kellerfenster gekauert saß der junge Reporter, der mir neulich in der Stadt aufgelauert hatte. Er schien völlig konzentriert auf das zu lauschen, was Bambi ihm zuflüsterte, anscheinend filmte er sie sogar dabei, denn er hatte ein kleines flaches Mobiltelefon durch den Spalt des Fensters geschoben und hielt es in den Keller gerichtet.

Wenn ich wollte, konnte ich mich trotz meines vierschrötigen Körpers so leise wie eine Ginsterkatze bewegen. Das hatte ich in meiner Kindheit gelernt, damit ich meiner Wege gehen konnte, ohne dass meine Eltern davon etwas merkten.

Ich hatte mich also dem jungen Mann schon bis auf einen Meter genähert, als Frieda drinnen plötzlich zu bellen begann. Offenbar passte es ihr nicht, im Besenschrank eingesperrt zu sein, vielleicht störte sie auch der Geruch der scharfen Reinigungsmittel, die ich ebenfalls dort aufbewahrte. Wie auch immer, Overcomb drehte sich um und erschrak heftig, als er mich so unverhofft hinter sich erblickte.

Doch bevor er sich aufrichten, sein dummes selbstsicheres Grinsen aufsetzen und mich angreifen konnte, holte ich mit dem Spaten aus und verpasste ihm einen derart heftigen Schlag aufs rechte Ohr, dass er fiel, zweimal zuckte und dann ganz still lag.

Durch die Wucht des Schlages war sein akribisch tiefer gelegter Scheitel verrutscht, und unter dem zusammengeklebten, zur Seite gekippten Brettchen aus dünnem braunem Haar kam nun eine kleine blasse Glatze zum Vorschein, die aussah wie das Knie eines Knaben, das vorwitzig durch die aufgerissene Hose lugt. Glücklicherweise hatte Overcomb beim Umdrehen instinktiv seine Hand mit dem Handy aus dem Fenster gezogen, so dass es nicht in den Keller gefallen war. Moderne Smartphones, so hatte ich es im Fernsehen gesehen, konnte man auch mit Stimmen oder Geräuschen aktivieren, ich hatte das nicht recht glauben, aber auch nicht völlig ausschließen können. Technisch war ich nun mal nicht auf der Höhe der Zeit. Aber möglicherweise hätte Bambi es fertiggebracht, trotz ihrer gefesselten Hände jemanden anzurufen.

Apropos Bambi. Ich stieg über den reglosen Overcomb und äugte hinunter in meine kleine Werkstatt. Bambi hockte auf dem Boden und schaute mich ganz ruhig an. Keine Spur mehr von Angst oder Hysterie. Hatte unser letztes Gespräch bei ihr eine Art Katharsis bewirkt?

Dann sagte sie: »Danke, Bärbel. Das war super, ich hätt's an Ihrer Stelle genauso gemacht. Ist er tot?«

ICH BEGANN zu weinen.

Erst wusste ich gar nicht, was mit mir geschah. Ich spürte ein nicht wirklich unangenehmes, aber fremdes Brennen in meinen Augen. Meine Sicht verschwamm. Meine Brust holte tief und rasselnd Luft, und mein Mund generierte so etwas wie ein Wimmern. Als Nächstes glitt etwas über meine Wange, es war eine gleichermaßen oberflächliche wie intime Berührung, so als würden die flaumigen Flügel einer Mehlmotte mein Gesicht entlangflattern, sanft, ganz sanft. Dann hing etwas an meinem Kinn, das gleichermaßen kühl und warm, schwer und leicht war. Schließlich tropfte ein schimmerndes Kügelchen in meine Halskuhle und kitzelte mich. Ich wischte es automatisch weg und stellte fest, dass es sich um Wasser handelte. Erst da verstand ich – es war eine Träne. Und da kullerte schon die nächste, und die übernächste, Dutzende folgten fast sofort. Meine Wangen, mein Kinn, mein Hals, mein im Prinzip nicht existenter Brustansatz wurden nass, als stünde ich im gleichmäßig strömenden Regen unbeschirmt da, als würde ich getauft aus schwarzfedergrauen Wolken, die tief dräuend über schwerer sich ihnen entgegenspreizender Erde hingen. Es dauerte circa drei Minuten, dann war der Anfall Gott sei Dank vorüber.

Ich konnte mich nicht erinnern, wann ich das letzte Mal geweint hatte. Eventuell als Säugling – wiewohl meine Mutter mich bestimmt niemals gesäugt hatte – oder Kleinkind. Aber das war nur eine empirische Vermutung. Spätestens seit ich sechs war, dem Jahr, in dem meine bewusste Erinnerung einsetzte, hatte ich definitiv nie mehr geweint. Das wusste ich deshalb so genau, weil meine Mutter sich darüber wunderte. Sie rechnete natürlich damit, dass zumindest ihre schätzungsweise einmal im Jahr stattfindenden blauen Wunder mich nicht nur pädagogisch einnorden, sondern auch zu größeren Heulattacken bringen würden. Aber meine Augen blieben stets so trocken wie mein Geschlecht. Körperlicher Schmerz schien mir nichts auszumachen. Tränen konnte meine Mutter mit dem hölzernen Kleiderbügel, ihr bevorzugtes Instrument für die von ihr so benannte *Tracht*, nicht erprügeln, obschon sie, wenn sie einmal in Fahrt kam, diesbezüglich ziemlichen Ehrgeiz entwickelte.

Wieso also passierte mir das *jetzt*?

Ich kannte die Antwort. Sie hatte samtbraune Striche über den Lidern und war der erste Mensch, der mich jemals gelobt hatte. Der fand, dass ich etwas gut und richtig gemacht hatte. Der ebenso gehandelt hätte wie ich. Sofort bremste ich mich. Wenn ich etwas nicht wollte, dann Sympathien für diese Frau entwickeln. Sie war diejenige, die Friedas perfektes Stöckchen gestohlen und missbraucht hatte, sie war in mein Haus eingedrungen, hatte mich mit einem Elektroschocker angegriffen, mich geohrfeigt, versucht, mich zu erstechen, und würde sicherlich, ohne mit einer ihrer langen verklebten Wimpern zu zucken, mich sofort und ohne jegliche Fisimatenten erschlagen, ertränken, ersticken, erdrosseln, was wusste ich, sollte sie die Möglichkeit und das passende Werkzeug dazu bekommen. Oder etwa doch nicht? Denn vor drei Tagen hatte sie natürlich auch einen Grund gehabt, so unfreundlich mit mir umzugehen, gestand ich ihr zu. Sie hatte gedacht, ich wolle sie mit dem Kettchen erpressen. Ihre Freiheit, ihr Leben gegen meines. Und da war ich außerdem noch eine wildfremde Frau für sie gewesen. Hätte ich mich in ihrer Situation nicht sogar ähnlich verhalten, um mich zu schützen? Nein, Schluss jetzt, befahl ich mir. Darüber würde ich erst gar nicht anfangen nachzudenken.

Ich zog meine Bluse aus der Hose heraus, nahm einen Zipfel zur Hand und wischte mir energisch das Gesicht ab. Ehrlich gesagt, schnäuzte ich mich sogar in meine gute blaukarierte Bluse, aber es war nun mal eine Ausnahmesituation, und ich hatte eine Waschmaschine. Danach fühlte ich mich wieder ein wenig mehr wie ich selbst. Wie ich gewesen war, bevor Bambi in mein Leben eindrang. Wie Bärbel Böttcher, 54 Jahre, Dermoplastikerin. Früh verwaist. Hundehalterin.

BAMBIS FRAGE war allerdings berechtigt gewesen – war Overcomb tot? Ich wusste nicht, was ich mir wünschen sollte. Ob lebendig oder tot – er würde mir so oder so noch mehr Probleme bescheren, als ich ohnehin schon hatte.

Ich beugte mich zu ihm hinunter und blendete Bambi, die wieder irgendwas aus dem Keller rief, so gut wie möglich aus. Als ich sein Augenlid hochzog, schrumpfte seine Pupille kaum sichtbar zusammen ähnlich einer frisch geöffneten Auster, die von einem Tropfen Zitrone getroffen wird. Nicht, dass ich jemals eine Auster gegessen oder das auch nur in Erwägung gezogen hätte, ich wusste um dieses Phänomen aus diversen Kochsendungen. Jedenfalls war die Kontraktion eindeutig ein Zeichen von Vitalität. Es hätte mich auch gewundert, wenn ihn der eine Spatenschlag dahingerafft hätte. Ein Lokalreporter sollte mehr aushalten als ein Nest voller Mäusebabys.

Ich beäugte ihn. Was mochte er wiegen? Siebzig, fünfundsiebzig, vielleicht auch achtzig Kilo? Auf jeden Fall war er zu schwer, um ihn ins Haus zu tragen. Die zum Osten gewandte Seite meines Anwesens konnte zwar von der Straße aus nicht eingesehen werden, dennoch konnte ich ihn unmöglich hier liegen lassen. Was wäre es doch für eine perfekte Welt, in der es eine Müllabfuhr gäbe, die alles kommentarlos und unhinterfragt abholen würde, was einen belastet, schoss es mir durch den Kopf. Bambis, hirntraumatisierte Overcombs, tote Leas mitsamt ihren olivgrünen Särgen. Sicher irgendwann Frieda, im Zweifel irgendwann mich. Ich hätte die ganze Außenwelt in den Müll stopfen wollen, wenn ich gekonnt hätte. Aber das waren nur Wunschträume, und ich machte mich auf, um unsere alte Schubkarre zu holen.

ES WURDE allmählich voll im neu eröffneten Hotel Böttcher. Das fand auch Frieda, die, als ich sie aus ihrem Besenschrankgefängnis entließ, erst mal einen wahren Veitstanz aufführte, um dann ausgiebig meine Fracht zu beschnuppern. Obwohl sie ihre Schnauze ziemlich grob in Overcombs Schritt rammte, begierig, möglichst viel von dem zu inhalieren, was ihn im Innersten zusammenhielt, rührte sich Overcomb noch immer nicht. Vermutlich war er da unten weniger etepetete als mit seiner Frisur, dachte ich spöttisch. Tja. *Wer Eitelkeit zum Mittagessen hat, bekommt Verachtung zum Abendessen.* Das Zitat eines ehemaligen amerikanischen Präsidenten, erinnerte ich mich. Ronald Reagan? Nein, so selbstkritisch wäre der nie gewesen. Ich würde es irgendwann, wenn ich wieder Herrin meiner Zeit wäre, nachschlagen. Ob Reagan als US-Präsident schon in unserem Brockhaus genannt wurde? Möglich, dass er darin nur als Schauspieler aufgeführt war.

Drängender jedoch war die Antwort auf die Frage, wo ich Overcomb hinbringen sollte. Im Keller saß bereits Bambi, in ihrem Kofferraum Lea, meinen Eltern wollte ich, obschon lang verstorben, trotzdem keinen Lokalreporter im Schlafzimmer zumuten, mein Mädchenzimmer war sowieso tabu, Küche und Bad ebenso, das Wohnzimmer benötigte ich zum ungestörten Fernsehgucken, zu dem ich hoffentlich wieder irgendwann Gelegenheit haben würde, und in den Speicher würde ich die Schubkarre nicht hochhieven können. Der Schuppen? Ich hatte eigentlich keine Lust, jedes Mal durch den gesamten Garten zu laufen, um Overcombs Vitalfunktionen zu kontrollieren. Zudem ließ sich der Schuppen nicht abschließen, und ich wollte nicht extra in die Stadt, um ein Vorhängeschloss zu kaufen. Der einzige Vorteil des Schuppens war, dass der Komposthaufen im Falle von Overcombs Tod direkt nebenan vor sich hin rottete. Dass er jemandem gesagt haben könnte, dass er zu mir wollte, befürchtete ich nicht. Wenn ich Overcomb richtig einschätzte, war er wie ein Hund, der seinen Knochen lieber vergrub und riskierte, ihn zu vergessen, als ihn zu teilen.

Natürlich hatte er wie alle anderen auch von der hellgelben Frau im Fernsehen erfahren, dass Bambi gesucht wurde. Man musste ihm zugutehalten, dass ihm, anders als Lichtblau, der Geistesblitz gekommen war, sie könne *mich* aufgesucht haben. Allerdings erst nach zwei Tagen. Allzu schlau konnte er also auch nicht sein.

Auf meiner Oberlippe kauend überlegte ich weiter, bis ich es plötzlich hatte – die Garage! Da sie der Ort des Selbstmords meiner Eltern gewesen war, betrat ich sie nur ungern, aber für Overcomb war sie der perfekte Platz. Außer vierzig Jahre alten Winterreifen und einem noch aus der Zeit meiner Großeltern stammenden, schon ewig nicht mehr benutzten mechanischen Rasenmäher stand nichts weiter darin. Und abschließbar war sie auch.

Gedacht, getan – ich wuchtete mit aller Kraft das graue Schwingtor hoch, dessen angerostete Schienen dringend Schmierfett benötigt hätten, fuhr die Schubkarre hinein, hievte Overcomb ächzend heraus und war dankbar, dass der rechteckige Raum kein Fenster hatte. Mein Vater hatte den Unterstellplatz für seinen Honda damals höchstpersönlich gebaut. Ob er wohl auf ein Fenster verzichtet hatte, weil ihm damals schon die Idee kam, sich und seine Frau irgendwann darin zu vergiften? War er so vorausschauend gewesen? Overcomb stöhnte leicht auf, war aber immer noch ohnmächtig. Eigentlich hätte ich ihn fesseln müssen, damit er mich nicht angreifen konnte, wenn ich das nächste Mal das Tor öffnete. Aber musste ich das überhaupt? Konnte ich ihn nicht einfach seinem Schicksal überlassen? Mein Blick fiel auf den alten rostigen Wasserhahn links unten in der Ecke. Richtig, Vater hatte aus welchen Gründen auch immer einen Wasseranschluss in die Garage gelegt. Vermutlich damit er dort bequem seinen Honda waschen konnte. Ob der Anschluss nach so langer Zeit noch funktionierte? Ich ging hinüber, ließ dabei Overcomb nicht aus den Augen und betätigte mühsam den altmodischen roten Drehknopf, der nur unwillig meinem Druck nachgab. Erst kam nichts, dann ein hustendes braunes Rinnsal, schließlich klares Wasser, das anstandslos in das sich am Boden befindliche schmiedeeiserne Gitter ablief.

Overcomb war also für die nächsten Tage erst mal versorgt. Sogar das Licht funktionierte noch, die mit Staub und Spinnweben bedeckte Neonröhre über mir flackerte geriatrisch auf, als ich den Schalter betätigte, summte dann aber wie ein rachitisches Bienchen und verteilte ihr fahles Licht in den Raum.

Ich machte es wieder aus, schob die Schubkarre hinaus und schloss beruhigt das alte, schwere Schwingtor, das von innen zwar mit größeren Mühen geschlossen, aber nicht wieder geöffnet werden konnte. Eigentlich ein Konstruktionsfehler, aber mein Vater hatte es, wenn er sich dort aufhielt, immer offen gelassen. Bis auf das letzte Mal, als er gemeinsam mit Mutter und vielleicht auch seinem Hirntumor in der Garage verschwand. Selbst wenn meine Eltern sich in letzter Sekunde noch anders entschieden hätten – von alleine wären sie sowieso nicht mehr aus der Garage herausgekommen. Das Schloss rastete ein, als ich abschließend noch einmal kräftig unten gegen das Tor drückte. Für alle Fälle drehte ich noch den Verschlusshebel um. Geschafft.

Ich brachte die Schubkarre zurück in den Schuppen, und auf dem Rückweg fiel mir wieder Overcombs Handy ein, das noch immer dort lag, wo ich ihn niedergeschlagen hatte. Bambi rief wieder irgendetwas, aber ich wollte immer noch nicht mit ihr reden. Der Schock über den Weinkrampf, den ihre Worte bei mir ausgelöst hatten, steckte mir noch zu tief in den Knochen. Ich nahm das Handy mit ins Haus. Ich hatte mir jetzt erst mal eine ausgiebige Pause verdient. Mein Hosenbund saß lockerer als sonst. Durch den ganzen Stress kam ich überhaupt nicht mehr zum Essen.

Bei dem Gedanken an heißes, knuspriges Fleisch setzte mein Speichelfluss ein, und ich nahm mir vor, Schälrippchen aufzutauen und mich heute Abend um mich selbst zu kümmern. Vielleicht würde ich Bambi etwas Fleisch abtreten, damit sie nicht noch mehr vom selbigen fiel, aber zuvor wollte ich wissen, was sie Overcomb eigentlich alles zugeflüstert hatte.

ALS ANDERTHALB KILO Rippchen im Ofen vor sich hin brutzelten und ihr köstlicher Duft anfing, durch das ganze Haus zu ziehen, hatte Frieda vor Gier hechelnd vor dem Backofen Platz genommen, statt mir Gesellschaft zu leisten. Ich kuschelte mich derweil – wie immer resigniert beäugt von den gläsernen Augen meiner zahlreichen Geschöpfe – auf dem Sofa zusammen und nahm mir Overcombs Smartphone vor.

Ich erschrak leicht darüber, wie schnell es aufleuchtete, obwohl ich nur ganz sachte auf die Oberfläche getippt hatte. Hinter einer Unmenge bunter Symbolbildchen erschien Overcombs dreistes Grinsen. Ich wusste, man nannte so was den Startbildschirm. Eine der Moderatorinnen in meinen Verkaufskanälen, eine sehr attraktive Schwarze, war auf das Verkaufen von Smartphones spezialisiert, ich mochte sie besonders gern, weil sie aussah wie die alte schwarze Puppe, die ich mit sechs Jahren auf unserem Speicher entdeckt hatte. Ich spielte ein paar glückliche Tage mit ihr, aber dann sah meine Mutter sie und nahm sie mir weg. Warum, das weiß ich nicht, vielleicht weil sie den Vorwurf des Rassismus vermeiden wollte. Aber wer hätte ihn ihr machen sollen, sie hatte ja so gut wie keinen Kontakt zu anderen Menschen. Nein, das konnte ich mir nicht vorstellen. Damals nahm man es auch noch nicht so genau mit der *political correctness*.

Meine Mutter hatte das Spielzeug jedenfalls völlig unbefangen als *Negerpüpp* bezeichnet, weswegen sich dieser Name in meiner Erinnerung festgesetzt hatte.

Negerpüpp zwei im Verkaufskanal hatte wunderschöne Fingernägel, sie musste ein Vermögen für Maniküre ausgeben. Außerdem rieb sie ihre Hände offenbar mit einer Creme ein, in die kleine Glitzerpartikel eingearbeitet waren, so dass die milchkaffeebraunen Finger wie schimmernde kleine Nougatstiftchen über den zu bewerbenden Smartphones schwebten. Ich freute mich immer sehr, wenn ich Negerpüpp zwei auf dem Bildschirm sah, und hörte andächtig zu, wenn von ihren vollen, ebenfalls schimmernden Lippen Worte wie Akkulaufzeit, HD-Display, One-Touch-Verbindung oder Megapixel perlten, ohne den Sinn dahinter auch nur annähernd zu verstehen. Doch wer weiß, es setzte sich ja vieles im Unterbewusstsein fest, was man gar nicht bemerkte. Ich war guten Mutes, dass mir die Stunden mit Negerpüpp zwei in dieser Situation nützlich sein könnten.

Ich wusste dank ihr, dass die meisten Handys mit einer Codesperre versehen waren. Doch da Overcomb seines unmittelbar vor seinem Zusammentreffen mit meinem Spaten noch benutzt hatte, war es möglich, dass es noch an war. Wenn ein profaner Begriff wie »an sein« überhaupt noch bei solch ausgefuchster Technik griff.

Auf gut Glück tippte ich also auf das erstbeste Bildchen, das eine stilisierte Wolke nebst blinzelnder Sonne darstellte. Sofort öffnete sich ein neues Bild. Stirnrunzelnd sah ich, dass heute Vollmond sein würde, außerdem wurde mir das Wetter für die nächsten fünf Tage angezeigt. Es würde häufig und ergiebig regnen morgen und übermorgen und um die sechzehn bis achtzehn Grad werden. Der Wind käme aus Nordost. Um zu wissen, dass Vollmond war oder wie der Jäger sagt, *Schweinemond*, weil der Vollmond als Sonne der Wildschweine gilt, brauchte ich kein Smartphone, und unser altes Außenthermometer am Apfelbaum zeigte mir seit Jahrzehnten zuverlässig die Temperatur an, wenn sie mich denn interessierte.

Doch wie bekam ich das blöde Wetter jetzt wieder weg? Ich klopfte auf dem Bildschirm des Handys herum, aber das schlechte Wetter blieb, bis ich endlich eine runde schwarze Vertiefung unterhalb des sogenannten *Displays* fand. Als ich auf sie drückte, erschienen wieder die vielen Bildchen, die als *Apps* bezeichnet wurden, wie mir jetzt einfiel.

Ich brauchte ein Weilchen, bis ich endlich die Foto-App entdeckte und öffnete. Auf den Fotos, die ich aufrief, war meist Overcomb selbst zu sehen. Er hatte sich bei allen möglichen Gelegenheiten fotografiert, beim Sport, beim Essen, nach dem Geschlechtsverkehr mit diversen Frauen, deren postkoital leerer Blick immer gleich zu sein schien. Auch gab es nicht wenige Bilder von seinem Glied, offenbar hielt er große Stücke auf das kleine rosa Ding, das da über seinen rasierten Hoden hing und irgendwie verstimmt zu sein schien, kein schützendes, wärmendes Nest aus Schamhaaren mehr um sich herum zu haben.

Das Bild, das er von Frieda und mir gemacht hatte, war ebenfalls da. Ich fühlte mich ein wenig beschmutzt, als wir inmitten seiner Penisparade auftauchten.

Von Bambi im Keller fand ich hingegen kein Bild.

Aber dann entdeckte ich, dass es auch einen Ordner für Videos gab, und öffnete diesen. Ich hatte recht gehabt, er hatte Bambi gefilmt. Ihre Reaktion auf unseren unerwarteten Besucher war allerdings ganz und gar nicht die, die ich erwartet hatte.

Ich war natürlich vollkommen sicher gewesen, dass Bambi ihn angefleht hatte, sie aus ihrem Kellerverlies zu befreien. Auch rechnete ich mit einer Menge Kritik, wenn nicht gar Beschimpfungen meine Person betreffend. Ich hätte mich auch nicht gewundert, wenn sie ihn vor mir gewarnt hätte.

Doch stattdessen sah ich, dass sie sich noch nicht mal zu ihm umgewandt hatte. Sie kauerte in einer Ecke mit abgekehrtem Gesicht, und ich hörte ihn auf sie einflüstern.

»Frau Wonnemuth, Sie sind doch Frau Wonnemuth, oder?«, erklang seine Stimme leicht verzerrt und ziemlich aufgeregt, kein Wunder, er musste gedacht haben, dass er jetzt den ganz großen Lokalreporterwurf landen würde.

»Sprechen Sie doch mit mir, Frau Wonnemuth, ich will Ihnen helfen, geht es Ihnen gut?«, insistierte er.

Doch mein Bambi hatte ihm keine Aufmerksamkeit geschenkt und sich noch dichter an die Kellerwand weg von ihm gedrückt.

»Valerie! Jetzt reden Sie doch mit mir! Hält diese verrückte Alte Sie hier gefangen, hat *sie* Ihren Mann ermordet?«, setzte er zischend nach.

Wie kam Overcomb denn auf so eine absurde Idee? Nie im Leben wäre mir in den Sinn gekommen, einen mir völlig Fremden mit einem derartig perfekten Stöckchen aufzuspießen!

»Sind Sie verletzt? Soll ich einen Krankenwagen rufen?«, wisperte er nun.

Keine Reaktion von Bambi. Jetzt wackelte das Bild, ich sah auf dem Display plötzlich ein Stück Himmel und dann für einen Sekundenbruchteil mich selbst, wie ich mit erhobenem Spaten hinter ihm stand. Dann wurde das Bild schwarz.

Interessant. Bambi hatte also dichtgehalten. Aber warum? War es ihr lieber, weiterhin in meinem Keller zu hocken, als von Overcomb gerettet zu werden? Ja, so musste es wohl sein, eine andere Erklärung fiel mir nicht ein.

Und auch wenn mir klar war, dass Bambi guten Grund hatte, die Öffentlichkeit zu scheuen – es gab wohl kein besseres Versteck vor der Polizei als hier bei mir –, konnte ich mir ein plötzliches Hochgefühl nicht verkneifen. Sie hatte mich nicht verpetzt. Im Gegenteil: Sie hatte sich verhalten, als wären wir Komplizinnen. Jetzt würde ich ihr definitiv etwas von meinen Rippchen abgeben, obwohl ich, wie bereits erwähnt, ungern teilte.

EINE STUNDE später lud ich also die beiden übrig gebliebenen Schweinefleischbatzen, die ich sowieso beim besten Willen nicht mehr hätte aufessen können, auf einen Teller und machte mich auf den Weg nach unten, dicht gefolgt von einer reichlich unzufrieden wirkenden Frieda, die die Reste nur zu gerne für sich selbst reklamiert hätte. Ich machte die Kellertür vor ihrer Nase zu, sie würde todsicher betteln und mich damit zu sehr ablenken.

Ich hatte nicht vor, Bambi zum Essen die Hände loszubinden, sie würde wohl oder übel von den Knochen nagen müssen, die ich ihr hinhalten wollte. Und für den Fall, dass ihr einfallen sollte, dabei die Hand, die sie fütterte, zu beißen, hatte ich den bewährten Hammer in meiner Jackentasche.

Kurz zuvor, als ich ein herrliches Schälrippchen nach dem anderen abknabberte, hatte ich noch mal über die Causa Wonnemuth gegrübelt und mich gefragt, wie es eigentlich abgelaufen sein könnte, falls Bambi doch die Wahrheit gesagt hatte. Also nicht, dass ich das wirklich glaubte, ich hatte es mehr als Denksportaufgabe gesehen.

Wenn sie also wirklich gedacht hatte, ihr Mann hätte Lea umgebracht, weil dieser über die tote Lea gebeugt gewesen war, dann musste ein mir unbekannter Dritter Lea getötet und später sowohl erst Ansgar und dann Bambi zu der Leiche gelockt haben. Ich hatte ihr bislang nicht die Gelegenheit gegeben, mir zu erklären, was sie überhaupt im Wald gewollt hatte, denn ich hatte ja angenommen, sie hätte ihrem Mann hinterherspioniert. Mal sehen, ob sie mir dazu etwas sagen konnte.

Unten im Keller machte Bambi große Augen, als sie das duftende Fleisch visuell und olfaktorisch erfasste. Man konnte förmlich sehen, wie ihr das Wasser im Mund zusammenlief. Ich hielt ihr ein Rippchen hin.

»Für Sie. Ausnahmsweise. Aber glauben Sie bloß nicht, dass ich Sie losbinde.«

Sie riss sich vom Anblick des unerwarteten Leckerbissens los und schaute mich an.

»Ist er tot?«, fragte sie erneut.

»Wer?«, stellte ich mich dumm.

»Dieser Typ am Fenster«, gab sie überraschend geduldig zur Antwort.

»Nein«, sagte ich. »Und jetzt essen Sie endlich, bevor ich es mir anders überlege. Und *danach* reden wir.«

Um meinen Worten zusätzlichen Nachdruck zu verleihen, hielt ich mir den Finger vor den Mund, aber das wäre gar nicht nötig gewesen.

Ich tippte, dass sie in ihrem normalen Leben kein großer Schweinefleischesser war, aber jetzt fiel sie darüber her, als hätte sie seit Tagen nichts mehr gegessen. Na ja, hatte sie ja auch tatsächlich nicht, wie mir wieder einfiel, und ich unterdrückte ein Schmunzeln.

Es war für mich erstaunlicherweise ein nicht allzu unangenehmes Gefühl, einen anderen Menschen zu füttern. Vermutlich weil sie mehr Reh als Frau war. Obwohl sie sich größte Mühe gab, meine Finger nicht versehentlich mit ihren Lippen oder gar ihrer Zunge zu berühren, passierte es natürlich doch, und einmal spürte ich sogar ihre scharfen, mittlerweile nicht mehr ganz so weißen Zähne leicht an meinem Ringfinger entlangschaben. Es fühlte sich ganz genauso an wie damals bei Frieda, als sie noch ein Welpe war und nichts lieber tat, als an meinen Händen zu knabbern, was ich selten, aber doch eben ein paarmal zugelassen hatte.

Als sie das letzte Fitzelchen Fleisch von den Knochen abgekaut hatte, stand ich auf, wusch meine Hände im Waschbecken und machte ein frisches Taschentuch feucht, das ich ebenfalls mit in den Keller gebracht hatte. Damit säuberte ich behutsam ihre untere Gesichtshälfte, die von Bratensaft und Fett verschmiert war. Sie ließ es ohne Widerspruch und Gegenwehr zu. Vermutlich war sie erleichtert, dass ich nicht einfach auf das Taschentuch gespuckt hatte, so wie es meine Mutter immer getan hatte, wenn sie Schmutz in meinem Gesicht entdeckte.

»Satt geworden?«, fragte ich in neutralem Ton. Sie nickte. »Was haben Sie mit ihm gemacht?«, wollte sie wissen.

Sie kam wirklich schnell wieder zur Sache.

»Warum haben Sie nicht mit Overcomb geredet?«, fragte ich zurück.

Sie schaute mich irritiert an. »Mit wem?«

»Ich nenne ihn Overcomb. Wegen seiner albernen Frisur. Er klebt seine Glatze zu.«

»Ich hab seine Haare nicht gesehen, nur die Füße«, sagte Bambi. »Woher wissen Sie, dass ich nicht mit ihm gesprochen habe?«, setzte sie nach.

»Weil ich das Video gesehen hab, das er mit seinem Handy von Ihnen gemacht hat«, sagte ich nicht ohne Stolz über meinen erfolgreichen Umgang mit neuester Technik.

»Aber wie hat er mich überhaupt hier gefunden?«, fragte sie weiter.

Ich erzählte ihr von Overcombs und meiner kurzen Unterhaltung nach dem Besuch bei der Polizei.

»Er hat wohl eins und eins zusammengezählt und gehofft, dass Sie mich aufsuchen«, spekulierte ich. »Aber wie auch immer, jetzt wird er seine neugierige Nase nicht mehr in meine Angelegenheiten stecken.«

»Wo ist er jetzt?«, fragte sie, und ich meinte, Furcht in ihrem Blick zu erkennen.

»Keine Sorge«, sagte ich also, »ich habe ihn an einem sicheren Ort untergebracht! Er wird uns erst mal nicht mehr belästigen.«

»Uns?«, hakte sie nach.

Verdammt. Sie hatte mich erwischt. Das Wort »uns« verwendete ich sonst nur im Zusammenhang mit Frieda. Niemals in Bezug auf andere Menschen. Wie hatte sie es nur geschafft, mich derart einzuwickeln? Was war mit mir los, dass ich plötzlich ihretwegen heulte, ihr von meinem Essen abgab, mich mit ihr unterhielt? Ich wusste, dass ich ihr nicht trauen konnte, und dennoch vermittelte sie mir das unbestimmte Gefühl, wir säßen im selben Boot, umgeben von tiefem, unruhigem Gewässer ohne Sicht auf Land und Himmel.

Mir wurde ihre Nähe unvermittelt zu viel. Ich räusperte mich und wollte gerade sagen, dass ich jetzt wieder gehen müsse, doch sie spürte sofort, dass ich mich ihr entziehen wollte. Sie begann rasch zu sprechen.

»Bis dieser elende Reporter auftauchte, hab ich nur darüber nachgedacht, was Sie mir vorhin gesagt haben. Dass Lea schon länger tot war. Das heißt, ich hab einen unschuldigen Menschen umgebracht. Der außerdem mein Mann war.«

»Meine Rede. Von Anfang an«, erwiderte ich kühl.

»Ja, Sie hatten recht«, gab sie zu. »Und als wäre das nicht genug, habe ich auch noch Sie überfallen und verletzt. Ich …« Ihre Stimme wurde rau.

»Es tut mir wahnsinnig leid, Bärbel. Alles. Aber hauptsächlich das mit Ihnen. Das hätte ich wirklich anders regeln sollen.«

»Das sollte Ihnen auch leidtun!«, entgegnete ich. »Und wenn Sie glauben, eine Entschuldigung reicht, um …«

Sie unterbrach mich.

»Nein. Mein Verhalten ist nicht zu entschuldigen, das ist mir klar. Und mir ist auch völlig bewusst, dass Sie gar nicht anders konnten, als mich hier unten einzusperren.«

Sie schaute mich eindringlich an. Ihre ohnehin riesigen Augen wirkten größer denn je, sie sahen aus wie zwei braune Teiche, auf deren Grund sich alle möglichen Sachen befinden mochten, ganze Dörfer vielleicht, wie bei manchen Talsperren, bei denen man sich nicht die Mühe gemacht hatte, die alten Gebäude abzureißen, bevor sie mit Wasser geflutet wurden. Es hätte mich nicht überrascht, wenn in diesem Moment eine Kirchturmspitze durch ihre Netzhaut gebrochen wäre, und ich konnte nicht anders, als wie hypnotisiert zurückzustarren.

Dann sagte sie: »Die Frage ist aber, wie es weitergeht. Mit *uns*.«

DA WAR ES WIEDER, dieses gefürchtete Wort, das eine Gemeinsamkeit implizierte, die ich um jeden Preis vermeiden wollte. Nur, dass sie recht hatte. Ich wusste ja selbst nicht, was ich mit ihr tun sollte, nun, wo es so aussah, als würde sie nicht einfach so von selbst sterben. Natürlich könnte ich sie immer noch hier unten verrotten und dann verschwinden lassen. Aber ich hatte noch nie einen Menschen umgebracht, weder aktiv noch passiv, und wollte nicht als Mittfünfzigerin noch damit anfangen. Als sie mich angegriffen hatte, war das etwas anderes gewesen. Da hatte ich ihr ohne Probleme das Gesicht aufschlitzen und den Hammer auf den Kopf hauen können. Ich hatte ihren Tod billigend in Kauf genommen, aber nun hatten sich unsere Rollen gedreht. Sie war in *meiner* Gewalt, sie war mir völlig ausgeliefert, sie konnte mir nichts tun.

»Warum rufen Sie eigentlich nicht die Polizei an, dann sind Sie mich los?«, fragte sie in meine grüblerischen Gedanken hinein.

»Den Ärger tu ich mir nicht an!«, entfuhr es mir spontan.

Sie lächelte und wirkte für einen Moment fast zufrieden.

»Sie könnten argumentieren, dass Sie in Notwehr gehandelt haben«, meinte sie. »Dass Sie danach durcheinander waren und nicht mit der Situation umzugehen wussten.«

Riet sie mir wirklich, wie ich mich verhalten könnte, um ungeschoren aus der ganzen dummen Sache herauszukommen? Aber sie wusste nichts von meinen Eltern. Und ich beabsichtigte auch nicht, ihr davon zu erzählen.

»Und was ist mit Overcomb?«, fragte ich zurück. »Den hab ich schließlich auch niedergeschlagen.«

»Ach«, sagte sie leichthin, »er war doch unbefugt auf Ihrem Grundstück. Sie hatten Angst, Sie fühlten sich von ihm bedroht. Eine Kurzschlussreaktion eben.«

»Und was wird aus Ihnen?«, fragte ich. »Wollen Sie ins Gefängnis gehen, bloß weil Sie Ihren Mann umgebracht haben?«

Sie zuckte mit den Achseln.

»Das müssen die mir erst mal beweisen. Ohne das Kettchen wird das schwierig. Es ist der einzige Beweis, dass ich dort war.«

Ach, da also lief der Hase hin, um sich in den Pfeffer zu legen. Sie wollte immer noch dasselbe. Das blöde Kettchen. Ich merkte selbst, wie sich auf meinem Gesicht Enttäuschung spiegelte. Ich straffte mich. Zeit zu gehen. Ich musste nachdenken.

»Ich weiß, was Sie denken«, sagte sie, bevor ich mich umdrehen konnte. »Sie glauben, ich will Sie wieder austricksen. Aber mal ehrlich – was würde mir das jetzt noch nutzen?«

Die Frage war ein wenig grotesk, wenn ich ihren Gesamtzustand betrachtete. Ich war ziemlich sicher, dass sie es vorziehen würde, nicht mehr gefesselt zu sein, aus meinem Keller rauszukommen, sich zu waschen und zum nächsten plastischen Chirurgen zu marschieren. Wenn sie denn das Kettchen hätte. Hatte sie aber nicht. Sie hatte sicher bemerkt, dass der Fuchs von der Werkbank verschwunden war. Zwar war das Kettchen zu keiner Zeit in seinem Bauch gewesen, aber das wusste sie nicht.

»Wenn ich Sie freiließe, würden Sie nur wieder versuchen, mich umzubringen, und dann …«

Doch sie ließ mich erst gar nicht ausreden.

»Ich hab doch bloß geblufft! Sehe ich aus wie eine kaltblütige Mörderin?«

Ich wusste nicht, was ich darauf antworten sollte. Bambi sah in diesem Moment in etwa so sehr nach einer Mörderin aus wie ein Hundewelpe nach Zerberus. Dennoch hatte ich ihren zu allem entschlossenen Gesichtsausdruck nicht vergessen, als sie mir den Elektroschocker an den Arm gehalten hatte. Sie nutzte mein Zögern.

»Ich hab vorgestern früh eine SMS von Lea erhalten. Sie schrieb, sie müsse mir etwas sehr Wichtiges mitteilen. Ich solle sie treffen. Es war sogar eine ganz genaue Wegbeschreibung angehängt. Ich hab mich natürlich gefragt, was sie mitten in der Pampa zu suchen hatte.«

Das hieß, dass mein bislang unwegsam und unerkundet geglaubter Wald längst bis ins Kleinste kartiert war. Vermutlich wusste man auch, dass sich nur ein paar Kilometer entfernt ein kleiner Tümpel befand. Wie naiv war ich eigentlich gewesen, zu denken, dass in Deutschland noch irgendwelche Orte existierten, von denen niemand Kenntnis hatte? Die niemand fand? Andererseits, beruhigte ich mich, wer sollte sich dafür interessieren?

Bambi merkte nichts von meiner aufkeimenden Besorgnis, sie schien ganz bei sich zu sein.

»Nun hatte ich Lea bereits seit zwei Tagen nicht mehr erreichen können und machte mir Sorgen. Natürlich fuhr ich hin. Den Rest hab ich Ihnen bereits erzählt. Sie lag leblos auf dem Boden, mein Mann lag halb auf ihr, und ich bin einfach durchgedreht.«

Ihre Stimme hatte wieder zu beben begonnen.

»Und wieso hatten Sie für Ihre kleine Landpartie Gepäck und Flugscheine dabei?«, fragte ich bemüht unbeeindruckt.

»Weil Lea und ich uns am Tag darauf sowieso am Flughafen treffen wollten, um nach Chile zu fliegen.« Sie holte tief Atem. »Wir hatten vor durchzubrennen.«

»Sind Sie nicht ein bisschen alt für so etwas?«, entschlüpfte es mir.

Ein freudloses schiefes Lächeln huschte über ihr Gesicht. »Allerdings. Bin ich. Aber Lea nicht. Sie fand es unglaublich romantisch.«

»Sie hat Ihnen an dem Morgen eine Textnachricht geschickt?«, fragte ich sicherheitshalber noch einmal nach.

Bambi nickte.

Ich wusste wenig über SMS. Natürlich war mir klar, dass sie eine Art elektronischer Post waren und man ein Handy oder was weiß ich für einen digitalen Schnickschnack brauchte, um sie zu versenden und zu empfangen. Aber trotz meiner rudimentären Kenntnisse hielt ich es für unwahrscheinlich, dass eine Tote in der Lage war, eine solche SMS zu schreiben, und sagte ihr das auch.

»Jemand muss Leas Handy in seinen Besitz gebracht haben«, erwiderte sie. »Vermutlich ihr Mörder.«

Ihre Augen füllten sich mit Tränen.

»Und warum meinen Sie, hat man *Sie* dahin gelockt? Damit Sie Ihren Mann umbringen?«, hakte ich skeptisch nach.

»Nein! Natürlich nicht, das war doch nicht vorherzusehen, Herrgott nochmal, ich habe nicht die leiseste Ahnung, warum jemand mir das antut!«, fauchte sie mich plötzlich an.

Ich schrak instinktiv zurück.

»Entschuldigung!«, versuchte sie mich zu beschwichtigen. »Meine Nerven. Ich kann einfach nicht mehr.«

Ihre Stimme war nur noch ein Flüstern. »Ich wünschte, ich wäre tot.«

Sie ließ den Kopf sinken und schloss die Augen. Ich nickte. Ja, das wäre wirklich das Einfachste und für uns alle das Beste gewesen, aber dazu war sie wohl aus einem zu harten Holz geschnitzt.

Ich war allerdings weiterhin nicht geneigt, ihr ihre Geschichte zu glauben.

Also fragte ich: »Wieso hatte Lea Brandspuren an den Armen? Die sahen aus wie die, die Sie mir mit Ihrem Gerät zugefügt haben!«

»Vielleicht weil es mehr als einen Elektroschocker auf

der Welt gibt?«, fragte sie gereizt zurück, die Lider immer noch gesenkt.

»Das wäre aber ein großer Zufall …«, setzte ich an, und schon unterbrach sie mich erneut.

»Nein. Wäre es nicht. Lea und ich haben die Dinger zusammen gekauft, nachdem wir vor ein paar Wochen nachts von irgendwelchen betrunkenen Typen auf der Straße angemacht wurden. Sie besaß genau den gleichen wie ich. Vermutlich hat man sie mit ihrem eigenen Taser überwältigt.«

Sie hob den Kopf und schaute mich wieder mit ihren großen braunen Lichtern an, die in mir die Teichassoziation hervorgerufen hatten. Ich war immer noch nicht willens, auch nur meine Zehenspitze hineinzustippen, stand aber gefährlich nah am Ufer. Bambi schien das zu spüren.

»Also, Bärbel. Ich darf Sie doch Bärbel nennen, oder ist Ihnen Frau Böttcher lieber?«

»Suchen Sie sich's aus«, sagte ich etwas verblüfft über ihre Frage. Wir befanden uns schließlich nicht auf einer Cocktailparty oder bei einem Vorstellungsgespräch.

»Gut, dann bleibt's bei Bärbel.« Sie lächelte mich an. »Wie wäre es also, wenn Sie mir das Leben etwas angenehmer machen würden? Ich muss zur Toilette und duschen. Sie könnten die Badezimmertür abschließen und mir meine Kleidung wegnehmen. Ich verspreche Ihnen, dass ich nicht versuche, nackt aus dem Haus zu rennen.«

Ich dachte nach. Das Fenster in meinem Badezimmer war zu klein, als dass sie hätte hinausklettern können, es war eigentlich nur eine Luke. Ich könnte vorher Dinge, die sie zu einer Waffe umfunktionieren könnte, wie etwa meinen Hornhautschäler oder Mutters altes Rasiermesser wegräumen. Ich glaubte auch nicht, dass sie mich mit bloßen Händen würde überwältigen können. Dazu war sie zu dünn und mittlerweile auch zu schwach. Und – das musste ich ihr zugestehen – sie brauchte wirklich dringend eine Dusche. Eine lange. Eine heiße. Eine mit viel Seife. Selbst meine unempfindliche Nase nahm ihre Ausdünstungen wahr.

Aber wie sollte es danach weitergehen? Nun, ich würde sie zurück in den Keller bringen und über alles Weitere in der anstehenden Nacht gründlich nachdenken. Eine Entscheidung treffen. Über ihren und Overcombs Verbleib.

Also nickte ich.

»Einverstanden.«

Offenbar hatte sie mit mehr Widerstand meinerseits gerechnet, denn kurz blitzte Überraschung in ihrem Gesicht auf. Dann blickte sie angelegentlich auf ihre gefesselten Füße. Ich nickte und nahm mein Messer von der Werkbank.

Frieda freute sich unbändig, als wir aus dem Keller kamen. Sie sprang um unsere Beine herum und fiepte vor Aufregung. Wären Bambis Hände nicht weiterhin gefesselt gewesen, hätte sie Friedas Freudensprünge wahrscheinlich besser abwehren können. So schaffte meine Hündin es, ihr zweimal durchs Gesicht zu lecken, was meinem Rehlein zwar nicht zu gefallen schien, aber kommentarlos ertragen wurde.

Ich führte Bambi ins Wohnzimmer, platzierte sie auf der Couch, auf der ich vorher ein Handtuch ausgebreitet hatte, und band ihre Füße am Untergestell fest. Auch das ließ sie widerspruchslos mit sich geschehen. Vermutlich hatte sie Angst, ich könnte meine Meinung ändern, wenn sie in irgendeiner Form Kritik oder Widerworte äußern würde.

Ich ging ins Bad und räumte alles in den Wäschekorb, was mir auch nur im entferntesten gefährlich werden konnte. Den Korb trug ich in die Küche und nahm aus Bambis Handtasche den Elektroschocker heraus, falls sie doch noch auf dumme Ideen kommen sollte.

Danach band ich Bambis Füße wieder los und führte sie zum Bad. Ich zeigte ihr zur Warnung den Taser und löste die Handfesseln.

»Sie ziehen sich jetzt aus und geben mir Ihre Kleidung«, wies ich sie an.

Bambi knetete kurz ihre Handgelenke, auf denen sich Striemen abzeichneten, und begann dann, sich aus ihrer blutbefleckten Oberbekleidung zu schälen. Ihre Leibwäsche, die darunter zum Vorschein kam, war mit elfenbeinfarbener feiner Spitze besetzt und hauchdünn. Baumwolle war das nicht. Wenn ich sie kochen würde, löste sie sich mit Sicherheit in Wohlgefallen auf. Ihr weißer Körper war genauso mager, wie ich mir gedacht hatte.

»Ich fürchte, ich muss die Sachen wegwerfen, aber Sie können später, wenn Sie sich gewaschen haben, etwas von meiner Mutter anziehen. Vielleicht nicht ganz Ihr Stil, aber immerhin sauber.«

Sie zögerte kurz, als ich ihr bedeutete, BH und Schlüpfer auszuziehen.

»Ich würde mich liebend gern umdrehen«, sagte ich, »aber …«

»Schon klar«, murmelte sie und streifte endlich auch ihre Dessous ab.

Bambi war die erste Frau, die ich nackt sah, und der Anblick ihres unverhüllten Körpers trieb mir unversehens das Blut in die Wangen. Sie bemerkte meinen Blick und hielt die Hände schützend vor ihre Brust, die mir unverhältnismäßig groß vorkam angesichts ihrer sonstigen Schlankheit. Ihre Scham war rasiert und sah aus wie bei einem Kind. Offenbar war es da draußen gerade in Mode, sich seiner Schambehaarung zu entledigen, auch wenn ich darin keinerlei Sinn erkennen konnte. Was sollte das denn bringen? Offenbar hatte ich zu lange auf ihr bleiches Dreieck gestarrt, denn sie legte jetzt auch eine Hand vor ihre Scham. Schnell wandte ich den Blick ab und öffnete die Tür, den Taser immer so haltend, dass ich ihn jederzeit einsetzen konnte.

Sie beobachtete mich aus halbgeschlossenen Lidern. Ich reckte gebieterisch mein Kinn Richtung Badezimmer, und sie schlüpfte rasch an mir vorbei, bemüht, möglichst viel Abstand zwischen ihrem Evakostüm und mir zu halten.

»Sie haben eine Viertelstunde Zeit«, sagte ich mit belegter Stimme.

Dann schloss ich die Tür hinter ihr und drehte den Schlüssel um. Fast sofort hörte ich, wie sie den Toilettendeckel hochklappte.

UM MIR WEITERE, noch intimere Geräusche zu ersparen, ging ich rasch hoch ins Schlafzimmer meiner Eltern, das ich seit ihrem Tod fast ebenso selten betreten hatte wie die Garage. Ich befahl Frieda, unten zu bleiben, ich wollte sie nicht mit ins Schlafzimmer lassen. Meine Mutter hatte keine Tiere gemocht, und einen Hund in ihrem Gemach hätte sie als unzumutbar empfunden.

Der Geruch, der mir entgegenschlug, als ich die schwere Holztür hinter mir schloss, war eine Mischung aus staubiger, abgestandener Luft und sehr altem Lavendel. Meine Mutter hatte eine Leidenschaft für Lavendel gehabt. Sie benutzte es als Parfüm, als Seife und hatte alle Schränke mit selbstgenähten Lavendelsäckchen ausgelegt. Ich hatte damals nach dem Tod meiner Eltern nur ein paar Kleidungsstücke herausgenommen und in die Koffer getan, mit denen sie auf ihre nie stattgefundene Alpentour gefahren waren. Das Gros ihrer Sachen hing und lag immer noch in dem riesigen Kleiderschrank rechts vom Bett.

Ich legte den Elektroschocker auf dem Nachttisch meines Vaters ab, neben seinen Radiowecker und das letzte Buch, das er vor seinem Selbstmord gelesen hatte, einen Geschichtsschmöker mit dem Titel »Mit dem Fahrstuhl in die Römerzeit«. Obwohl er an Reinkarnation geglaubt hatte, bezweifelte ich stark, dass er nach seinem Tod als

Römer oder Historiker wiedergeboren worden war. Aber wer weiß das schon.

Als ich den Schrank öffnete, verstärkte sich der Lavendelgeruch, und mir kam es vor, als wäre der Geist meiner Mutter olfaktorisch auferstanden. Am liebsten hätte ich mir die Nase zugehalten, aber ich schalt mich albern und öffnete die Schublade, in der meine Mutter ihre Leibwäsche aufzubewahren pflegte. Mein Blick fiel auf ihre Korsetts in diversen fleischfarben-rötlichen Schattierungen, die in dem Halbdunkel des Zimmers den ausgesaugten Schalen von Krustentieren ähnelten. Rechts lagen die Schlüpfer, ehemals weiß, jetzt nach so langer Zeit in einem ähnlichen Elfenbeinton wie Bambis Wäsche. Ich nahm den erstbesten heraus, der ihr zwar zu groß sein würde, aber man muss eben manchmal Abstriche machen. Meine Mutter hatte nie Büstenhalter getragen, sondern wie bereits erwähnt immer nur Einteiler, die ihren Leib umschlossen wie eine eiserne Jungfrau. Aber Bambi würde auch ohne Büstenhalter auskommen. Ihre Brüste waren zwar verglichen mit meinen enorm, aber trotz ihrer Größe erstaunlich fest. Hatte sie *»etwas daran machen lassen«?* Ich hatte natürlich mitbekommen, dass immer mehr Frauen ihre Brüste durch Einfüllung von Silikon vergrößern ließen, aber dem wenig Beachtung geschenkt. Die Motivation, sich freiwillig operieren zu lassen, damit man mehr Gewicht vor sich hertrug, war für mich ebenso wenig nachvollziehbar wie das Abrasieren von Schamhaaren, die ja nun auch niemandem etwas zuleide getan hatten.

Da weder Bambi noch ich das eingetrocknete Blut aus ihrer Oberbekleidung jemals wieder herausbekommen würden, hatte ich mir überlegt, auch Bambis Rock und Bluse wegzuwerfen, auch wenn sie zweifellos teuer gewesen waren. Ich ließ meine Hand über die Kleider meiner Mutter gleiten. Sie hatte keine grellen Farben gemocht, weswegen Grau-, Braun- und Auberginetöne vorherrschend waren. Ich erschrak ein wenig, als ich ganz hinten im Kleiderschrank plötzlich etwas Helles sah, es wirkte wie ein Fremdkörper in der Garderobe. Ich zupfte und zog ein sonnengelbes Sommerkleid hervor, das unter einem dunkelgrauen verschossenen Wollmantel versteckt gewesen war. Ich konnte mich nicht erinnern, sie jemals darin gesehen zu haben. Warum und wann hatte sie es gekauft? Für welchen Anlass war es gedacht gewesen? Es passte überhaupt nicht zu ihr. Geschweige denn zu ihrer fahlen Hautfarbe, denn sie ging niemals in die Sonne.

Der Schnitt wirkte, als stamme das Kleid aus den 1950er Jahren – bauschiger Rock, enge Taille, ein ziemlich tiefer V-Ausschnitt. Vielleicht hatte sie es vor meiner Geburt getragen? Ich konnte mir die Frau, die sie damals gewesen sein musste, beim besten Willen nicht vorstellen.

Schließlich wählte ich ein schlichtes braunes Strickexemplar aus, das sie ebenfalls nur selten getragen hatte, weil es ihr eigentlich zu eng war. Sie hatte es wie alle ihre Kleider nicht vorher anprobieren können, sondern per Katalog gekauft. Nichtsdestotrotz war es ziemlich teuer gewesen, und Mutter hatte es sich erst gegönnt, als es im Katalogwinterschlussverkauf heruntergesetzt worden war.

Es war hochgeschlossen, hatte vorne eine Knopfleiste, an den Seiten aufgesetzte Taschen und war von Bleyle, Mutters Lieblingsfirma. Mit einem Gürtel würde Bambi ganz passabel darin aussehen. Mutter hatte aufgrund ihrer kastenartigen Körperform keine Gürtel getragen, wohl aber mein Vater. Also begab ich mich zu seinem Teil des Schranks, der wesentlich kleiner war als der meiner Mutter, und zog einen braunen Gürtel aus Schlangenlederimitat aus den Schlaufen einer seiner Anzughosen. Natürlich hätte ich auch zum Auto laufen und Bambis Koffer mit ihren eigenen Sachen herausholen können, aber das erschien mir viel zu aufwendig, ich war schließlich nicht ihre Kammerzofe, und ich wollte sie auch ungern allein in meinem Haus lassen.

Ich schaute auf Vaters Radiowecker, der auch nach vierzig Jahren noch brav die Zeit anzeigte. Hoppla, ich war ziemlich lange hier oben gewesen, die Viertelstunde, die ich Bambi gewährt hatte, war längst um.

MIT IHREN SACHEN über dem Arm stieg ich die Treppe wieder hinunter, und weil Vorsicht die Mutter der Porzellankiste ist, hielt ich den Elektroschocker fest umklammert in der rechten Hand. Im Erdgeschoss lag der starke, saubere Geruch von Seife in der Luft. Bambi musste extrem großzügig damit umgegangen sein, damit ich es bis hierher riechen konnte. Und noch irgendetwas war anders, aber mir war nicht sofort klar, was es war. Die vertrauten wohlgeordneten Luftmoleküle der unteren Etage waren durcheinandergeraten, wirbelten in einem mir fremden Tanz umher. Woher kam diese leichte Kupfernote unter all dem Seifengeruch?

Als ich die letzte Stufe nahm, sah ich es. Ein braunes, haariges, längliches Etwas, das in einer kleinen Blutpfütze lag. Es sah aus wie ein Teil eines Hundeschwanzes, genauer gesagt wie ein Stück von Friedas Schwanz, aber der Rest meiner Hündin fehlte.

Der erste Gedanke, der mir durch den Kopf schoss, war, dass ich sie wohl nicht mehr kupieren müsste, das hatte ganz offenbar jemand anderes erledigt.

Ich ließ Kleid und Unterwäsche fallen, umklammerte den Schocker noch fester und rannte zum Bad. Die Tür stand weit offen, das Bad war hellerleuchtet und leer. Der Seifengeruch kam mir unerträglich intensiv vor,

Schwaden heißen Dampfes lagen noch in der Luft, Kondenswasser perlte am beschlagenen Spiegel. Die Dusche triefte vor Nässe, das große Handtuch, das ich ihr netterweise hingelegt hatte, war weg.

Wie um Himmels willen hatte sie aus dem Bad entkommen können? Und womit hatte sie Frieda den Schwanz abgeschnitten? Ich schaute mich wild um auf der Suche nach einer Erklärung. Nichts. Ob Frieda tot war?

Für einen Moment wurde mir schwarz vor Augen. Ich fühlte mich völlig hilflos. Tausend wirre Gedanken fluteten auf mich ein und drohten, meinen Verstand zu ertränken. Es war wie damals, als ich das Tor der Garage geöffnet hatte, mir die blauen Auspuffwolken entgegengequollen waren und ich schließlich meine Eltern zusammengesunken hinter der Windschutzscheibe sah.

Ich schlug mir mit aller Kraft ins Gesicht. Das half. Mein Kopf wurde wieder klarer, meine Sinne sprangen stotternd wieder an. Jetzt nahm ich die dunklen Blutstropfen wahr, die in Richtung Wohnzimmer auf dem Boden verteilt waren. Sie waren auf dem braunen Linoleumboden kaum zu sehen, aber da sie noch frisch waren, glänzten sie matt im Licht, das aus dem Badezimmer fiel. Das Blut musste von Frieda stammen. Ich horchte, konzentrierte mich vollständig auf meine Ohren. Im Haus herrschte absolute Stille, aber Wände und Türen waren wie gesagt sehr massiv, das bedeutete also nicht unbedingt, dass sich hier außer mir niemand mehr aufhielt.

War sie aus dem Haus gerannt? Warum hatte sie Frieda

überhaupt verletzt, wo sie doch genau wusste, dass meine dumme Hündin ihr nichts tun würde?

Nichts passte zusammen. Obwohl mir das Gefühl der Angst in der Regel fremd war – Emotionen waren bei mir hauptsächlich kognitiv geprägt –, war ich dennoch geradezu lächerlich froh, Bambis Elektroschocker in der Hand zu wissen. Eines der Bücher meines Vaters war das Handbüchlein der Moral von Epiktet, und ich hatte bereits als Kind daraus gelernt, dass es nicht die Dinge sind, die uns beunruhigen, sondern was wir über die Dinge denken.

Jetzt dachte ich, dass ich mich bis aufs Letzte verteidigen würde, sollte sie irgendwo auf mich lauern, und wenn ich gewinnen sollte, würde ich endgültig kurzen Prozess mit ihr machen, spätberufene Mörderin hin oder her. Aber war es nicht viel wahrscheinlicher, dass sie sich ihre Handtasche in der Küche geschnappt, einen meiner Mäntel übergeworfen und sich aus dem Staub gemacht hatte? Es war müßig, darüber weiter zu grübeln, ich musste endlich tätig werden.

Leise schlich ich Richtung Wohnzimmer. Ich legte mein Ohr an die Tür und hörte ein ganz leises Fiepen aus dem Zimmer dringen, ähnlich wie das der schon so lange verstorbenen Mäusebabys. War das Frieda?

Zu allem entschlossen riss ich die Tür auf und blieb ob des sich mir bietenden Anblicks wie angewurzelt im Türrahmen stehen. Was mir das Leben retten sollte.

BAMBI SASS NACKT auf meiner Couch, nur in das große Handtuch eingehüllt, und Frieda lag winselnd auf ihrem Schoß. Eine Ecke des Frotteestoffs war rotgefärbt und um Friedas verbliebenen Schwanz gewickelt. Bambis feuchtes Haar klebte an ihrem Kopf, und sie starrte mich mit offenem Mund und riesigen Augen an. Dann schaute sie für einen Sekundenbruchteil nach rechts, so als ob dort jemand stünde, und richtete ihren intensiven Blick erneut auf mich. Was sollte das bedeuten?

Als ich einen weiteren Schritt ins Zimmer machen wollte, schrie sie markerschütternd auf.

»Pass auf!«

Ich nahm aus dem Augenwinkel eine Art Sense wahr, die auf mich herabsauste, fuhr instinktiv herum und warf mich dann blind nach vorne. Das Metall sauste zischend ein paar Millimeter an meinem Nacken vorbei, und reflexartig drückte ich mit aller Kraft den Taser in etwas Großes und Fleischiges, das sofort zu zucken und zu schreien begann.

Noch ein Stromstoß und noch einer. Ich war wie von Sinnen. Doch dann war Bambi plötzlich bei mir. »Hör auf, er hat genug«, sagte sie und legte mir eine kühle Hand auf den Arm. Ich öffnete die Augen, die ich, wie ich jetzt merkte, die ganze Zeit über zusammengekniffen hatte, als wäre das Nichtsehen des Gegners eine Rüstung.

Vor mir wand sich Overcomb in Krämpfen. Auf dem Boden neben ihm lag ein alter Besenstiel, an dem eine Art rostiges, sonderbar geformtes Messer befestigt war, das ich nicht sofort einordnen konnte.

»Er hat es irgendwie aus einem alten Rasenmäher in der Garage ausgebaut«, erklärte Bambi, die meinem Blick gefolgt war. »Den hättest du vielleicht besser nicht dort gelassen.«

»Aber man kann das Tor nicht von innen öffnen«, stieß ich hervor, immer noch völlig durcheinander.

Bambi kniete sich neben Overcomb, der die Besinnung verloren zu haben schien.

»Wenn du mir das Garn vom Tisch holst, fessele ich ihn, solange er noch ohnmächtig ist«, schlug sie in erstaunlich ruhigem Ton vor.

Ich tat, wie mir geheißen, unfähig, einen eigenen Gedanken zu fassen.

Sie nahm das Garn.

»Na ja, offenbar konnte er es doch!«, sagte sie.

Ich verstand nicht sofort.

»Das Garagentor öffnen, meine ich. Hilf mir mal!«

Ich beugte mich ebenfalls zu Overcomb hinunter, und gemeinsam wuchteten wir ihn auf den Bauch und banden seine Hände fest. Währenddessen erzählte sie mir, was sich ereignet hatte.

»Ich stand unter der Dusche, als er plötzlich reinkam«, berichtete sie und ignorierte sein gutturales Stöhnen, als sie ihm das Garn fest um die Handgelenke wickelte.

»War ein bisschen wie in *Psycho*. Aber nach dem ersten

Schreck wurde mir klar, dass er sich immer noch als mein Retter sah, also hab ich so getan, als wäre ich unglaublich froh, ihn zu sehen.«

Ein kleines Schmunzeln erschien auf ihrem Gesicht, und die Kruste über ihrer Wunde spannte sich leicht.

»Er wollte die Polizei anrufen, aber wir wussten nicht, wo du sein Handy hingetan hattest, und meines hatte ich erst gar nicht mit zu dir genommen. Also schlug ich vor, dass wir dir auflauern und dich überwältigen, sobald du auftauchst.«

Ich blickte sie fassungslos an. Offenbar interpretierte sie meinen Gesichtsausdruck falsch.

»Ach komm, ist doch blöd, wenn wir uns weiter siezen, nach allem, was wir schon miteinander erlebt haben.«

Sie prüfte den Sitz der Fesseln und schien zufrieden zu sein.

»Wa… was hat er mit Frieda …?«, stotterte ich.

»Du weißt doch, wie sie an den Leuten hochspringt, wenn man sie lässt«, antwortete sie. »Das solltest du ihr endlich abgewöhnen. Aber sie ist nicht ernsthaft verletzt, ihr fehlt nur ein Stück Schwanz. Er hatte anscheinend Angst vor ihr, und hat deswegen mit dem Ding da nach ihr geschlagen.«

Sie deutete auf die selbstgebastelte Sense. »Hätte schlimmer für deine Töle kommen können.«

Ich blickte mich zu meiner Hündin um. Sie hatte sich in eine Ecke der Couch gedrückt und schaute mich ängstlich an, während sie an ihrer Wunde leckte. Sie zitterte noch immer am ganzen Leib. Normalerweise durfte sie nicht auf die Couch, das wusste sie auch ganz genau, aber diesmal war ich willens, es ihr durchgehen zu lassen, nach all der Pein, die sie durchgemacht hatte. Wer weiß, vielleicht war sie ab jetzt nicht mehr so freundlich zu Fremden.

»Wo sollen wir ihn jetzt hinschaffen?«, fragte Bambi mitten in meine hundepädagogischen Erwägungen hinein.

»Keine Ahnung«, sagte ich wahrheitsgemäß.

Ich hatte im Grunde von nichts mehr eine Ahnung. Das Einzige, das ich wusste, war, dass ich die Existenz eines Wir wohl nicht länger leugnen konnte.

EINE HALBE STUNDE SPÄTER lag Overcomb wieder in der Garage. Wir hatten das Tor untersucht und festgestellt, dass ein junger kräftiger Mann durchaus in der Lage war, es von innen aufzustoßen, wenn es nicht von außen explizit mit einem Schlüssel abgeschlossen wurde. Der Sperrhebel, der innen durch das äußere Umdrehen des Griffs einrastete, ließ sich mit viel Kraft händisch zurückstellen, und so hatte Overcomb seinen Weg nach draußen antreten können. Wie gut, dass er so eitel gewesen war und unbedingt den edlen Ritter auf dem Schimmel hatte spielen wollen, statt sich so rasch wie möglich zur Polizei zu begeben.

Bambi trug Mutters enge braune Bleylewurst, die sich bei ihr allerdings weich und locker an den Körper schmiegte und erkennen ließ, was sich der Designer ursprünglich bei seinem Entwurf vorgestellt hatte. Sie sah bis auf ihre entstellte Wange – offenbar hatten ihre Make-up-Künste doch Grenzen – fast wieder so aus wie bei unserem ersten Kennenlernen.

IHRE ANWEISUNGEN waren klar und effizient gewesen, nachdem wir Overcomb überwältigt hatten.

Gib mir was zum Anziehen. Sprüh Frieda Desinfektionsspray auf die Wunde. Sperr sie in die Küche ein. Such den Schlüssel zur Garage. Hol die Schubkarre und bring sie ins Wohnzimmer. Durchsuch noch mal seine Taschen.

Während ich all dies widerspruchslos und mechanisch erledigte, stand sie im Bad und machte sich zurecht. Sie hatte mich nicht gefragt, ob ich damit einverstanden war, dass sie sich ihren Schminkbeutel aus der Küche holte. Mit Mutters Kleidung schien sie sich auch deren Autorität übergestreift zu haben, und ich war immer noch zu geschockt, um eigene Entscheidungen zu treffen.

Bis auf eine – bevor wir Overcomb in der Garage zurückließen, hatte ich noch geschwind Gleiches mit Gleichem vergolten, indem ich ihm ebenfalls etwas Geliebtes abschnitt. Sie ahnen, was es war. Ich nahm ihm seinen kleinen Overcomb, das steife Haarbrettchen, mit dem er seine Glatze tarnte. Es würde dauern, bis seine spärlichen Haare wieder lang genug wären, um seine Achillesferse zu kaschieren. Ich fand, zumindest dies war ich Frieda schuldig. Aug um Aug, Zahn um Zahn, Schwanz um Haar. Aber selbst diese Genugtuung reichte nicht aus, um den Aufruhr in meinem Inneren zu lindern.

Ich konnte einfach nicht fassen, was in der letzten Stunde geschehen war. Mein ganzes Leben lang war ich davon überzeugt gewesen, dass man die Garage nicht von innen öffnen konnte. Das hatte mein Vater mir so gesagt, und ich hatte es nie hinterfragt. Was, wenn noch mehr Gewissheiten, welche die Grundpfeiler meiner Realität bildeten, sich als brüchig herausstellten?

Und dann – und das war fast noch ungeheuerlicher – hatte Bambi mir das Leben gerettet. Oder mich zumindest davor bewahrt, verletzt und gedemütigt zu werden, denn Overcomb hätte mich auf jeden Fall in die Öffentlichkeit gezerrt.

Ich wäre verhaftet worden, man hätte mich in eine Zelle gesperrt und für wer weiß wie lange Zeit gezwungen, auf engstem Raum mit irgendwelchen Verbrecherinnen zu leben. Die Vorstellung, mit Hunderten warmen, gewaltbereiten, kriminellen Körpern weggeschlossen zu werden, ließ mich schaudern, war dies doch so ziemlich das Schlimmste, was ich mir ausmalen konnte. Ich versuchte, diese Albtraumphantasie abzuschütteln, und ließ mich schwer zu Frieda auf die vom Hundeblut besudelte Couch fallen. Um wieder einen Hauch Normalität herzustellen, langte ich fast automatisch nach der Fernbedienung und machte meinen Lieblingsshoppingkanal an. Eine ältere Blondine namens Friseurmeisterin Ruth mit viel Speck auf den Rippen und viel Rot auf den Lippen stellte ein Volumen-Haarpuder vor, mit dem fettiges dünnes Haar ruckzuck zu seidig aufgetürmter Zuckerwatte wurde.

Ich sperrte alle Gedanken an Bambi, Overcomb und die Zukunft aus, um mich von Ruths dunkler Stimme einlullen und aus der unangenehmen Wirklichkeit davontragen zu lassen.

Leider währte diese Auszeit nur kurz, denn Bambi kam zurück ins Zimmer und schaute mich mit einer Mischung aus Befremdung und Verärgerung an. Sie nahm die Fernbedienung und drückte die voluminöse Ruth weg. Dann baute sie sich vor mir auf.

»Sag mal, tickst du noch richtig, jetzt diesen Schwachsinn zu gucken?«, fragte sie mich mit schneidender Stimme. »Wir müssen weg! Hier kann jede Sekunde die Polizei auftauchen!«

»Weg?!«, fragte ich mit dünner Stimme. Ich war noch nie »weg« gewesen. Was meinte sie mit »weg«?

»Bärbel! Du gehst jetzt hoch und packst das Nötigste. Und dann machen wir, dass wir hier wegkommen.«

Sie überlegte kurz.

»Wir müssen meine Nummernschilder austauschen. Falls die nach mir oder meinem Wagen fahnden.«

»Tun sie«, sagte ich, mich an die hellgelbe Nachrichtenfrau erinnernd.

»Okay. Auf der Hinfahrt hab ich hier in der Nähe einen Waldparkplatz gesehen, wenn da jetzt noch Autos stehen …« Sie unterbrach sich, als sie meinen unglücklichen Gesichtsausdruck bemerkte.

»Was?«

»Dein Auto …«, sagte ich und schluckte.

»Was ist damit?«

»Ich hab es weggefahren. Ich wollte nicht, dass es jemandem auffällt.«

»Du kannst fahren?«, fragte sie leicht überrascht.

»Ja. Also, ein bisschen.«

»Wo steht es jetzt?«

»Ein paar Kilometer von hier. Mitten im Wald. Im Unterholz. Das findet so schnell keiner. Aber …« Ich zögerte.

»Was aber?«, fragte sie ungeduldig.

»Aber da liegt immer noch deine Freundin drin!«

Das hatte sie doch wohl nicht vergessen? War das, was ich kurz in ihrer Miene gesehen zu haben meinte, ein Anflug von Enttäuschung? Worüber? Dass ich die Leiche dort gelassen hatte, anstatt sie wegzuschaffen? Vielleicht hatte sie aufgrund meiner Affinität zu toten Geschöpfen angenommen, ich hätte mich in irgendeiner Form auch Leas Leiche angenommen? Doch wie immer setzte sich meine pragmatische Ader gegen die unnützen Grübeleien durch. Besser, ich machte sie mit der Realität vertraut.

»Es war tagsüber immer ziemlich warm, und sie ist meiner Berechnung nach schon seit fast einer Woche …«

Bambi streckte abwehrend die Hand aus.

»… tot«, fügte ich rasch hinzu.

Sie sah aus, als hätte sie in eine Zitrone gebissen. Ich schwieg.

Sie dachte nach. »Der Wagen ist wirklich gut versteckt?«

Ich nickte. »Ich hab ihn mit Laub und Zweigen getarnt. Wer nicht danach sucht, sieht ihn nicht.«

»Okay. Vielleicht ist es tatsächlich besser, ihn erst mal

dort zu lassen. Fragt sich nur, wie wir dann von hier wegkommen.«

»Ich will aber gar nicht von hier weg!«, erwiderte ich, wieder kühner werdend. »Auf gar keinen Fall! Wie kommst du überhaupt darauf, dass die Polizei bei mir auftauchen wird?«

Ich verschwieg ihr lieber, dass ich diese Befürchtung selbst schon gehabt hatte.

»Dein Freund Overcomb wird mit Sicherheit vermisst werden. Von seinen Kollegen, seiner Freundin …«

Ich konnte mir nicht vorstellen, dass irgendwer diesen aufdringlichen jungen Mann vermissen würde, schon mal gar nicht seine verdrießlichen Bettgenossinnen von den Fotos, aber ich hielt den Mund.

»Wenn er irgendwem erzählt hat, wo er hin wollte …«

»Der doch nicht. Der ist wie ein Hund, der seinen Knochen lieber vergräbt, als ihn zu teilen.«

»Knochen? Was?«, fragte sie, ebenso verwirrt wie gereizt.

Ich wollte ihr erklären, was ich damit meinte, doch sie sprach sofort weiter.

»Wo ist sein Handy?«

»In meinem Zimmer.«

»Hast du es ausgemacht? Sonst kann man ihn orten!«

»Klar!« Obwohl, sicher war ich mir diesbezüglich nicht. Wo machte man denn so ein neues Handy aus?

»Gut. Trotzdem, wenn doch jemand weiß, wo er ist … Nein. Das Risiko können wir nicht eingehen! Wir *müssen* hier weg!«

»Dann geh alleine!«, schlug ich vor. »Ich versuch doch gar nicht mehr, dich festzuhalten.«

»Spinnst du?«, fragte sie konsterniert. »Damit du dann der Polizei erzählst, dass ich meinen Mann umgebracht habe?«

»Ich erzähl denen gar nichts! Ich will einfach nur meine Ruhe!«

Sie zeigte wieder ihr schiefes Grinsen.

»Klar. Das werden die sicher verstehen. Und nach dem halbtoten Reporter in deiner Garage werden sie dich bestimmt auch nicht weiter fragen.«

Selbst mir war klar, dass sie das wohl ironisch meinte.

»Herrgott, begreif doch endlich, dass wir beide im Knast landen, wenn wir jetzt nicht in die Gänge kommen! Willst du das?«, drängte sie mit zunehmender Verzweiflung in der Stimme.

»Nein«, sagte ich kleinlaut.

»Also!«

»Aber wohin willst du denn? Und außerdem: Die Leute erkennen dich doch. Du warst im Fernsehen!«

Sie sah an sich und Mutters Bleylekleid hinunter.

»In dem Aufzug? Aber du hast recht, ich brauch 'ne Mütze oder so was. Sonnenbrille hab ich in der Tasche. Hast du Bargeld im Haus?«

»Wieso? Nein!«, gab ich indigniert zurück.

Über Geld wollte ich nun wirklich nicht mit ihr sprechen, das tat man nicht, mit niemandem. Tatsächlich aber befand sich *sämtliches* Geld, das ich besaß, im Haus, natürlich gut versteckt. Niemals wäre ich so dumm gewesen, es auf ein Konto zu bringen und damit die Kontrolle darüber zu verlieren. So hatten es wie gesagt schon meine Eltern und Großeltern gehalten, was mir, als Erstere starben, wirklich sehr geholfen hatte, mein Leben ohne Einmischung von außen weiterzuführen.

Bambi seufzte. »Vergiss es. Und geh endlich packen!«

Ich blieb sitzen und schaute sie störrisch an, was sie aber nicht weiter beeindruckte.

»*Gefängnis*, Bärbel«, sagte sie. »Jeden Tag. Vierundzwanzig Stunden lang. Stell dir nur mal vor, was man da alles mit dir anstellen wird.«

Ich stellte es mir vor. Dann stand ich auf.

»Meinetwegen. Dann müssen wir halt weg. Aber ich geh nur, wenn Frieda mitkommt.«

Bambi nickte erleichtert.

ICH HATTE noch nie gepackt. Jedenfalls nicht für mich. Nur zum Schein für meine Eltern damals.

Wir waren auch nie in den Urlaub gefahren, kein einziges Mal. Meine Mutter fand, genauso gut könne man das Geld aus dem Fenster werfen. Und mein Vater zog es vor, Reisen mit dem Finger auf der Landkarte zu machen oder in alten Reiseführern zu schmökern. Allein die Vorstellung, sich unter fremde Leute zu begeben, in fremden Betten zu schlafen, fremde Speisen essen zu müssen und – welch Horror – möglicherweise die Sprache nicht zu verstehen und deshalb völlig hilflos zu sein, löste bei meiner Mutter Kopfschmerzen aus. Und bei mir auch. Außer vielleicht, wir wären nach England gefahren. Aber selbst dort wäre das Problem mit den Betten und Speisen geblieben.

Aber Bambi und ich würden ja nicht in den Urlaub fahren, sondern nur kurz den Aufenthaltsort wechseln, versuchte ich mich zu trösten. Niemals würde ich an Bord eines Flugzeuges oder Schiffes gehen oder auch nur die Grenzen Deutschlands übertreten. Irgendwie würde sich alles finden, und bestimmt wäre ich in ein paar Tagen wieder hier, wo ich hingehörte, redete ich mir ein. Ich ahnte natürlich, dass dies extrem unwahrscheinlich war, wollte mir aber immer noch nicht eingestehen, dass meine Situation allmählich durchaus als desolat zu bezeichnen war. Seit dem vermaledeiten Fund des MAMILs hatten mich alle meine Vermeidungshandlungen nur noch tiefer in den Strudel von Ereignissen gezogen, mit denen ich partout nichts zu schaffen haben wollte.

NUN STAND ICH also in meinem Mädchenzimmer. Overcombs Handy fiel mir ein. Ich nahm es aus der Schublade und schaute auf das Display. Schwarz. Also war es ja wohl ausgestellt. Dann nahm ich meine übersichtliche Garderobe in Augenschein. Ich hatte vom Speicher Großvaters alten Koffer aus mit Kunstleder bezogener Pappe geholt, ihn abgestaubt und auf meinem Bett aufgeklappt.

Gut, dass ich strikte Ordnung hielt – so konnte ich die gebügelten und gefalteten Hosen und Blusen einfach in den Koffer legen, dazu gestärkte Unter-, Nacht-, Mieder- und Bettwäsche, Handtücher, meinen guten Popelinemantel und natürlich meine wasserdichten Stiefel, falls es regnen sollte. Nach kurzer Überlegung quetschte ich noch die beiden letzten Goldbarren, die mir von meinen Eltern geblieben waren, in meine Wärmflasche. Sie waren ursprünglich mal zu sechst gewesen und seit Ewigkeiten im Heizungskasten versteckt. So genau wusste ich ja nicht, wann ich zurückkommen würde, da ging ich lieber auf Nummer Sicher. Und Gold war in puncto Geldanlage das Solideste, daran hatten meine Eltern fest geglaubt. Am liebsten hätte ich auch Plumeau und Kopfkissen eingepackt, denn ich wollte nicht in Oberbetten schlafen, die fremde Menschen vor mir benutzt hatten, aber die schwere Daunendecke passte beim besten Willen nicht in den Koffer, auf dem noch der Aufkleber »Hotel Königshof-Terrassen Bingen a/Rh« prangte, wo meine Großeltern ihre silberne Hochzeit gefeiert hatten. Zu zweit Gäste zu beköstigen war ihnen zu teuer gewesen.

Ich überlegte gerade, ob ich wohl noch irgendwo einen Kulturbeutel hatte, in dem ich meine Waschutensilien verstauen konnte, als Bambi von unten ungeduldig rief, ich solle mich verdammt nochmal beeilen.

Na ja, Seife, Zahnbürste, Schmerzmittel und zwei, drei andere Notwendigkeiten würde ich schon noch in meine Handtasche zwängen können. Und Hundefutter für Frieda würde ich dann eben unterwegs kaufen.

Ich konnte der Versuchung nicht widerstehen, das Wort »unterwegs« laut auszusprechen. Es schmeckte exotisch, nach Curry, Benzin und Bingen am Rhein. Ich klappte den Koffer zu, nahm meine riesige graue Handtasche und ging hinunter. Friedas abgetrennter Schwanz war mittlerweile aus der Diele verschwunden, dafür war ich Bambi dankbar.

Sie hatte sich außerdem eines meiner Halstücher um die hellbraunen Haare gebunden, ihre dunkle Brille aufgesetzt, die auch einen Gutteil ihrer geschundenen Wange verdeckte, und stand nun ungeduldig wartend mit meiner Hündin da, die sie bereits mit Halsband versehen und angeleint hatte. Frieda wedelte nicht. Tja, womit auch. Aber immerhin schien sie auch nicht mehr allzu schlimme Schmerzen zu haben, ihr Blick war wieder einigermaßen klar, und sie zitterte nicht mehr.

»Fertig?«, drängte Bambi.

»Fast«, sagte ich, denn ich wollte unbedingt noch meine Fernbedienung aus dem Wohnzimmer holen. Es war eine Universalfernbedienung und insofern sehr praktisch, doch als ich ihr das mitteilte, schob sie mich Richtung Haustür. »Brauchst du nicht. Wo wir hingehen, gibt's alles!«, stellte sie lapidar fest.

»Du hast eine Idee, wo wir hin können?«, fragte ich überrascht.

»Ja. Mir ist da was eingefallen. Sollte für die nächsten paar Tage hinhauen«, bestätigte sie. »Komm!«

Ich blähte die Nasenflügel und sog noch einmal tief den vertrauten Geruch meines Hauses in die Lungen. Würde ich jemals wieder in mein vertrautes, ja, geliebtes Daheim zurückkehren können, oder war ich ab jetzt dazu verdammt, eine Schnecke ohne Haus zu sein?

Ich löschte die restlichen Lichter, nahm meinen Schlüsselbund, zog die Tür zu und schloss zweimal ab. Dann folgte ich Bambi, ohne mich noch mal umzublicken.

DRAUSSEN WAR ES stockdunkel. Ich hatte völlig die Zeit vergessen, es musste mittlerweile weit nach Mitternacht oder sogar noch später sein. Bambi zog meine große Taschenlampe aus ihrer Handtasche und leuchtete auf den Weg. Was hatte sie sich wohl noch alles aus dem Haus genommen, während ich oben war? Bestimmt hatte sie auch nach dem Kettchen gesucht. Hatte sie deswegen nicht gewollt, dass ich noch mal ins Wohnzimmer ging? Weil sie es durchwühlt hatte?

Die Blutbuchen rechts vom Haus raschelten und flüsterten leise, ansonsten war es totenstill. Die Vögel waren längst verstummt. Wir erstarrten, als plötzlich eine Polizeisirene das Schweigen der Nacht wie ein Messer durchschnitt. Das schrille auf- und abschwellende Geräusch klang zwar weit entfernt, schien aber näher zu kommen. Ich meinte fast, das schnelle, harte Pochen von Bambis Herz hören zu können.

»Mach die Taschenlampe aus!«, zischte ich. »Ich kenne hier jeden Stein. Wir gehen besser hinten durch den Garten.«

Sie gehorchte sofort.

»Halt dich an mir fest!«, empfahl ich ihr und stapfte, Bambis Hand auf meinem Arm, mit meinem Koffer durch das nachttaufeuchte hohe Gras. Ich war die letzten Tage nicht dazu gekommen, meinen Rasen zu mähen, teils wegen meiner Stichwunde, aber hauptsächlich weil in meinem Kopf schlicht und ergreifend kein Platz mehr für die Organisation des Alltags gewesen war.

Als wir am hinteren Ende des Gartens ankamen, von wo ein kleines Holztörchen im Jägerzaun, den mein Großvater selbst gesetzt hatte, auf einen Waldpfad führte, wurde die Sirene endlich wieder leiser. Vielleicht war das Ziel des Polizeieinsatzes doch ein anderes als mein Haus.

»Kann ich die Taschenlampe wieder anmachen?«, flüsterte Bambi hinter mir.

»Lieber nicht«, sagte ich leise. »Man könnte den Strahl von der Straße aus sehen.«

»Ja und? Hier wohnt doch sonst keiner.« Bambi gefiel es offenbar nicht, nichts mehr sehen zu können.

»Falls sie die Sirene nur ausgemacht haben und doch hier lang fahren … Meinst du nicht, das wirkt verdächtig, eine Taschenlampe im Wald mitten in der Nacht?«

Ich konnte fast hören, wie sie hinter mir die Augen verdrehte, aber dass ich recht hatte, konnte sie nicht leugnen. Außerdem tat es gut, zur Abwechslung mal wieder die Hosen anzuhaben, sozusagen.

Ein paar hundert Meter und mindestens zwanzig geflüsterte Flüche später – wegen ihrer hohen Schuhe stolperte Bambi immer wieder mal über eine Wurzel oder einen Stein –, gelangten wir schließlich zum Waldparkplatz.

Drüben beim Holländer war alles dunkel. Entweder er schlief schon, oder aber er weilte mal wieder in Breda.

Eine trübe Straßenlaterne tauchte den Platz in kränkliches Licht. Er war vollkommen leer, ganz wie ich erwartet hatte.

»Scheiße«, zischte Bambi.

Was hatte sie denn geglaubt? Und selbst wenn hier ein Fahrzeug gestanden hätte – der Eigentümer wäre ja wohl kaum so freundlich gewesen, seinen Schlüssel stecken zu lassen. Oder war Bambi fähig, Autos aufzubrechen und kurzzuschließen? Das konnte ich mir zwar nicht vorstellen, wollte es aber auch nicht ausschließen.

»Bis in die Stadt sind's mindestens noch drei Kilometer von hier aus, richtig?«, fragte sie.

Ich dachte kurz nach. Es waren eher sieben. Mindestens. Vielleicht auch acht.

Normalerweise machte mir der weite Weg in die Stadt nichts aus, weil ich grundsätzlich festes Schuhwerk trug. Allerdings war mein Koffer schwerer, als ich gedacht hatte. Sicher wegen der Goldbarren. Das gute Kilo Schälrippchen, das ich ein paar Stunden zuvor verdrückt hatte, machte die Chose auch nicht besser. Ich spürte zudem zum ersten Mal seit Stunden wieder meine Stichwunde, und auch Frieda schien den Nachtspaziergang nicht zu genießen, bestimmt tat ihr der nicht mehr vorhandene Schwanz weh. Vielleicht hatte sie bereits Phantomschmerzen? Eine alte Erinnerung stieg jäh in mir hoch.

KARIN WOLTER-EPPENHAGENS VATER Heinz – der zugleich der Opa von Bambis Geliebter Lea gewesen war, die Welt ist manchmal doch ganz schön klein, schoss es mir durch den Kopf –, war 1942 in Russland von einer Kugel in die rechte Ferse getroffen worden und durfte daraufhin die Front verlassen. Die Wunde infizierte sich, er bekam Wundbrand, und quasi wie bei einer Salami hatten die Ärzte dann immer mehr von ihm abgesäbelt, wie Karin vor mehr als vierzig Jahren mit weitaufgerissenen Augen in einer Geschichtsstunde zum Thema Zweiter Weltkrieg erzählt hatte. Unser Lehrer Herr Schallenberg, ein junger und unsicherer Referendar, wollte eigentlich mit uns über die Verbrechen in der Nazizeit, vor allem an den Juden sprechen, aber gegen das unglaublich tragische Soldatenschicksal von Karins Vater kam er einfach nicht an. Gegen den schien sogar Anne Frank nichts sonderlich Bemerkenswertes erlebt zu haben, wäre es nach Karin gegangen.

Wolter Senior war dann auf dem beschwerlichen Rücktransport nach Deutschland in insgesamt sechs Lazaretten behandelt worden – Karin zählte sie damals alle auf, aber ich hatte die Namen und Orte im Laufe der Jahre vergessen –, und am Ende blieb ihm nur ein winziger Stumpf. Aber manchmal, hatte Karin in jener fernen Stunde berichtet, wachte er nachts auf, und sein rechter Fuß juckte so, dass es ihn schier wahnsinnig machte. Er hätte alles dafür gegeben, sich zu kratzen, bloß war da nichts mehr, was man kratzen konnte. Und das nannte man Phantomschmerz. Den jetzt möglicherweise Frieda …

Bambis Stimme riss mich wie häufig in letzter Zeit aus meinen Erinnerungen.

»HALLO!«, fauchte sie und starrte mich an.

Ich sah ihr an, dass sie mir von Herzen gern eine Ohrfeige gegeben hätte.

»Ja?«

»Wie weit …«

»Sieben Kilometer ungefähr. Zu weit für deine Schuhe, was?«

»Verdammt! Warum hast du bloß das Auto weggefahren!«, fluchte sie.

»Ich hab Overcombs Handy dabei«, sagte ich. »Du könntest damit ein Taxi anrufen, falls du die Nummer einer Taxizentrale auswendig weißt.«

Sie atmete tief durch, schien es sich dann aber durch den Kopf gehen zu lassen.

»Gib her!«, sagte sie, und ihre Stimme klang gepresst.

Ich holte das Handy aus der Handtasche. Sie nahm es und prüfte, ob es ausgestellt war. Das war es aber offenbar nicht, denn als sie auf einen Knopf drückte, leuchtete es auf. Doch statt jetzt ein Taxi zu rufen, drückte sie erneut auf irgendwelche Tasten, bis das Display erlosch.

»Aber wieso …«, setzte ich gerade an, als Bambi es bereits in hohem Bogen in die fast mannshoch stehenden Brennnesseln am Rande des Parkplatzes warf.

»Wie blöde bist du eigentlich? Ich hab dir doch gesagt, dass sie uns darüber orten könnten!«, blaffte sie mich an. »Was ist mit deinem Handy?«

»Das hab ich im Koffer«, sagte ich. »Aber es ist ausgestellt. Ganz sicher. Ich schwöre!«

Und das stimmte auch, denn erstens wusste ich, wie man mein vorsintflutliches Gerät ausschaltete, und zweitens hatte ich nicht vor, so bald wieder zu telefonieren. Das Gespräch mit Karin saß mir noch in den Knochen.

»Okay. Gehen wir. Ich schaff das schon«, sagte Bambi jetzt, streifte ihre Schuhe ab, nahm sie in die Hand und marschierte auf Strümpfen los Richtung Landstraße.

Ich sah, dass sie stark humpelte, wahrscheinlich war sie eben im Wald mit dem Fuß umgeknickt. Na ja, besser als ab, dachte ich, mich wieder an Karins Vater erinnernd.

Ich folgte ihr mit Frieda und dem Koffer. Er schien noch mehr zu wiegen als zuvor. Und wurde mit jedem Schritt schwerer. Es war wirklich ein langer Tag gewesen.

»Oder aber wir nehmen den Wagen vom Holländer«, überlegte ich daher laut, als wir den Parkplatz endlich überquert hatten.

Sie blieb abrupt stehen.

»Was?«

»Der nächste Nachbar. Das Haus da hinten gehört ihm.« Ich deutete in die Richtung. »Aber er ist meist in Breda.«

Ich meinte, eine gewisse Irritation bei ihr zu spüren, und fügte hinzu: »Eine holländische Kleinstadt.«

»Dein Nachbar?«, fragte sie mit ungläubiger Stimme.

Was wollte sie denn noch alles über ihn wissen?

»Ja, Klaas van Weetje heißt er. Ein Kerl wie ein Seeteufel. Grässlicher Kopf, aber schönes festes Fleisch«, sagte ich, was mir eine ziemlich gute Beschreibung des Holländers zu sein schien.

»Der hat ein Auto?«

»Ja«, bestätigte ich.

Sie kniff die Augen zusammen und erspähte die dunkle Silhouette des Hauses in circa vierhundert Metern Entfernung.

»Er hat sogar zwei, um genau zu sein. Ein normales, das er für Geschäftsreisen benutzt, und noch einen Geländewagen. Und der steht immer hier«, ergänzte ich.

»Und das fällt dir *jetzt* ein?«, fragte sie mit rauer Stimme.

Ich zuckte die Achseln.

Sie atmete sehr tief durch. »Ich kann vielleicht ein Auto aufbrechen, aber ich krieg's definitiv nicht zum Laufen. Kannst du …?« Hoffnung flackerte in ihrer Stimme.

Fast hätte ich gekichert. Was für eine ulkige Frage. Wie sollte ich so etwas können, ich, die noch nicht mal einen Führerschein hatte? Und nötig war's auch nicht. Ich hatte mal im Vorbeigehen beobachtet, wie er Schlüssel unter einem großen Blumentopf hinten an der Regenrinne versteckte. Bestimmt hatte er Angst, sich aus Versehen auszuschließen, viele Leute bewahrten einen

Schlüssel außerhalb ihrer Wohnung auf, für alle Fälle. Ich nicht.

»Er hat die Autoschlüssel bestimmt irgendwo im Haus«, erklärte ich. »Vielleicht sind an dem Bund sogar seine Autoschlüssel dran.«

»Welcher Bund?«, fragte sie, wieder mit dieser sonderbar gepressten Stimme.

»Den er draußen im Vorgarten versteckt. Falls er sich mal aus Versehen ausschließt, nehme ich an«, erwiderte ich betont gelassen, denn ich wollte mich von ihrer Anspannung nicht anstecken lassen.

»Du weißt vermutlich auch, wo?«, fragte sie gedehnt.

Ich nickte. »Unter einem Blumentopf.«

Bambi schwieg einen Moment. Ich sah trotz der Dunkelheit, dass sie ihre rechte Hand zu einer Faust geballt hatte und ihre Finger ganz weiß waren. Dann räusperte sie sich.

»Gut. Geh vor«, sagte sie. Die Schärfe war wieder aus ihrer Stimme verschwunden.

ALS WIR den dunklen Vorgarten betraten, ging der Bewegungsmelder an und spendete uns Licht. Ich sah sofort, dass mein Nachbar nicht da war. Sein anderes Auto fehlte, der Jeep stand an seinem üblichen Platz.

»Guck, ob die Schlüssel da sind«, flüsterte Bambi, die sich in dem hellen Licht nicht wohl zu fühlen schien.

»Keine Angst, hier ist keiner«, sagte ich in normaler Lautstärke und hob den Blumentopf an. Bambi griff sofort nach dem Bund, der sich darunter verbarg, und betrachtete die Schlüssel.

»Der hier könnte es sein«, wisperte sie und lief geduckt zum Jeep.

Ich folgte ihr langsam. Sie drückte bereits auf den schwarzen Kunststoff, mit dem der Schlüssel umhüllt war. Die Ecklampen des Jeeps leuchteten auf, zugleich ertönte ein sanftes Ploppen, als sich die Türen entriegelten.

Bambi öffnete flink die Fahrertür, ließ sich auf den Sitz gleiten und zündete den Motor. Er sprang sofort an. Sie schaute auf die Benzinanzeige.

»Noch fast voll. Scheiße, haben wir ein Glück.«

Na ja, dachte ich. Die einen sagten so, die anderen so.

Sie drückte auf einen Knopf, und der Kofferraum öffnete sich.

»Frieda und der Koffer kommen nach hinten.«

Ich ging um den Wagen herum und befahl Frieda hineinzuspringen. Doch sie blieb stehen und schaute mich leidend an. Phantom hin oder her, Schmerz bleibt Schmerz. Also bückte ich mich und hob sie behutsam hoch, dann lud ich meinen Koffer ein. Allmählich tat mir auch der ganze Körper weh.

»Mach das Gartentor auf, beeil dich«, raunte Bambi.

Sie war gerade damit fertig, die Nummernschilder des Jeeps mit Erde zu beschmieren, eine Vorsichtsmaßnahme, an die ich nicht gedacht hätte, wie ich widerwillig anerkennen musste.

Ich gehorchte und hörte hinter meinem Rücken, wie sie einstieg und dann den Wagen wendete. Dann kam sie mir im Schritttempo hinterher.

In meinem Nacken kribbelte es plötzlich, und die Haare auf meinen Unterarmen und Händen stellten sich auf. Dann kam es endlich auch in meinem Kopf an: Was war das für eine wunderbare Gelegenheit, mich einfach umzufahren. Wenn Bambi jetzt Gas gab … Adrenalin schoss durch meine Adern, und ich machte einen raschen Ausfallschritt zur Seite. Um ein Haar wäre ich hingefallen.

Sie fuhr an mir vorbei durch die Einfahrt hinaus, hielt mit laufendem Motor an und öffnete von innen die Beifahrertür.

»Komm schon«, rief sie halblaut.

Nichts in ihrer Stimme ließ erkennen, dass sie meine Angstattacke bemerkt hatte.

Ich verzichtete darauf, das Gartentor wieder zu schließen, und schlüpfte schnell in den Jeep, der nach Frittieröl, Zigaretten und einer undefinierbaren Kräutermischung roch. Wahrscheinlich rauchte mein Nachbar Haschisch, das taten so gut wie alle Holländer, weil es dort legal war, wenn man der diesbezüglichen Berichterstattung über unser Nachbarland glauben konnte. Ein weiteres Lied kam mir in den Sinn, wenn ich mich recht erinnerte, hatte es ein kleiner niederländischer Junge gesungen, Heino? *Wenn der Frühling kommt, dann schenk ich dir Tulpen aus Amsterdam* … Ob die Tulpen wohl nur ein Codewort für Haschisch waren? Ich gähnte und fühlte mich plötzlich zu Tode erschöpft.

Der Bewegungsmelder am Haus erlosch, und wir glitten hinaus in die Dunkelheit, einfach so. Bambi hatte mich nicht überfahren, obwohl ich das Aufbrüllen des Motors schon fast gehört zu haben meinte, so klar hatte mir das Bild meines zerquetschten Körpers unter den schweren Reifen des Jeeps vor Augen gestanden.

Sie wollte mir nichts antun. Zumindest nicht in dieser Nacht.

Ich schloss die Augen und schlief ein.

ICH WUSSTE NICHT, ob ich für Stunden oder nur Minuten eingenickt war, als ich vom Geräusch der hochgezogenen Handbremse wach wurde. Am liebsten hätte ich so getan, als schliefe ich immer noch, denn ich hatte Angst, die Augen aufzuschlagen. Wo mochten wir uns befinden? War es bereits Tag?

»Aufwachen, Bärbel, hopp hopp«, tönte es von links, und zugleich spürte ich, wie Bambi mich nicht sonderlich sanft in die Seite stupste.

Ich öffnete die Augen und blickte aus dem Fenster. Wir befanden uns in einer schummrig beleuchteten, riesigen Tiefgarage, in der zwar jede Menge Autos standen, aber kein Mensch zu sehen war.

Bambi war bereits aus dem Wagen gehüpft, blickte sich um und ging nun mit schnellen Schritten zum Kofferraum, vermutlich um Frieda zu holen.

Ich stieg ebenfalls aus und nahm meinen Koffer heraus.

»Wo sind wir?«, fragte ich und packte Friedas Leine.

»In Sicherheit. Fürs Erste«, antwortete Bambi knapp, was ich als unbefriedigende Auskunft empfand.

Sie drückte auf einen Knopf, und der Jeep verriegelte sich.

Dann begann sie, schon wieder im Gehen, in ihrer Handtasche zu wühlen, und zog ihren großen Schlüsselbund heraus. Das Klacken ihrer hohen Absätze – sie hatte ihre Schuhe wieder angezogen, und das Hinken schien sich gelegt zu haben – hallte aufdringlich durch den riesigen Raum.

Sie ging zu einer Tür, die mit einem Fahrstuhlsymbol gekennzeichnet war, und Frieda und ich folgten ihr gehorsam. Befanden wir uns in der Tiefgarage eines Hotels?

Wir kamen in einen schmalen, weißgestrichenen Gang, bogen um eine Ecke, und nach ein paar weiteren Metern standen wir vor einem Lift. Ich entnahm der Wandbeschriftung, dass wir uns im zweiten Untergeschoss befanden. Zweites Untergeschoss wovon?

Bambi drückte auf einen rechts der Fahrstuhltür angebrachten Knopf, der daraufhin rot zu leuchten begann. Von oben hörten wir, wie sich die Kabine in Bewegung setzte. Bambis Lippen waren zu einem schmalen Strich zusammengepresst, ihr war anscheinend nicht nach Konversation zumute.

»Wie lang hab ich geschlafen?«, fragte ich.

»Dass du überhaupt schlafen konntest«, sagte sie missbilligend.

Das half mir auch nicht weiter, mich zumindest zeitlich zu orientieren. Der Aufzug kam, die Tür öffnete sich, und wir stiegen ein. Bambi drückte auf die Ziffer vierzehn. Die Kabine setzte sich in Bewegung. Frieda winselte leise; sie war noch nie Aufzug gefahren, und es schien ihr nicht besonders zu gefallen.

»Jetzt sag doch endlich, wie lang …«, setzte ich erneut

an und hörte selbst, dass meine Stimme einen quengelnden Unterton angenommen hatte.

Sie seufzte auf. »'ne Viertelstunde. Höchstens.«

Aha. Wenn ich nur fünfzehn Minuten geschlafen hatte, konnten wir nicht allzu weit gekommen sein, resümierte ich. Wir befanden uns auf jeden Fall noch in der Stadt, die ich seit Kindesbeinen kannte. Der Gedanke gab mir Trost. Die Aussicht, mich gleich im vierzehnten Stockwerk wiederzufinden, weniger. Ich war in meinem ganzen Leben noch nicht mehr als vielleicht fünf Meter vom Erdboden entfernt gewesen. Gab es überhaupt derart hohe Gebäude in der Stadt? Ich war nur selten dort, und auf Anhieb fiel mir kein Hochhaus ein, aber um ein solches musste es sich ja wohl handeln. Doch dann erinnerte ich mich, vor zwei oder drei Jahren vom Bau einer neuen Siedlung am östlichen Rand der Stadt gelesen zu haben, in der exklusive Eigentumswohnungen mit großartiger Panoramaaussicht angeboten worden waren. Herrje. Befanden wir uns etwa dort?

Ein dezentes Pling ertönte, und der Aufzug stoppte. Wir traten in einen geräumigen, hell erleuchteten Flur, von dem insgesamt vier weiße, irgendwie teuer aussehende Türen abgingen. Bambi hielt sich zielstrebig nach rechts, und als ich ihr nicht sofort folgte, zischte sie: »Komm schon, bevor uns jemand sieht!«.

Sie war bereits dabei, die Tür, vor der sie stehen geblieben war, zu öffnen, und als ich zu ihr aufschloss, machte sie sie weit auf und bedeutete mir, zügig einzutreten.

FRIEDA UND ICH traten in einen stockdunklen Raum. Bambi schloss hinter uns bereits wieder ab, dann tastete sie an der Wand entlang und bediente einen Schalter. Ein großer Kristalllüster erstrahlte und warf sein gleißendes Licht auf den Raum, der schwach nach Lilien roch.

Ich stellte den Koffer ab und blickte mich um. Alles was ich sah, schwitzte eine penetrant feminine Note aus. Auf dem Boden lag ein hochfloriger, orientalisch anmutender Teppich in Beige. Die Wände waren mit einer weißen Stofftapete beklebt, die reliefartige Blumenmuster aufwies. Auf der von einem facettierten Spiegel gekrönten Kommode, deren verdrehte weiße Beinchen mich an den tödlich verunglückten Pudel erinnerten, den ich mal im Straßengraben gefunden hatte, stand ein Sträußchen rosafarbener Seidenblumen neben der Porzellanfigur einer Balletttänzerin in klassischer Arabesque-Pose.

Mir war jetzt schon klar, dass ich die Frau, die hier mutmaßlich wohnte, nicht würde ausstehen können.

Bambi war bereits ins Wohnzimmer vorgegangen. Ich hörte, wie sie eine Schranktür öffnete, dann das Klirren von Flaschen, schließlich das Gluckern eines Getränks, das in ein Glas gefüllt wurde.

Ich leinte Frieda ab und folgte ihr ins Wohnzimmer.

Hier hatte sich die Besitzerin der Wohnung noch mehr manifestiert als in der Diele.

Eine riesige weiße, mit Unmengen von bunten Seidenkissen dekorierte Ledersitzgruppe dominierte den Raum, auch sie stand auf einem hellen, flauschigen Teppich, der Rest des Bodens war mit Holzparkett, ich vermutete Eiche, ausgelegt. Die monumentale Schrankwand links war ebenfalls weiß und da, wo sie verglast war, mit allerlei Porzellannippes gefüllt. Ein gut gefülltes Bücherregal – auch das, Sie ahnen es, weiß – erstreckte sich über die gesamte rechte Seite. Mein Blick fiel auf ein bestimmt vier Meter breites Fenster auf der Stirnseite des Raums, das, wenn ich näher heranginge, vermutlich das angekündigte spektakuläre Panorama freigab. Von meiner Position sah das, was dahinter lag, allerdings nur nach mir aus, denn ich spiegelte mich in der Scheibe.

Auf einem Ecktisch stand neben einem weiteren Seidenblumenstrauß eine komplett von Engeln und Blumen überkrustete Rokokouhr, die mir endlich verriet, wie spät es war – fünf Uhr morgens.

Bambi hatte sich rittlings auf die Lehne der Couch gehockt, hielt einen Cognacschwenker in der Hand und nahm gerade einen tiefen Schluck. Sie sah ziemlich mitgenommen aus, jetzt, wo sie ihre Sonnenbrille abgenommen hatte.

Sie hob das Glas. »Du auch?«

Eigentlich trank ich, wenn ich Alkohol konsumierte, ausschließlich Anislikör, aber ich hatte in den letzten Stunden schon so viele meiner Prinzipien über Bord geworfen, dass es jetzt auch nicht mehr darauf ankam. Ich nickte.

Bambi stand auf, ging zur Schrankwand und öffnete eines der mittleren Fächer. Eine kleine erleuchtete und verspiegelte Bar wurde sichtbar. Sie nahm die Cognacflasche heraus und schüttete eine großzügige Portion der braunen Flüssigkeit in eines der Gläser, die neben den Flaschen aufgereiht standen, und reichte es mir dann herüber.

»Scheußlich hier, oder?«, sagte sie, auf die Rokokouhr blickend. »Ich hatte es mir nicht derart geschmacklos vorgestellt. Aber wenigstens müssen Kunstblumen nicht von irgendeiner neugierigen Nachbarin gegossen werden.«

Ich schnupperte vorsichtig am Cognac. Gar nicht mal so gut. Anislikör roch definitiv besser.

»Du warst vorher noch nie hier?«, erkundigte ich mich angelegentlich. Sie schüttelte matt den Kopf.

»Wem gehört denn nun die Wohnung?«, fragte ich noch mal, nahm einen Schluck des französischen Weinbrands und rollte ihn skeptisch im Mund.

»Leas Mutter.«

Ich prustete den Cognac im hohen Bogen hinaus.

»Na, so schlimm ist das Zeug nun auch wieder nicht«, sagte Bambi und nahm mir das Glas ab.

»Aber gut, suchen wir dir halt was anderes aus«, murmelte sie und schüttete den verbliebenen Inhalt in die Seidenblumenvase.

ICH VERSUCHTE, mich zu fassen. Sie ahnte ja nicht, dass ich Leas Mutter seit weit über vierzig Jahren kannte und welche Bedeutung sie in meinem Leben gehabt hatte. Und schon gar nicht, dass ich noch vor kurzem mit ihr telefoniert hatte.

Was für ein schier unglaublicher Zufall! Ich befand mich in *Karins* Wohnung! Von allen Behausungen dieser Welt war ich ausgerechnet in ihrer gelandet! Die Welt war nicht nur klein, sie war mikroskopisch klein.

Bambi war unterdessen wieder zur Bar gegangen und musterte die anderen Flaschen. Mein Gehirn ratterte wie wild. Würde Karin gleich hier auftauchen? Lag sie gar nebenan und schlief nichtsahnend? Aber dann fiel mir ein, dass sie mir am Telefon irgendwas von einer bevorstehenden Reise erzählt hatte. Ich atmete erleichtert auf.

»Hier wären noch Wodka, Himbeergeist, Gin, Rum und – ah, wer sagt's denn – Kirschlikör. Ich wette, du bist der Likörtyp, richtig?«

Ohne meine Antwort abzuwarten, goss sie ein neues Glas ein.

Sie hatte recht. Ich war der Likörtyp. Ob Anis oder Kirsche interessierte mich nicht mehr. Morgens um fünf, nach all dem, was ich durchgemacht hatte, erst recht nicht.

Ich nahm ihr das Glas aus der Hand und trank es in einem Zug leer. Besser.

»Wow«, sagte sie lächelnd. »Noch eins?«

Ich fühlte etwas tief in mir, was mir bis dato völlig unbekannt war. Ich mochte Bambi. Ich war froh, jetzt mit ihr hier zu sein.

Sollte ich sie ab jetzt Valerie nennen? Aber ich hatte mich so an den Namen Bambi gewöhnt, dass ich das verwarf.

Wir redeten nicht mehr allzu viel in jener Nacht. Ich erfuhr, dass Bambi Leas Tasche an sich genommen und deren Schlüssel, an denen auch der Schlüssel für die elterliche Wohnung hing, eingesteckt hatte, bevor sie die Leiche ihrer Freundin ins Auto lud.

Karin befand sich seit zwei Tagen auf einem lange geplanten und als Gruppenreise organisierten Städtetrip nach Barcelona. Das hatte Lea erzählt und es sehr erheiternd gefunden, dass sie zur gleichen Zeit mit ihrer Geliebten ebenfalls in ein spanischsprachiges Land reisen würde, wovon ihre Mutter selbstverständlich keinerlei Ahnung hatte. Geheimnisse gehörten schließlich zum Durchbrennen existentiell dazu.

Laut Bambi plante Karin, erst in vier oder fünf Tagen zurückzukommen. Das erklärte auch, warum bislang noch niemand Lea vermisst hatte. Und ihre WG-Mitbewohnerinnen kümmerte es nicht, wenn mal eine von ihnen ein paar Tage nicht da war, denn das kam öfter mal vor.

Karins Wohnung war groß und verfügte über zwei Schlafzimmer, von denen eines Bambis Wissen nach früher Leas Zimmer gewesen war und seit ihrem Auszug immer für sie reserviert war, sollte sie zurück in den mütterlichen Schoß wollen. Dieses suchte Bambi sich aus und verschwand mit der Cognacflasche und dem Hinweis, dass ich sie bitte die nächsten acht Stunden nicht stören möge, ins Innere. Das Umdrehen des Schlüssels war das Letzte, was ich aus ihrem Zimmer hörte.

Ich hatte nun die Wahl zwischen Karins Bett oder der Couch in ihrem Arbeitszimmer. Ersteres sah bequemer aus. Keines der beiden Zimmer konnte man von innen verschließen. Hatte Bambi die Schlüssel an sich genommen?

Nach den drei Kirschlikören, die dem ersten gefolgt waren, war ich viel zu müde, um meine eigene Bettwäsche aufzuziehen. Ich schaffte es noch gerade so, Frieda frisches Wasser zu geben, ihr eine flauschige Decke, die auf der Couch gelegen hatte, im Wohnzimmer auf dem Boden auszubreiten und zu hoffen, dass sie all ihre Geschäfte bereits auf unserer kleinen Nachtwanderung zum Holländer erledigt hatte.

Dann zog ich meinen Flanellpyjama an, verzichtete auf jegliche Abendtoilette und ließ mich einfach nur noch in Karins großes, weiches Bett fallen, das mit pastellfarbenem Satinstoff überzogen war und ebenfalls nach Lilien roch. Mich erinnerte der aufdringliche Geruch dieser

Zierzwiebelpflanzen seit jeher an Friedhöfe, aber jeder nach seinem Geschmack. Auf jeden Fall passte er gut zu Karin. Ihr weißer Digitalwecker zeigte 06.07 Uhr an.

Ich war vierundzwanzig Stunden lang ununterbrochen auf den Beinen gewesen. Sollte jetzt die Welt untergehen, dann ohne mich. Und sollte Bambi wider Erwarten doch noch beschließen, mich im Schlaf umzubringen – mir war's von Herzen egal.

ALS ICH die Augen wieder aufschlug, wusste ich zunächst nicht, wo ich mich befand. Die Gegenstände, die aus dem Halbdunkel des Zimmers auftauchten – die Vorhänge waren zugezogen gewesen –, kamen mir so fremd vor, dass ich sicher war, noch immer zu schlafen. Genau gegenüber dem Bett, in dem ich lag, hing ein riesiger Fotodruck, auf dem jemand, wenn ich das richtig erkannte, einen Weidenkorb voller junger Kätzchen auf einer mit Klatschmohn und Kornblüten übersäten Wiese postiert hatte. Im Hintergrund sah man schneebedeckte Gipfel sowie ein Gebirgsbächlein, das sich durch die Alpenlandschaft fraß. Vermutlich sollten die Kätzchen darin ertränkt werden, und man hatte vorher noch schnell ein Erinnerungsbild von ihnen gemacht. Aber warum hängte man sich so etwas an die Wand?

Ich machte die Augen wieder zu und versuchte, die Katzen zu verdrängen. Ich wollte von etwas anderem träumen.

Dann bemerkte ich, dass ich fürchterlichen Durst hatte. Meine Lippen waren wie zugeklebt, und ich schmeckte eine ekelhaft künstliche Süße in meinem Mund.

Der Kirschlikör tauchte unvermittelt vor meinem inneren Auge auf und dann in einem wilden Wirbel alles andere, das sich in den vergangenen Stunden und Tagen zugetragen hatte.

Jetzt war ich wach.

Ich richtete mich auf. Der hässliche Druck hing immer noch an der Wand. Der Digitalwecker zeigte 13.38 Uhr an. Ich hatte siebeneinhalb Stunden geschlafen.

Ich schwang die Beine aus dem Bett und ging auf nackten Füßen zur Tür, halb damit rechnend, dass sie jetzt von außen abgeschlossen war. Doch das war sie nicht.

Ich trat in den Flur. Frieda kam mir entgegen, und irgendetwas war anders an ihr. Ja, richtig, sie wedelte nicht wie sonst, schmiegte sich aber an meine Beine. Ich tätschelte sie, darauf achtend, nicht ihren verstümmelten Schwanz zu berühren, der heute bereits eine braune Kruste aufwies, also offenbar verheilte.

In der Wohnung war es still. Schlief Bambi noch? Die Tür von Leas früherem Zimmer war geschlossen.

Ich ging in die Richtung, in der ich Karins Küche vermutete, und lag richtig.

Blitzende Edelstahloberflächen, wohin das Auge blickte. Die Schränke aus weißfurniertem Holz, der Boden aus hellen, glatten Steinfliesen. Allerlei Küchenmaschinen, die ich teilweise vom Homeshopping kannte. Dazwischen ausnahmsweise keine Seidenblumen, sondern aufgeklebte Küchensprüche von erlesener Hohlheit à la »Essen ist ein Bedürfnis, Genießen ist eine Kunst« oder »Die Königin der Kochrezepte ist die Phantasie«, dazu Batterien von Kochbüchern, deren Hauptthema allerdings nicht schmackhafte, sondern gesunde Ernährung zu sein schien, ein paar auf alt gemachte Kupferbecher und -kannen vor einem aus verschiedenen Terrakottatönen zusammengesetzten Fliesenspiegel. Unmengen getrockneter Knoblauch- und Kräutersträußchen. Karin rechnete offenbar täglich mit dem Besuch von Vampiren.

Mich interessierte erst mal nur Wasser. Ich beugte mich über die Spüle und trank in langen, durstigen Zügen direkt aus dem Hahn.

Danach ging es mir etwas besser, aber jetzt spürte ich auch Hunger. Neugierig öffnete ich den Kühlschrank. Selbstgekochte Marmeladen, alle möglichen Senfsorten, diverse Säfte und ganz hinten noch ein Frischkäse, der zwei weitere Monate haltbar sein würde. Kein Fleisch. Noch nicht mal eine Dauerwurst oder Schinken, der sich ja nun auch lange hielt.

Ich verzog das Gesicht.

Im Gefrierfach sah es auch nicht besser aus. Gemüse in rauen Mengen, Vanilleeis aus biologischer Herstellung und drei Vollkornpizzen Typ Margherita.

Ich würde für mich und Frieda einkaufen gehen müssen. Ohne eine gehörige Portion Fleisch im Bauch war ich nur ein halber Mensch. Allerdings kannte ich mich in dieser Gegend nicht aus. Hatte ich überhaupt recht mit meiner Annahme, mich irgendwo am Ostrand der Stadt zu befinden?

Ich ging zum Fenster, schaute raus und wurde auf der Stelle von Schwindel erfasst. Die Welt befand sich nun mindestens dreißig oder fünfunddreißig Meter unter mir. Ich krallte mich am Fensterbord fest und schluckte mühsam. Eine schmutziggraue Taube flog an mir vorbei, und obwohl ich es nicht wollte, folgte ich ihr unwillkürlich mit den Augen, blickte auf Dächer und schlangengleiche Straßenbänder und Baumwipfel hinunter, woraufhin die plötzliche Benommenheit so stark wurde, dass ich rückwärts taumelte und mit der Hüfte schmerzhaft gegen eine Ecke des großen Küchentischs prallte.

»Höhenangst?«, fragte Bambi gallig von hinten. »Gut zu wissen.«

Noch immer tanzten schwarze Punkte vor meinen Augen, aber es wurde allmählich besser, zumindest solange ich auf den jetzt nur noch leicht schwankenden Küchenboden schaute.

»Ich habe keine Angst«, murmelte ich wenig überzeugend, immer noch auf den Boden starrend.

»Noch besser. Dann sollten wir unbedingt auf der Dachterrasse frühstücken.«

Mein Magen machte einen Hüpfer. Ich hob den Blick und erwartete, in ein feixendes Gesicht zu blicken, aber dem war nicht so. Sie sah aus, als hätte sie viel zu wenig geschlafen. Ihre Augen waren ein wenig verquollen, als hätte sie geweint, ihre Haut war fleckig. Offenbar realisierte sie erst jetzt, wie heftig mich die unerwartete Panikattacke mitgenommen hatte.

»Sorry, Bärbel«, sagte sie, jetzt in ernsterem Tonfall. »Konnte ich ja nicht ahnen. Kaffee oder Tee?«

Sie öffnete bereits einige Küchenschränke auf der Suche danach.

»Milch.«

»Kaffee mit Milch?«

»Milch.«

»Also Tee mit Milch?« Sie wirkte irritiert.

»Nur Milch.« Ich trank bis zum Abend selten etwas anderes als Milch.

Sie schaute in weitere Unterschränke. »Gibt's keine, glaub ich.«

Ich ließ mich auf einen der Küchenstühle fallen. Der Blick aus dem Fenster hatte mein Hungergefühl zwar fürs Erste verschwinden lassen, aber das war bestimmt nicht von Dauer.

»Wir müssen einkaufen gehen«, stellte ich fest.

»Kommt nicht in Frage«, sagte sie bestimmt und befüllte eine futuristisch aussehende Maschine mit Wasser. »Auf keinen Fall!«

»Und was ist mit Frieda? Die muss auch raus.«

»Wenn die inzwischen Overcomb gefunden haben …«

»… suchen die auch nach mir«, bestätigte ich. »Trotzdem. So funktioniert das nicht.«

Sie schwieg und rieb sich über die Augen.

»Schlecht geschlafen?«, fragte ich.

Das hatte ich noch nie jemanden gefragt, fiel mir auf. Anstatt zu antworten, machte sie die unbekannte Maschine an. Offenbar produzierte diese Kaffee.

»Geht's dir nicht gut?«, hakte ich nach.

Sie drehte sich endlich um.

»Wie kommst du denn auf so eine absurde Idee?«, fragte sie. »Meine Freundin ist tot, mein Mann auch, ich war drei Tage in einem Kellerloch gefangen, mein Gesicht ist ruiniert, ich werde von der Polizei gesucht und bin auf der Flucht … Nö, also mir geht's super!«

»Du denkst viel zu negativ«, sagte ich, ihren offensichtlichen Sarkasmus ignorierend. »Wir werden schon eine Lösung finden!«

Sie lachte auf. Es klang bitter. »Ah ja?«

»Immer eins nach dem anderen. Ich ziehe mich jetzt an, gehe mit Frieda raus und kaufe ein. Und dann sehen wir weiter.«

»Und wenn dich jemand erkennt …«

»Frauen wie ich sind für die meisten Leute unsichtbar«, erwiderte ich, und das entsprach der Wahrheit. Nichts an mir zog Blicke auf sich. Bestimmt roch ich sogar neutral, weil ich seit Tagen nicht mehr zum Präparieren gekommen war. Es gab Millionen von uns älteren, graubeigen Durchschnittsfrauengesichtern, überall standen wir herum, an Bushaltstellen und in Cafés, an Supermarktkassen und in Arztpraxen, und niemand sah uns. Wir waren eine Armee der Schatten.

Bambi musterte mich.

»Stimmt«, sagte sie schließlich. »Du fällst wirklich nicht besonders auf. Jedenfalls nicht, solange du mit niemandem redest.«

Das fand ich unfair, meiner Meinung nach hatte ich mich in Sachen Kommunikation bereits enorm verbessert.

»Trotzdem gehen wir lieber auf Nummer Sicher und verändern dich ein bisschen.«

Ich wollte nicht verändert werden, doch sie bestand

darauf, dass sie mir wenigstens die Haare anders frisierte und ich eine rot gefasste Brille aufsetzte, die sie neben dem Bücherregal im Wohnzimmer entdeckt hatte. Karins Lesebrille, nahm ich an. Erstaunlicherweise konnte ich damit sehr gut sehen, und ein Blick in den Spiegel verriet mir, dass ich tatsächlich anders aussah als sonst. Bambi hatte mit Haarspray meinen Pony nach hinten gekämmt und den Rest auftoupiert. ›Flotter‹ hätte meine Mutter bestimmt gesagt. Mir gefiel mein ungewohntes Konterfei nicht, aber mein Magen knurrte, und Frieda wurde allmählich unruhig, so dass ich keine weitere Zeit mit Diskussionen vergeuden wollte.

Wir sprachen noch kurz ab, was ich einkaufen sollte – Brot, Weißwein, stilles Wasser, Salat, Putenbrust und sämtliche Tageszeitungen, die ich kriegen konnte, für Bambi, Fleisch und Milch für mich und Hundefutter für Frieda. Dann nahm ich entschlossen meine Handtasche und ließ Bambi, die immer noch nicht glücklich über meine Einkaufsintentionen zu sein schien, allein zurück in Karins Wohnung.

ICH WAR FROH, dass es im Treppenhaus keine Fenster gab, durch die ich hätte hinaussehen müssen.

Wie ein alter Hochhaushase betrat ich den Aufzug und drückte, Bambis Anweisungen folgend, auf E wie Erdgeschoss. Ob der Aufzug oder *Fahrstuhl* in Vaters letztem Buch wohl ein R wie Römerzeit gehabt hatte?

Im siebten Stock hielt der Aufzug an, und die Türen öffneten sich. Eine enorm große, dunkelhaarige Frau etwa in meinem Alter kam herein und wünschte mir freundlich guten Tag. Eine braune Hornbrille saß auf ihrer ebenfalls ziemlich großen Nase, ihre fleischigen Lippen waren ochsenblutfarben geschminkt, der Teint wirkte wächsern, und sie hatte eine leichte Alkoholfahne, was ich für diese Tageszeit unangebracht fand. Ich murmelte etwas in mich hinein und drehte mich zur Seite weg, sah aber aus dem Augenwinkel, dass sie mich und Frieda neugierig beäugte. Meine Hündin wackelte verzückt mit dem Hinterleib. Was musste ihr eigentlich noch widerfahren, damit sie ihre unangemessene Zutraulichkeit zu jedermann aufgab? Verdammt. Bambi hatte mir eingeschärft, jeglichen Kontakt mit anderen Menschen zu vermeiden oder zumindest auf ein Minimum zu beschränken. Hoffentlich würde die riesige Frau keine Unterhaltung mit mir beginnen.

»Was hat Ihre Kleine denn da am Schwanz?«, fragte sie prompt. »Das arme Schätzchen!«

Sie beugte sich hinunter zur wackelnden Frieda und liebkoste ihren Kopf, während sie fragend zu mir hochschielte.

»Ach, das … ähm. Das war ein anderer Hund«, sagte ich und war selbst verblüfft über meine Geistesgegenwart.

»Das gibt's doch nicht! Wer beißt denn so ein liebes Ding wie dich?«, fragte sie.

Gott sei Dank nicht mich, sondern Frieda, die die Streicheleinheiten der fremden Riesin sichtbar genoss. Hätte man der eine Krone aufgesetzt und in die eine Hand eine Fackel und in die andere eine Tabula ansata gedrückt, hätte man sie sofort im Hafen von New York aufstellen können.

»Haben Sie den Verantwortlichen angezeigt?«, wandte sie sich wieder an mich.

Ich linste zur Aufzuganzeige. Noch drei Stockwerke, dann würden wir unten sein, und ich wäre sie los.

»Nein«, sagte ich und dachte an Overcomb. Ich hatte etwas anderes mit ihm gemacht.

»Aber warum denn nicht? Das hätten Sie unbedingt tun sollen!«, kam es postwendend zurück.

Hätte ich doch einfach mit Ja geantwortet.

»Der andere Hund war ohne Herrchen unterwegs.«

Das brachte sie kurz aus dem Konzept.

»Oh. Verstehe. Schlimm. Wie kann man seinen bissigen Hund alleine herumstreunen lassen! Das Problem liegt *immer* am anderen Ende der Leine, meinen Sie nicht auch?« Sie blickte mich beifallsheischend an.

Was für eine idiotische Bemerkung. Hätte es gestimmt, was ich ihr gerade vorgelogen hatte, hätte der andere Hund ja gerade *keine* Leine gehabt. Doch ich nickte sicherheitshalber und versuchte sogar so etwas wie ein zustimmendes Lächeln.

Der Aufzug hielt. E wie Endlich. R wie nichts wie Raus.

»Kommen Sie übermorgen Abend auch?«, fragte sie in das ersehnte Öffnen der Türen hinein.

Ich schaute sie verständnislos an.

»Ach, Verzeihung, ich hab mich gar nicht vorgestellt«, sagte sie zu meinem Entsetzen und hielt mir ihre schaufelgroße Hand hin.

»Beate Hahn, Hahn wie der Gockel. TV-Redakteurin, siebter Stock.«

Liberty Hahn wäre der treffendere Name gewesen, dachte ich. Von nahem war ihre Fahne noch deutlicher riechbar. Ich erinnerte mich an den ZDF-Mann mit der lilageäderten Nase, der den unersetzlichen Verlust seines Tierarztes beklagt hatte. Waren eigentlich alle Fernsehleute alkoholkrank? Notgedrungen gab ich ihr meine Hand. Hätte ich doch bloß Handschuhe angezogen.

»Vierzehnter Stock.«

»Ah ja. Und Ihr Name ist …?« Sie blickte lächelnd auf mich hinunter.

O Gott. Was sollte ich ihr darauf antworten?

»Ich bin hier nur zu Besuch«, presste ich heraus.

»Wie nett. Bei wem denn?«, fragte sie zurück.

Hoffentlich merkte sie nicht, dass ich ins Schwitzen geriet. Jetzt bloß nicht auffallen oder gar Verdacht erregen.

»Bei einer alten Schulkameradin. Sie ist in Urlaub und hat mir ihre Wohnung für ein paar Tage zur Verfügung gestellt«, sagte ich so beiläufig wie möglich und drängte mich an ihr vorbei in die riesige Lobby des Hauses.

Sie kam mir hinterher.

»Wie reizend. Und wie heißt Ihre Schulfreundin?«

Wenn ich jetzt irgendeinen Namen erfand, war das riskant, weil ein Blick aufs Klingelschild mich der Lüge überführen würde. Also sagte ich widerstrebend: »Karin.«

Sie sah für einen Moment irritiert aus, nickte dann aber unbestimmt. Ich war erleichtert, dass sie nicht noch nach dem Nachnamen fragte.

»Ach so, dann wissen Sie sicher nichts von unserem Meet-and-Greet übermorgen.«

Ich wusste noch nicht mal, was das sein sollte, und das sah sie mir wohl an.

»Unser Nachbarschaftsfest!«, sagte sie und zeigte auf ein großes buntes Poster, das neben den langen Briefkästenreihen aufgehängt war. Es zeigte viele verschlungene Hände vor einem stilisierten Wolkenkratzer, soweit ich das erkennen konnte. Ich schüttelte den Kopf und behielt stur meinen Kurs Richtung Ausgang. Sie blieb neben mir und Frieda.

»Man trifft sich sonst ja immer nur im Hausflur oder im Aufzug. Ist doch schön, wenn die Bewohner mal zusammenkommen und Zeit haben, sich auszutauschen, finden Sie nicht auch?«

»Doch, ja. Auf jeden Fall. Aber ich bin wie gesagt nur für ein paar Tage hier …«

Ich spürte, wie sich meine Hand zur Faust ballte. Am liebsten hätte ich ihr einen Kinnhaken verpasst, aber das entsprach wohl eher nicht Bambis Vorstellung von Unauffälligkeit. Außerdem schreckte mich ihre Größe ab; vermutlich hätte ich bei einem Kampf nicht die besten Chancen gehabt, gegen Liberty zu gewinnen.

»Sie sind natürlich trotzdem herzlich eingeladen, Frau …?«

»Faust!«

»Wie Goethes Faust?«

»Nein, wie die Faust, die gleich zuhaut.« Wir hatten endlich den Ausgang erreicht.

Sie lachte, weil sie anscheinend glaubte, ich hätte einen Witz gemacht. Da kannte sie mich schlecht. Sie hielt mir die Tür auf.

»Kottütchen können Sie gleich da vorne im Park ziehen.«

Sie zeigte unbestimmt auf ein Fleckchen kränkliches Grün in ungefähr fünfzig Metern Entfernung.

Kottütchen? Wovon redete diese Person?

»Danke«, sagte ich. »Dann auf Wiedersehen!« Nie mehr wollte ich Liberty wiedersehen.

»Bis übermorgen dann, ich zähl auf Sie!«, sagte sie augenzwinkernd und winkte mir im Weggehen noch mal zu. Bestimmt brauchte sie Weinnachschub. Oder was sie sonst so trank. Bourbon vielleicht. Das passte zu Amerika.

So schwierig mein Ausflug begonnen hatte, so erstaunlich problemlos war der Rest. Ich zog tatsächlich ein »Kottütchen«, denn offenbar wurde erwartet, dass man den Hundedreck darin einsammelte. Frieda erledigte wie immer schnell und zuverlässig ihr kleines und großes Geschäft, und ich konnte schon vom sogenannten Park aus den Supermarkt sehen, in dem ich alles erhalten würde, was wir brauchten. Ich würde Bambi nichts von der kleinen Unterhaltung im Aufzug erzählen, sie regte sich sonst nur auf. Wahrscheinlich hatte mich diese geschwätzige Fernsehstatue eh schon wieder vergessen, bevor sie auch nur einen Fuß in den Spirituosenladen setzte.

MIT ZWEI GROSSEN TÜTEN beladen stand ich eine Stunde später wieder vor Karins Tür und klopfte leise. Ich war nicht hundertprozentig sicher, ob Bambi noch da sein würde. Ich traute ihr zu, sich in der Zwischenzeit überlegt zu haben, dass ich nur unnötiger Ballast für sie war. Vielleicht hatte sie noch anderswo Freunde, die ihr helfen würden, das Land zu verlassen. Vielleicht ...

Die Tür öffnete sich, und Bambi zog mich rasch in die Wohnung.

»Gab's Probleme?«, wollte sie wissen.

Ich schüttelte den Kopf. Ein Danke wäre auch schön gewesen. Sie nahm mir die Tüten ab und schob mich in die Küche. Währenddessen erzählte sie mir, dass sie alles Mögliche versucht hatte, um in Karins Computer zu kommen, es aber nicht geschafft hatte, deren Passwort zu knacken. Sie hatte nachgeschaut, ob sie es irgendwo notiert hatte, sogar in Karins Unterlagen danach gesucht, aber nichts gefunden. Es sei wirklich schrecklich, ausgerechnet in unserer Situation nicht online gehen zu können. Ich nickte vage, obwohl mir nicht klar war, inwiefern uns dieses Internet würde nützen können. Und wie man überhaupt in einen Computer »hineinkam«. Sollte es allerdings darum gehen, ein von Karin gewähltes Versteck zu finden, hätte ich durchaus hilfreich sein können, denn Karin hatte sich noch nie durch Flexibilität ausgezeichnet.

Früher hatte sie alles, was ihre Eltern nicht sehen sollten, im Rollladenkasten ihres Zimmers versteckt: Liebesbriefe – natürlich rein platonische, darauf legte sie Wert –, Gedichte, Zigaretten und ihre sagenumwobenen Tagebücher, in denen sie alles notierte, was in ihrem Leben Aufregendes und Romantisches passierte, und das war angeblich jede Menge. Sie glaubte, niemand auf der ganzen Welt würde jemals in einem *Rollladenkasten* nach wichtigen Dingen suchen. Weil alle Welt annahm, in einem Rollladenkasten sei nur Platz für einen Rollladen. Dass aber an den Seiten jede Menge Platz für anderes war, darauf musste man erst mal kommen. Ihr war dieser Geistesblitz mit vierzehn gekommen, als ein Handwerker den Kasten öffnete, um irgendetwas zu reparieren, während sie Maulaffen feilhielt und ihm beim Arbeiten zuschaute. Sie war so stolz auf ihre Entdeckung des *perfekten* Verstecks, dass sie der halben Klasse davon erzählte. Vermutlich hielt sie es für äußerst unwahrscheinlich, dass sich jemals eine neugierige Klassenkameradin den Rollladenkästen der elterlichen Wohnung nähern würde, und damit behielt sie, soweit ich es beurteilen konnte, auch recht.

Ich schielte auf die Wand über dem Küchenfenster – keine Rollladen. Verdammt. Offenbar wurde in Hochhäusern so etwas nicht verbaut. Ich würde nach etwas anderem Ausschau halten und versuchen müssen, mich in Karins mediokre Phantasie hineinzudenken.

Weder im Radio noch im Fernsehen war in der Zwischenzeit etwas Neues über den Fall Wonnemuth gekommen, erzählte Bambi derweil weiter, also stünden die Chancen gut, dass Overcomb noch nicht entdeckt worden war. Dass man ihn gegebenenfalls nie finden würde, erwähnte sie nicht. Anscheinend nahm sie sein mögliches Ableben billigend in Kauf. Ich sah das anders; in spätestens drei Tagen würde ich Kommissar Lichtblau einen anonymen Tipp geben, sollte er bis dahin noch immer keine Kenntnis vom Verschwinden des Lokalreporters haben. Auch wenn ich Overcomb nach wie vor übelnahm, dass er Frieda verstümmelt hatte, den Tod wünschte ich ihm dann doch nicht.

Darauf achtend, nicht leichtsinnig aus dem Fenster in die Tiefe zu schauen, packte ich die Einkäufe aus. Im Supermarkt war mir die Idee gekommen, ein Gulasch zu kochen, was aber seine Zeit dauern würde. Ich war mittlerweile regelrecht ausgehungert und bedauerte, nicht etwas gekauft zu haben, das sich schneller zubereiten ließ. Oder gar sofort gegessen werden konnte. Etwas wie Tatar. Doch den kaufte ich nie im Supermarkt, der sollte frisch vom Fleischer geschabt werden. Aber Bambis Putenbrust zum Beispiel … Mir lief das Wasser im Mund zusammen. Bambi bemerkte, wie ich mit ihrem Aufschnitt in der Hand dastand und sehnsüchtig darauf starrte.

Sie verstand sofort. »Nimm ruhig, ich hab eh keinen Hunger«, sagte sie und griff nach den Zeitungen.

Ja, ich mochte sie wirklich. Schnell öffnete ich die Verpackung und stopfte mir zwei Scheiben in den Mund.

Das tat gut. Obwohl ich normalerweise kein Putenbrusttyp war.

»Dann bekomme ich noch 32,46 Euro von dir«, sagte ich kauend und präsentierte ihr den Kassenbon.

»Was?«

»32,46 Euro. Ich hab die Pute schon abgezogen.«

Sie blickte belustigt zu mir hoch. Was war daran denn so komisch? Es war ja wohl selbstverständlich, dass jeder für sich selbst bezahlte.

»Klar. Aber das hat doch sicher noch einen Moment Zeit, oder?«, fragte sie, anstatt ihr Portemonnaie zu holen. Sie steckte den Kopf wieder in die Zeitungen, ohne meine Antwort abzuwarten. Ich zögerte, weil ich eigentlich mein Geld lieber sofort zurückbekommen hätte, dann zuckte ich die Achseln. Mir schwante, dass man wohl mal fünfe gerade sein lassen musste, wenn man sich mit jemandem wie Bambi eine Wohnung teilte. Rasch aß ich den Putenaufschnitt auf, ehe sie es sich anders überlegte.

Danach fütterte ich Frieda, schnitt Zwiebeln und Paprika, briet mein Fleisch an und löschte es schließlich mit Brühe ab. Jetzt hieß es warten, bis es zartgegart war. Mindestens zwei Stunden. Aber das Großgeflügel in Scheiben hatte geholfen, ich würde diese Zeit überstehen.

»Und? Steht was Interessantes drin?«, fragte ich Bambi, die soeben ihre vierte Tasse schwarzen Kaffee trank und immer noch Zeitung las.

»Man verfolgt verschiedene Spuren, schreiben sie. In Sachen Motiv tappen sie nach wie vor im Dunkeln. Man spekuliert, ob es wohl einer der durchgeknallten Fans meines Mannes war. Eine Stalkerin womöglich.«

»Eine was?«, fragte ich.

Sie stöhnte fast unhörbar auf.

»Es gab immer wieder Frauen, die Ansgar Geschenke schickten, ihm überall auflauerten, mit ihm ins Bett wollten …«

»Verrückt!«, entfuhr es mir. Wer wollte denn so was?

»Ach, die sind aber im Grunde harmlos. Das wird die Polizei auch schnell merken.«

»Steht auch was über dich drin?«

Sie nickte.

»Über meinen Verbleib wird weiterhin gerätselt. Man hält es sogar für möglich, dass ich auch ermordet worden bin«, fasste sie kurz zusammen.

»Die haben nicht herausgefunden, dass du vorhattest, nach Chile zu fliegen?«, fragte ich erstaunt.

Wofür wurden diese Polizisten eigentlich bezahlt, wenn sie ihre Arbeit nicht machten?

»Wie denn? Ich hatte unsere Flugtickets in bar bezahlt«, antwortete sie. »Wir wollten um jeden Preis verhindern, dass Ansgar durch irgendeinen blöden Zufall zu früh davon erfährt.«

»Und du hast nie mit jemandem darüber gesprochen, dass du ihn verlassen wolltest?«, fragte ich, und im selben Moment schalt ich mich dumm. Ich erzählte ja auch nie irgendetwas.

Sie schüttelte den Kopf. »Nein.«

»Und Lea?«

»Die erst recht nicht. Wir haben uns sonst zum Beispiel auch nie auf dem Handy angerufen. Oder uns Nachrichten geschickt. Deswegen bin ich ja auch sofort los, als ich ihre SMS bekam. Mir war klar, dass es wirklich dringend sein musste, wenn sie ihre eigenen Regeln brach.«

»Also war sie sogar noch vorsichtiger als du?«

»Ihr machte es Spaß, dass kein Mensch was von uns wusste. Sie liebte Heimlichtuereien.«

Traurigkeit verdunkelte kurz ihre Stimme.

»Ganz wie ihre Mutter …«, sinnierte ich.

Bambi schaute mich irritiert an.

»Ihre Mutter?«

Mist, jetzt hatte ich mich verplappert. Karin hatte ebenfalls Geheimnisse geliebt. Vor allem die von anderen. Ich wollte allerdings immer noch vermeiden, dass sie erfuhr, dass ich Karin seit Ewigkeiten kannte. Wieso ich ihr das verheimlichte, war mir selbst nicht recht klar. Vielleicht, weil es mir das Gefühl gab, noch einen Trumpf im Ärmel zu haben.

»Ich meine wegen dieses Passworts für ihren Computer«, sagte ich hastig.

»Passwörter sind dazu da, geheim zu sein, Bärbel«, erwiderte sie, aber ich sah ihr an, dass sie keinen Verdacht geschöpft hatte, sondern ihr gerade wieder eingefallen war, dass ich ebenfalls verrückt war und deshalb auch verrückte Dinge sagte.

»Irgendwer *muss* aber von dir und Lea gewusst haben. Sonst hätte man dich nicht in den Wald gelockt«, überlegte ich.

»Ja. Derjenige, der Lea umgebracht hat«, bestätigte sie.

»Es muss jemand sein, der euch nicht leiden konnte.«

Sie lachte bitter auf. »Echt jetzt, Bärbel?«

»Fällt dir niemand ein?«

»Was meinst du, worüber ich drei Tage lang in deinem gottverdammten Keller gegrübelt habe?«, fragte sie zurück.

»Dein Mann wurde ebenfalls dorthin gelockt. Heißt, er hat eine ähnliche oder sogar dieselbe Nachricht von ihr erhalten.«

»Von Lea?«

Ich nickte. Sie wirkte verblüfft.

»Aber … Das ist völliger Unsinn. Sie und Ansgar kannten sich doch kaum. Warum hätte er bei einer SMS von ihr sofort zu ihr eilen sollen?«

Weil er ebenfalls was mit ihr hatte, deshalb. Ich wurde mir meiner Sache immer sicherer. Lea hatte ihrer Mutter erzählt, sie sei mit einem Prominenten zusammen. Außerdem mochte sie laut Karin ältere Männer. Was sprach dagegen, dass Lea es mit beiden Wonnemuths getrieben hatte? Sicher, klar, Bambis Gerede von großer Liebe und so, aber wenn ich nicht völlig danebenlag, war der Glaube an die Liebe wie der Glaube an Gott. Beides war eine Illusion, um sich das Leben erträglicher zu machen. Und beides hatte in der Regel wenig bis keinen Einfluss auf das tatsächliche Verhalten der Menschen, das ausschließlich von Egoismus geprägt war. Wenn sich das MAMIL ebenso heftig wie seine Gattin in die junge, knackige, sommersprossige Lea verguckt hatte, hätte ein Hilferuf der kleinen Prinzessin ihn genauso unverzüglich und unweigerlich wie Bambi in den Wald getrieben. Außerdem würde es erklären, warum er sich über die Leiche geworfen und offenbar so außer sich gewirkt hatte, dass Bambi überzeugt war, er hätte sie umgebracht.

»Wie oft habt ihr euch gesehen, du und Lea? Also außerhalb der Französischlektionen?«, fragte ich.

»Warum?«

»Sag's mir einfach.«

»Nicht so oft, wie wir es uns gewünscht haben. Vielleicht ein- oder zweimal die Woche.«

Karin hatte am Telefon davon gesprochen, dass ihre Tochter ihren geheimnisvollen Freund drei- bis viermal die Woche traf. Also war reichlich Luft für eine zweite geheime Affäre gewesen.

»Wer von euch hatte die Idee durchzubrennen?«

»Das sagte ich doch schon. Lea. Was soll dieses Verhör?«

Wann würde der Groschen endlich bei ihr fallen? Und welche Wirkung würde es auf sie haben?

»Wie wolltet ihr eigentlich euer neues Leben in Südamerika finanzieren?«, fragte ich unverdrossen weiter.

»Ich hab vor Jahren von meinem Vater eine größere Summe Geld geerbt. Ansgar hat davon nie erfahren. Das hätte erst mal eine ganze Weile gereicht.«

»Und danach?«

Sie zuckte mit den Achseln.

»Wären wir vermutlich irgendwann wieder zurückgekommen. Eines Tages hätten wir uns der Realität stellen müssen. Aber Lea hatte Angst vor der Reaktion ihrer Mutter, und ich war auch nicht gerade scharf auf einen Rosenkrieg mit Ansgar.«

Ich wusste nicht, was ein Rosenkrieg sein sollte, aber mich interessierte etwas anderes mehr.

»Wo ist dein Geld jetzt?«

Sie musterte mich mit zusammengekniffenem Mund. Kurz dachte ich, sie würde jetzt dichtmachen, aber dann antwortete sie doch.

»Wir haben es vor einer Woche in einem Schließfach am Flughafen deponiert.«

»Zu dem nur du den Schlüssel hast?«

Langsam schüttelte sie den Kopf. »Lea hatte auch einen. Er ist noch an ihrem Bund.«

»Wäre interessant zu wissen, ob dein Geld noch da ist«, sagte ich bemüht neutral.

Ihre Augen verengten sich, als sie begriff, was ich damit andeuten wollte. Doch ich meinte, auch einen leisen Zweifel in ihrem Blick aufkeimen zu sehen.

»Du glaubst, sie wollte gar keine Zukunft mit mir, sondern nur an mein Geld? Und dann hat sie es heimlich abgeholt, und jemand hat sie deswegen umgebracht?«

Sie schlug sich leicht auf die Stirn und rollte die Augen. Ich schwieg.

»Sicher. Na klar! Warum bin ich da nicht selbst drauf gekommen? Ah, ich weiß: Ich war im Gegensatz zu dir bisher einfach zu blöde, um diesen perfiden Plan zu durchschauen.«

Sie strengte sich an, sarkastisch zu wirken. Es gelang ihr nicht.

»Das habe ich nicht gesagt«, verteidigte ich mich.

»Du hast noch viel mehr nicht gesagt. Zum Beispiel, dass du offenbar davon ausgehst, dass Ansgar und sie auch …«

Sie brach ab und atmete tief durch.

»Ich versuche nur, das Geschehene in einen logischen Zusammenhang zu setzen. Vielleicht ist Ansgar auf dich losgegangen, weil er dachte, *du* hättest sie umgebracht. Aus Eifersucht.«

»Lea war nicht so! Sie hätte mich niemals hintergangen!« Doch ihre Stimme klang matt.

»Mag sein. Ich bin ihr ja nur einmal begegnet, wie soll man da einen Menschen beurteilen können«, antwortete ich.

Bambis Augen wurden schmal. »Du *kanntest* Lea?!«

»Nein! Ich wollte sagen, ich hab sie nur einmal *gesehen*. Tot«, versuchte ich meinen erneuten Versprecher zu erklären. Ich musste mich wirklich mehr konzentrieren.

»Du hast gesagt *begegnet*. Man *begegnet* keiner Toten.« Sie hielt ihren Blick, der jetzt voller Argwohn war, unverändert auf mich gerichtet.

»Ich bin nicht gut mit Worten, das weißt du doch. Ich hab mich falsch ausgedrückt«, schob ich rasch hinterher.

Nein. Ihr Gesichtsausdruck besagte, dass ihr das nicht reichen würde.

Wie war noch mal Bambis richtiger Vorname? Genau, Valerie.

»Valerie, jetzt denk doch mal nach. Woher bitte sollte jemand wie *ich* Lea kennen?«, sagte ich beschwörend. »Aus der Disco? Von einer Fete? Hältst du das für wahrscheinlich?«

Ein widerwilliges Lächeln zuckte kurz in ihrem Mundwinkel. Die Vorstellung von mir in einem Tanzlokal kam ihr wohl ebenso absurd vor wie mir.

»Die Disco heißt heute Club und die Fete Party«, sagte sie schließlich und hörte sich erschöpft an.

Als ob mich das interessieren würde. Oder jemals interessiert hätte. Aber ihren Verdacht, dass ich mehr wusste, als ich zugab, hatte ich fürs Erste zerstreuen können, immerhin.

Ich fasste erneut zusammen.

»Ich weiß natürlich nicht, ob dein Mann und deine Freundin was miteinander hatten. Aber fest steht, dass Leas Mörder aus welchen Gründen auch immer euch *beide* zu ihrer Leiche gelockt hat. Und die wahrscheinlichste Erklärung dafür, dass ihr *beide* komplett die Beherrschung verloren habt, ist die, dass ihr *beide* Lea nahestandet und euch deshalb gegenseitig verdächtigt habt. *Beide* habt ihr nicht …«

»Wenn du noch einmal *beide* sagst, schlag ich dich, Bärbel«, zischte sie.

Sie konnte aber auch empfindlich sein.

»Jedenfalls war das Ergebnis dieses gegenseitigen Verdachts, dass ihr …« Ich musste mich sehr zusammenreißen, um nicht wieder *beide* zu sagen. »Ihr habt jedenfalls nicht miteinander kommuniziert, und deswegen ist dein Mann jetzt auch tot, und …«

»Und wir können ihn nicht mehr fragen, ob er ebenfalls mit Lea durchbrennen wollte«, kam sie mir zuvor und vervollständigte meinen Satz.

Eigentlich hatte ich sagen wollen … *und wir stecken in einem Riesenschlamassel*, aber ich korrigierte sie nicht. Sie sah plötzlich sehr müde aus und endlich auch so alt, wie sie war. Als ich erneut den Mund öffnete, packte sie harsch meinen Arm und krallte ihre Nägel in mein Fleisch.

»Bärbel. Es reicht.«

Es tat weh. Aber sie nahm ihre Hand sofort weg, als ich den Mund wieder schloss. Na ja, geschenkt, dachte ich.

Ohne ein weiteres Wort erhob sich Bambi, ging hinüber in Leas Zimmer und schloss mit Nachdruck die Tür hinter sich. Ich hatte ihr anscheinend genügend Stoff zum Nachdenken geliefert, sie würde jetzt eine Weile an meiner Interpretation des Wonnemuth'schen Ehedramas zu knabbern haben.

ICH HATTE mein Gulasch bis auf das letzte sehnige Stückchen verzehrt und danach versucht, ein wenig mit Frieda zu spielen, der unser Garten und die gewohnten stundenlangen Spaziergänge zu fehlen schienen. Wahrscheinlich vermisste sie auch ihren Schwanz. Sie wirkte jedenfalls niedergeschlagen und schien an nichts anderem interessiert zu sein, als sich auf der weißen Ledercouch zusammenzurollen und zu schlafen.

Also hatte ich mich ins Bad begeben, das man dankenswerterweise von innen absperren konnte, und sicherheitshalber noch mal meine Verletzung begutachtet. Die Haut über dem Stich hatte sich vollständig geschlossen, und so wagte ich es, mir ein Bad in Karins riesiger Badewanne einzulassen. Die Wunde war nur noch eine rötliche Erinnerung an Bambis und mein Auftaktspielchen. Mir kam es vor, als läge dieses Intermezzo bereits Wochen zurück, dabei war seitdem noch nicht mal eine Woche vergangen.

ZUM ERSTEN MAL in meinem Leben ganz von warmem Wasser umhüllt – bei uns zu Hause gab es nur eine Dusche, keine Wanne –, reinigte ich mein Haar gründlich mit Karins Shampoo, das ich aus dem Fernsehen kannte und von dem behauptet wurde, es würde brillanten Glanz ins Haar zaubern. An meinem stumpfen Schopf würde sich das Zeug bestimmt die Zähne ausbeißen, dachte ich. Karin hatte zudem dreizehn verschiedene Badezusätze mit denkbar blumigsten dermatologischen Versprechungen auf einem Regal über der Badewanne aufgereiht, und es machte mir kindliche Freude, sie der Reihe nach auszuprobieren. Schließlich war die Wanne so hoch voller Schaum, dass ich nichts mehr sehen konnte und deshalb beschloss, die Badeprozedur zu beenden.

Es hatte mir außerordentlich gut gefallen, meinen Körper im warmen, schaumigen Wasser unterzutauchen und dabei das Gefühl zu haben, schwerelos zu sein. Fast fand ich es schade, dass ich so etwas noch nie gemacht hatte. Andererseits ging es beim Waschen um Hygiene und nicht um Behaglichkeit, rief ich mich zur Ordnung. Nicht, dass ich anfing, mich an so etwas zu gewöhnen. Ich kam dennoch nicht umhin, mir vorzustellen, was notwendig wäre, um in *mein* Haus eine solche Badewanne einzubauen, in die ich dann jeden Tag steigen könnte.

Dafür würde es einen Maurer brauchen, einen Installateur, einen Klempner, einen Anstreicher und einen Fliesenleger, vorher müsste ich wohl auch in ein Geschäft gehen, um die Wanne und die Armaturen auszusuchen, man würde mich um meine Meinung bitten, ich müsste Entscheidungen treffen über Dinge, von denen ich keinerlei Ahnung hatte, wie etwa Siphons und Wasserhähne und Perlatoren und Fliesenabriebstärken. Und am Ende würde die Wanne bestimmt noch nicht mal ins Bad passen, weil das Klo darin unnötig mittig aufgestellt worden war.

Ich bekam eine Gänsehaut und hüllte mich schnell in eins von Karins großen, flauschigen und selbstverständlich nach Lilien riechenden Badetüchern. Der Gedanke, dass ich sowieso kein Haus mehr hatte, in das ich *irgendetwas* hätte einbauen lassen können, kam ganz zuletzt, perlte parallel mit einem kalten Wassertropfen, der sich aus meinen nassen Haaren gelöst hatte, meinen Rücken hinunter und verursachte eine erneute Gänsehaut. Ich unterdrückte ein Ächzen, zog das Handtuch fester um mich und entriegelte die Türe. Rasch tappte ich hinüber in Karins Schlafzimmer.

Obwohl bereits mehr als drei Stunden seit unserem Gespräch verstrichen waren, hörte und sah ich immer noch nichts von Bambi. Aber das sollte mir recht sein.

Ich wollte nachgucken, welches Versteck Karin statt eines Rollladenkastens gewählt haben könnte, und wurde augenblicklich fündig, als ich in Richtung Fenster schaute. Auf Karins dürftige Phantasie war nach wie vor Verlass.

Die üppigen blickdichten Samtstores, die jetzt halb geöffnet waren – das musste Bambi während meiner Abwesenheit getan haben, bestimmt hatte sie auch einen Blick in meinen Koffer geworfen –, hingen an einem wahren Ungetüm von einer Vorhanghalterung. Genauer gesagt war es ein geschlossener länglicher Kasten, der über die ganze Breite des Fensters gesetzt und mit derselben Tapete beklebt war wie die Wände. Mit Sicherheit war dies eine Sonderanfertigung und gehörte nicht ursprünglich zum Inventar der Wohnung.

Ich schlüpfte flink in frische Unterwäsche und ein Miederhöschen, schaltete die Deckenlampe an und begab mich rückwärtsgehend an die Stirnseite des Raums, sorgfältig darauf bedacht, nicht zufällig über die Schulter aus dem Fenster zu blicken. Als ich die dicken Stores in meinem Rücken spürte, drehte ich mich um, packte sie mit zusammengekniffenen Augen und zog sie fest zusammen, damit sich kein Lichtstrahl mehr hindurchstehlen konnte.

Nachdem ich wieder gefahrlos überall hinschauen konnte, nahm ich den Stuhl, der neben Karins Bett stand und trug ihn zum Fenster. Ich stieg hinauf und beäugte den Kasten genauer. Unten hatte er über die ganze Breite hinweg einen Schlitz, aus dem die Stores hingen. Und man konnte den Kasten an den Seiten aufschrauben, wie ich dann entdeckte.

Ich kletterte wieder hinunter und ging zu meiner

Handtasche, in deren geräumigen Untiefen ich unter anderem ein Schweizer Offiziersmesser der Marke Victorinox mit mir führte, das mein Opa 1951 gekauft hatte und von dem mein Vater häufig gesagt hatte, dass es dem neu eingeführten Nachfolgemodell von 1961 himmelhoch überlegen war.

Das konnte ich nicht beurteilen, war aber wie die beiden Generationen vor mir eigentlich immer zufrieden damit gewesen, auch wenn man, wollte man kleinlich sein, kritisieren konnte, dass das Messer von 1951 weder über den Fischentschupper oder den Fingernagelreiniger der späteren Modelle verfügte.

Erneut bestieg ich den Stuhl und klappte den Schlitzschraubendreher auf. Er passte, und ich begann an den Rollladenkastenschrauben zu drehen.

ES GING auf beiden Seiten des Kastens ganz leicht, was mir sagte, dass die Schrauben wahrscheinlich des Öfteren aufgedreht wurden.

Nach kürzester Zeit konnte ich das vordere Brett abnehmen. Ich sah sofort, dass Karin ihrer alten Gewohnheit treu geblieben war. Im Kasteninneren gab es eine Zweiteilung; unten war eine stabile Edelstahlschiene zu sehen, an der die schweren Vorhänge hingen, darüber hatte man ein Brett eingelassen, auf dem diverse Gegenstände lagen.

Ich nahm einen der vordersten hinaus. Es war ein schmales blaues Schreibheft, wie es Erstklässler verwendeten. Auf dem Deckblatt stand in einer rundlichen Schrift, die sich in den letzten vierzig Jahren nur wenig verändert hatte »Karin 2013«.

Mein Herz rutschte mir in meinen frischen weißen Baumwollschlüpfer. Sie würde mich auf der Stelle umbringen, wenn sie wüsste, dass ich eins ihrer Tagebücher in den Händen hielt. Ich stellte mich auf Zehenspitzen, streckte mich, so lang ich konnte, und tastete weiter. Noch mehr dieser Hefte. Zig Hefte. Sie waren so schmal, dass sie genau auf das Brett passten und nicht herunterfallen konnten, wo sie die Schienenführung der Vorhänge behindert hätten.

Außerdem gab es noch ein kleines Kästchen, in dem sich Perlenohrringe und anderer Schmuck, an die tausend Euro, Karins Reisepass, ein kleiner silberner Schlüssel und vier Zettel mit diversen Buchstaben- und Zahlenkombinationen befanden.

Von draußen hörte ich Geräusche und erschrak.

Ich griff wahllos drei, vier weitere Hefte und das Kästchen, sprang vom Stuhl und stopfte alles hektisch unter meine Bettdecke.

Dann stieg ich wieder hoch und versuchte hastig, das vordere Abdeckbrett wieder zu montieren.

Es klopfte. »Bärbel? Bist du hier drin?«, hörte ich Bambis Stimme von draußen. Mist!

»Ja«, erwiderte ich. »Ist was?«

»Kann ich reinkommen?« Immerhin fragte sie.

»Augenblick.« Ich schraubte und schraubte. Endlich. Das Brett saß wieder einigermaßen fest.

Ich sprang erneut vom Stuhl, kam diesmal unsanft auf, musste in die Knie gehen, und in diesem Moment trat Bambi einfach ein.

Sie blieb im Türrahmen stehen und starrte mich an. Ob sie es wohl befremdlich fand, dass ich nur in Schlüpfer und Miederhöschen breitbeinig auf dem Boden vor dem verdunkelten Fenster hockte, mit einem Offiziersmesser in der Hand? Ihr nächster Satz beantwortete meine stumme Frage.

»Was um Himmels willen treibst du da?«

»Ich …«

Mir fiel partout nichts ein. Ich verharrte in meiner zusammengekauerten Haltung, weil ich nicht noch mehr von meinem halb entblößten Körper ihrem konsternierten Blick preisgeben wollte. Ob sie wohl annahm, ich hätte gerade auf den Teppich urinieren wollen?

Endlich registrierte sie meine Verlegenheit und wandte den Blick ab.

»Schon gut. Entschuldige, dass ich so reingeplatzt bin. Aber Frieda ist unruhig, und ich kann ja nicht …«

Sie ließ den Satz unbeendet.

Wie zur Bestätigung tauchte jetzt hinter ihr meine Hündin auf und trippelte angespannt hin und her, während sie mich aus flehenden Augen ansah. Wahrscheinlich vertrug sie das neue Nassfutter nicht; sie war an eine bestimmte Marke gewöhnt, die aber der Supermarkt, in dem ich eingekauft hatte, nicht führte, und so eine Futterumstellung kann die hündische Peristaltik durchaus irritieren.

»Ich kümmere mich drum«, sagte ich knapp.

Bambi nickte und verließ endlich den Raum.

Als ich zehn Minuten später mit der winselnden Frieda aus der Tür gehen wollte – an Karins Brille hatte ich gedacht, aber die Kunst des Toupierens beherrschte ich noch nicht –, kam Bambi aus der Küche. In der linken Hand hielt sie einen geöffneten Joghurtbecher, in der anderen einen Löffel. Endlich aß sie was. Die Kalorien würden ihr guttun, auch wenn ich von Joghurt unter energetischen Gesichtspunkten nicht viel hielt. Das Gehirn brauchte Nahrung, um zu arbeiten. In meinem Falle Fleisch, in ihrem Joghurt. Und unseren Gehirnen stand in den nächsten Tagen Schwerstarbeit bevor, um eine Zukunftsperspektive zu entwickeln, die eine andere Überschrift hatte als *Gefängnis*.

Und als hätte sie meine Gedanken gelesen, sprach sie sie auch schon aus.

»Beeil dich. Wenn du zurückkommst, reden wir drüber, wie's weitergeht.«

Ich nickte. Eigentlich passte mir ihr herrischer Ton nicht. Waren wir nicht gerade dabei, uns irgendwie anzufreunden? Sprach man da nicht anders miteinander? Netter? Aber was wusste ich schon über Freundschaft. Ich war schließlich noch nie mit jemandem befreundet gewesen.

DER ZWEITE ABEND in Karins Wohnung war angebrochen. Wir saßen auf der weißen Couch. Mit viel Glück blieben uns noch drei weitere. Ich hatte vom Griechen Gyros mitgebracht, auch an einen Bauernsalat für Bambi gedacht, und jetzt pickten wir in den griechischen Nationalspeisen herum.

Friedas Verdauungstrakt war leer; ich war fast eine Stunde mit ihr in dem sogenannten Park vor dem Hochhaus im Kreis gegangen, und sie hatte sich genau achtmal gelöst. Sie würde die nächsten Tage nur Reis von mir bekommen. Ich war sehr dankbar gewesen, dass just in dem Moment, in dem ich das Haus verließ, ein heftiger Wolkenbruch niederging, der nach einer Viertelstunde zum gleichmäßig strömenden Dauerregen wurde. So waren so gut wie keine Leute unterwegs, die sich hätten aufregen können, dass ich die ordnungsgemäß gezogenen Kotbeutelchen für einen anderen Zweck als den ihnen zugedachten verwendet hatte. Um wenigstens den Kopf vor Nässe zu schützen, war nämlich ein Kotbeutelchen gar nicht mal so unpraktisch. Schließlich war es ja nichts anderes als eine kleine Plastiktüte, ganz ähnlich den durchsichtigen Regenhäubchen, die alte Frauen gerne über ihre blau ondulierten Haare zogen, wenn überraschend Himmelswasser fiel. So hatte ich mir, als ich nass und nässer wurde, bei der dritten Runde aus vier Beutelchen eine veritable Haube gebastelt. Dass über meiner Stirn das Piktogramm eines halbsitzenden Hundes mit Rundrücken und hochgestelltem Schwanz prangte, fiel mir erst im Aufzugspiegel auf, und das auch nur, weil ich mich plötzlich mit Bambis Augen betrachtete. Sie hätte mich bestimmt wieder mit diesem sonderbaren Blick angeschaut, wäre ich damit in die Wohnung zurückgekehrt. Dabei war es reiner Pragmatismus, Ressourcen, die einem geboten wurden – in diesem Fall kostenlose Plastikbeutel – zu nutzen.

Ich war heilfroh, dass ich diesmal alleine in der Fahrstuhlkabine blieb; für den Fall, dass wieder jemand zugestiegen wäre und ein Gespräch mit mir begonnen hätte, hatte ich mir überlegt, sofort den Fahrstuhl zu verlassen und so zu tun, als würde ich in einer anderen Etage wohnen.

Bevor wir im Wohnzimmer Platz genommen hatten, war ich noch mal in meinem Zimmer gewesen, um mich abzutrocknen und umzukleiden. Ich mochte es nicht, in feuchten Blusen Konversation zu betreiben.

Dabei war mir aufgefallen, dass meine Kleidung nicht mehr ganz genau so angeordnet war wie zuvor, und ich hatte schmunzeln müssen – Bambi konnte also tatsächlich nicht die Finger von meinen Sachen lassen. Ich hätte wetten können, dass sie sich mal wieder auf die Suche nach ihrem Kettchen begeben hatte, wiewohl mir nicht klar war, was das Finden desselben ihr jetzt noch hätte nutzen können. Die beiden Goldbarren hatte ich aber in meine Handtasche gepackt und zum Gassigehen mitgenommen, desgleichen die provisorisch im Bett versteckten Tagebücher sowie das kleine Kästchen. Vertrauen war schlecht, Kontrolle gut und eine geräumige Handtasche optimal.

Bambi hatte sich in der Zwischenzeit ebenfalls umgezogen. Ganz offensichtlich hatte sie nicht nur in meinen, sondern auch in Karins Sachen gewühlt, denn die gestärkte weiße Bluse, die Bambi trug, stammte mit Sicherheit von Karin, sie hatte rote Knöpfe, und Karin liebte Rot. So konnte Bambi aber auch einen guten Grund vorweisen, in meinem Zimmer gewesen zu sein, denn nur von dort konnte man in Karins begehbaren Kleiderschrank gelangen. Jetzt kam sie ohne Umschweife zur Sache.

»In drei Tagen kommt Leas Mutter aus Spanien zurück.«

Das war mir hinreichend bekannt, weswegen ich auf eine Antwort verzichtete.

»Bis dahin müssen wir aus Deutschland raus sein.«

Ich hatte so etwas Absurdes befürchtet. Wann immer der Mensch in eine brenzlige Situation geriet, meinte er die Lösung für alles sei, in ein anderes Land zu fahren. Als ob da die Uhren anders tickten. Beziehungsweise tickten sie dort tatsächlich anders wegen der Zeitverschiebung, was einen Teil meines Unbehagens in Bezug auf fremde Länder – bis auf England – ausmachte. Aber unabhängig von den Auf- und Untergangsgewohnheiten der Sonne gab es auch dort in der Regel Polizei und Auslieferungsabkommen und Gefängnisse, in denen noch nicht mal deutsches Essen serviert werden würde.

»Ich gehe nicht ins Ausland. Und wenn du dich auf den Kopf stellst«, sagte ich deshalb.

»Dann gehe ich allein«, entgegnete sie ruhig.

Damit hatte ich schon die ganze Zeit gerechnet, verspürte aber trotzdem einen Stich der Enttäuschung.

»Gut, dann mach das!«, erwiderte ich, ziemlich sicher, dass jetzt einige Abers von ihr folgen würden. Ich lag richtig.

»Ganz ohne dich schaff ich's aber nicht.« Sie lächelte mich an.

Ein lächelndes Gesicht ohne einen für mich nachvollziehbaren Grund machte mich nur noch misstrauischer. »Inwiefern?«

»Ich brauche einen Internet-Zugang und muss das Geld aus dem Schließfach holen«, erwiderte sie. »Und du musst mir dabei helfen.«

»Soso. Und wie?«

Ich spürte Trotz in mir hochsteigen. Das war kein gleichberechtigter Gedankenaustausch, sondern sie versuchte schon wieder, mich zu instrumentalisieren. So würde das nie eine Freundschaft werden.

»Indem *du* zum Flughafen fährst und mein Geld holst.« Ihr Tonfall blieb gelassen.

»Wenn es noch da ist«, sagte ich stirnrunzelnd. »Was ich stark bezweifle.«

»Das erwähntest du, ja. Aber ich bin nun mal anderer Ansicht.« Sie war offenbar entschlossen, sich nicht provozieren zu lassen.

»Und dann?«

»Versuche ich ein zweites Mal, nach Chile zu fliegen. Ich hab die Miete für das Haus dort schon ein halbes Jahr im Voraus bezahlt.«

Ich rollte mit den Augen.

»Die suchen nach dir. Wenn du mit deinem Ausweis durch die Kontrollen gehst …«

»Mit dem Geld kann ich mir einen gefälschten Pass besorgen.«

»Ach was! Du kennst Leute, die so was anbieten?«, fragte ich spöttisch.

»Nein.«

Jetzt lag endlich doch ein Hauch von Ungeduld in ihrer Stimme.

»Aber wenn ich mein Äußeres verändere, kann ich in ein Internetcafé gehen und versuchen, welche zu finden. Du musst mir also eine Friseurschere, Haarfärbemittel und noch ein paar andere Kosmetika besorgen.«

»Muss ich das?«

»Was soll das heißen?!«

»Nur, dass sich das für mich noch nicht nach einem sonderlich gut durchdachten Plan anhört«, sagte ich und klang noch abschätziger, als ich beabsichtigt hatte.

»Besser, als hier rumzusitzen und Gulasch zu kochen«, schnappte sie scharf zurück. »Oder hast du eine bessere Idee?«

Ja, die hatte ich. Aber auch die war nicht durchdacht. Noch nicht im Geringsten. Allerdings war sie reizvoll und beruhte auf der Erfahrung, dass ich in einer Sache richtig gut gewesen war – nämlich meine Eltern verschwinden zu lassen, ohne dass jemals jemand hinter die wirklichen Umstände gekommen wäre. Warum also das nicht noch mal versuchen?

»Vielleicht«, sagte ich leise.

Sie versuchte noch eine ganze Weile, mich zu überzeugen, dass ihr Weg der einzig gangbare sei. Und natürlich wollte sie wissen, welchen Plan *ich* hatte. Aber ich schaltete auf stur. Ich sagte ihr, ich müsse noch überlegen und würde es mit ihr am nächsten Tag besprechen. *In der Ruhe liegt die Kraft*, sagte ich und *Eile mit Weile* und solche Sachen. Noch seien wir schließlich in der Wohnung von Leas Mutter sicher, wir sollten lieber nichts überstürzen. Immerhin versprach ich ihr, am nächsten Tag die erforderlichen Accessoires für eine äußerliche Verwandlung zu besorgen. Für mich gleich mit. Darauf bestand sie. Sie könne aus mir einen ganz anderen Typ machen, versprach sie und klang genauso zuversichtlich verlogen wie die Moderatoren in den Verkaufskanälen.

Ich hörte mir alles geduldig und mit unbewegter Miene an. Mein kurzer ungläubiger Blick in Bezug auf »ganz anderer Typ« war ihr allerdings nicht entgangen. Sie erzählte mir daraufhin, dass sie früher als Maskenbildnerin beim Fernsehen gearbeitet und dort bei einer Produktion ihren späteren Mann Ansgar kennengelernt hatte. Aha?

Bambi hatte also einen Beruf erlernt? Sogar einen, der meinem gar nicht mal so unähnlich war, durfte man doch annehmen, dass sie mit dieser Tätigkeit, genau wie ich bei meinen toten Tieren, versucht hatte, das Optimale aus ihrer Kundschaft herauszuholen.

Wenn ich mir die toten Augen und die immer gleichen Grimassen vieler Fernsehschauspieler in Erinnerung rief, fiel mir die generelle Parallelität unserer Berufe noch mehr auf. Bestimmt hatte sie sogar auch Leute ausgestopft – was für Materialien auch immer man beim Fernsehen dafür verwenden mochte –, hatte größere Brüste, muskulösere Bäuche oder straffere Wangen gezaubert. Im Grunde waren wir also Kolleginnen. Aber das behielt ich wie so vieles lieber für mich, da ich bezweifelte, dass sie das auch so sehen würde, und ich nicht schon wieder enttäuscht werden wollte, indem sie meiner Arbeit keinen Respekt zollte.

Als sie dann noch hinzufügte, dass sie sogar mal bei einem Horrorfilm für die Special Effects verantwortlich gewesen war, schien die Behauptung, sie könne selbst mich verändern, nicht mehr ganz so aus der Luft gegriffen zu sein, wie ich zunächst gedacht hatte.

Als ihr Redefluss endlich versiegte und ein paar Sekunden Stille eintrat, gähnte ich demonstrativ und rieb mir die Augen. Sodann verkündete ich, ich sei müde und würde mich jetzt gerne zurückziehen. Ich rechnete eigentlich mit Widerspruch und einer erneuten Runde »Wir müssen es genauso machen wie ich es sage«.

Doch als ich aufstand, bat sie mich lediglich, Frieda

mit zu mir ins Zimmer zu nehmen. Anscheinend traute sie deren Peristaltik noch weniger als mir. Das Letzte, was ich von ihr sah, war der Griff zur nur noch halbvollen Cognacflasche. Wenn das so weiterging, würde sie in ein paar Jahren *Rudolph, the Red Nosed Reindeer* Konkurrenz machen können.

Ich hatte gelogen, als ich sagte, ich sei müde, im Gegenteil, ich war regelrecht aufgekratzt. Ich wollte allein sein, denn ich brannte darauf, endlich einen Blick in Karins Tagebücher zu werfen, um die sie damals immer so ein Theater gemacht hatte. Um meine für mich eigentlich untypische Neugierde darauf zu legitimieren, redete ich mir ein, dass ich in den aktuellen Heften vielleicht einen Hinweis auf Leas Mörder finden könnte. Den Menschen, der für meine und Bambis Misere verantwortlich war. Ich hatte keine Ahnung, wie nah sich Karin und ihre Tochter gewesen waren, aber ich schätzte Karin als dominantes Muttertier ein, und so gerne, wie sie ihre Nase in fremde Angelegenheiten steckte, hatte sie möglicherweise mehr über das Treiben ihrer Tochter gewusst, als ihr selbst klar war. Wenn Bambi und ich wüssten, wer Leas Mörder war, könnten wir vielleicht alles wieder in seine frühere Ordnung bringen. Mit einem guten Rechtsanwalt würde Bambis Ausraster in Bezug auf Ansgar bestimmt in einem anderen Licht erscheinen, überhaupt, alle unsere darauf folgenden Handlungen, die nichts als eine fatale Kettenreaktion gewesen waren, hätten dann in den Augen von Polizei und Staatsanwaltschaft doch eine gewisse Nachvollziehbarkeit, oder? Selbst meine Attacke auf Overcomb, die sich quasi zwingend ergeben hatte. Das hoffte ich zumindest. Und immerhin würden wir ihnen einen Mörder frei Haus liefern, das würde uns doch auch zum Vorteil gereichen. Andererseits – würden wir dessen sicher sein können? Nein, gestand ich mir ein. In dem Moment, in dem wir uns stellen würden, egal ob mit oder ohne Mörder im Gepäck, waren wir auf Gedeih und Verderb der Exekutive und Judikative dieses Staates ausgeliefert. Dem ich nicht für fünf Pfennig über den Weg traute. Beziehungsweise Cent. Wieder eine von der fließenden Zeit überspülte Redewendung.

DIESMAL machte ich mir die Mühe, einen Stuhl unter die Türklinke zu klemmen, sollte Bambi wieder vorhaben, plötzlich hereinzuschneien. Ich zog mich aus, mummelte mich in meinem Flanellpyjama ein, stellte mir das Glas warmer Milch, dass ich mir noch in der Küche zubereitet hatte, auf Karins Nachttisch und holte die vier Tagebücher, die ich blind aus dem Rollladenkasten gegriffen hatte, aus meiner Handtasche.

Es handelte sich, wie ich jetzt sah, um »Karin 2013«, »Karin 2005«, »Karin 1975« und »Karin 1987«.

Ordentlich und in ihrem schlichten Blau unschuldig, fast schüchtern wirkend lagen die vier Hefte vor mir, und doch fühlte ich mich plötzlich, wie sich ein Sprengmeister fühlen mochte im Angesicht eines noch nicht entschärften 250-Kilo-Blindgängers aus dem Zweiten Weltkrieg.

Vor allem das Heft mit der Aufschrift »Karin 1975« machte mir Angst. In dieser Zeit hatte ich am meisten unter ihrem unerklärlichen Interesse an mir gelitten.

Ich nahm einen Schluck von meiner warmen Milch und hoffte auf deren beruhigende Wirkung. Vielleicht hätte ich mir stattdessen lieber etwas Kirschlikör mit aufs Zimmer nehmen sollen, aber ich wollte Bambi zeigen, dass man auch ohne Alkohol seine Ängste in den Griff bekommen konnte.

Ich atmete tief ein und schlug die erste Seite auf.

2. Februar 1975

Liebes Tagebuch,
ich komme gerade vom Schlittschuhlaufen, und Mami und Paps sind noch bei der Arbeit, also hab ich Zeit, dir von meinem Tag zu erzählen. Als Erstes – Franz Kaiser hat mich heute geküsst!! Mit Zunge!!! Und meine Brust hat er auch berührt und mich gefragt, ob ich jetzt da unten feucht werde. Wir haben mindestens fünf Minuten wie wild geknutscht, aber dann kam Wampi, und wir haben so getan, als würden wir bloß eine zusammen rauchen.

Ich hatte trotz der süßen Milch plötzlich einen bitteren Geschmack im Mund und schluckte. Der Grund war weniger, dass Karin also bereits mit vierzehn sexuelle Kontakte gehabt hatte, obwohl sie dies bei den anderen Mädchen auf das schärfste verurteilt und – »gingen« sie bereits mit einem Jungen – sie als Schlampen und Flittchen bezeichnet hatte. Nein, die ungeheure Banalität ihrer Eintragung überraschte mich. Vor uns hatte sie in dieser Zeit immer so getan, als sei sie erhaben über die aufkeimende Fleischeslust ihrer Altersgenossinnen und würde ihrem Tagebuch ausschließlich tiefschürfende Gedanken anvertrauen. Nicht, dass mich das interessiert hätte, aber ich kam damals einfach nicht umhin, ihre Elfenbeinturmposition in Bezug auf Moral zur Kenntnis zu nehmen, brachte sie sie doch mindestens zehnmal täglich zu Gehör. Ich wäre nie auf den Gedanken gekommen, dass sie in Wirklichkeit genauso vulgär gewesen war wie alle anderen. Ich las widerwillig weiter.

Wampi ist dermaßen blöd, die hat uns das geglaubt. Als sie weg war, hat Franz gesagt, dass sie immer fetter wird und einen Arsch wie ein Brauereipferd hat. Tja, kein Wunder bei dem ganzen Süßkram, den sie ständig in sich reinstopft. Dann hat Franz noch gesagt, wie sexy er meine Brüste findet. Besser noch als die von INGRID STEEGER!!! Er wollte sich dann richtig mit mir verabreden, aber keine Chance. Er ist ja außerdem schon seit über 'nem Jahr mit Dagmar zusammen. Auch wenn er gesagt hat, dass er sofort mit ihr Schluss machen würde, wenn ich das will. Aber wenn rauskäme, dass er das wegen mir tut, dann geht hier die Post ab. Dagmar ist so was von verknallt in den und würde alle vollheulen, und nächste Woche ist Klassensprecherwahl. Außerdem finde ich Herrn Vennedey eigentlich viel süßer!!!! Vorgestern, als ich nach der Stunde noch die Matten weggeräumt habe, hat er mir geholfen und dabei zweimal meine Hand berührt. Und heute hat er mir angeboten, mich ein Stück mitzunehmen in seinem Auto, aber freitags holt mich ja Paps immer ab. Wenn er mich Montag noch mal fragt …

Ich schauderte. Herr Vennedey? Der war unser Sportlehrer gewesen, ein blauäugiger tumber Klotz mit jeder Menge Muskeln und langen blonden Locken, der sadistische Freude daran gehabt hatte, mich erst mit Bocksprung, den ich hasste wie die Pest, und dann am Stufenbarren zu quälen.

Sprung in den Stütz, komm schon, Bärbel, jetzt das Bein überspreizen, gib dir mal Mühe, Mühlumschwung, Herrgott, bist du ein nasser Sack oder ein Mädchen, und jetzt Spreizabsitzen! Spreizabsitzen!!! Mein Rücken und mein Unterleib waren am nächsten Tag immer blau und grün gewesen. Vennedey war schon vor der Erfindung der Sonnenbänke immer braun gebrannt, weil er eine Höhensonne hatte. Und eine Frau und zwei kleine Kinder, die genau so hübsch, gesund und strohdumm aussahen wie er. Ich hatte ihn gehasst.

Wenn ich die geringste Ahnung gehabt hätte, dass er und Karin ... Aber nein, sie zu erpressen hätte nichts verändert, sondern alles noch schlimmer gemacht. Ich hätte nie gewagt, aus meiner Deckung zu treten. Dann hätten sie mich auf dem Kieker gehabt, mir nachspioniert, herausgefunden, dass meine Eltern verschwunden waren, stopp, Bärbel, stopp.

Ich merkte, dass es mir alles andere als guttat, an meine Schulzeit erinnert zu werden. Fast war mir, als könne ich die Turnhalle von 1975 wieder riechen, den hormongesättigten Schweiß der Schüler, die aufdringlichen billigen Parfüms, die sich die anderen Mädchen aufsprühten, den giftigen Gummigestank der Turnmatten. Ich wollte nie mehr an diesen Ort zurück, noch nicht mal in Gedanken.

Dennoch war ich neugierig, ob sie mich auch in diesem Heft erwähnt hatte. Ich war wie gesagt das einzige

Mädchen gewesen, zu dem sie auf ihre herablassende Art immer auffallend freundlich gewesen war, und die Frage nach dem Warum hatte mich manche Nacht nicht schlafen lassen. Jegliches Interesse an meiner Person machte mir Angst, und Karin war die Einzige gewesen, die beharrlich Notiz von mir nahm, auch wenn ich stets abblockte.

Ich beschloss einen Kompromiss: Ich würde, bevor ich mir die aktuellen Hefte vornahm, Karin 1975 querlesen, nur auf meinen Namen achten und alles andere ignorieren. Außerdem hatte ich, ob ich wollte oder nicht, Bambi im Kopf – wie würde sie darauf reagieren, dass ich in unserer prekären Situation nichts Besseres zu tun hatte, als in vierzig Jahre alten Tagebüchern zu schnüffeln?

Auf Seite siebenunddreißig – sie hatte die Seiten nummeriert und um jede Zahl eine bauchige Blume gemalt –, tauchte mein Name schließlich auf.

28.6.1975

Liebes Tagebuch,
heute habe ich endlich meine Tage bekommen! Ich bin so schrecklich froh und erleichtert!! Zwar weiß ich, dass man nur vom Petting nicht schwanger werden kann, aber Urmel der Idiot ist aus Versehen auf meinem Oberschenkel gekommen, und wenn irgendwas von dem Zeug in mich reingelaufen wäre … Ich hab natürlich sofort an die Mutter von Bärbel denken müssen.

Ich erstarrte und las die letzte Zeile noch mal. Wieso hatte sie in dieser ekelerregenden Situation an *meine Mutter* denken müssen? Sie musste eine andere Bärbel meinen. Zwei Klassen über mir gab es noch eine Bärbel und bestimmt noch weitere in anderen Klassen. Oder sie meinte eine ganz andere Bärbel aus ihrem größeren Bekanntenkreis. Bärbel war damals kein seltener Name. Ich atmete erleichtert aus. Genau. So war es. Ich las weiter.

Die ÄRMSTE! Seit ich weiß, was mit ihrer Mutter passiert ist, versuche ich, nett zu Bärbel zu sein, obwohl mir das ECHT schwerfällt. Allein wie die aussieht! Andauernd diese steifen karierten Blusen und komischen Jerseyhosen, und ihre Haare sehen IMMER fettig aus. Ich bin froh, dass sie ganz hinten sitzt, sonst müsste ich ständig da draufstarren. Hat die noch nie was von Trockenshampoo gehört?!
Paps war wirklich supersauer, weil ich in seine Patientenakten geguckt habe. Aber was bringt er sie auch mit nach Hause und lässt sie rumliegen!! Er hat mir eingeschärft, das NIEMALS weiterzusagen, was er mir erzählt hat. Er könnte Riesenärger bekommen, vielleicht sogar verklagt werden, weil er das Arztgeheimnis verletzt hat. Das will ich natürlich nicht. Was mag wohl aus ihrer Mutter geworden sein? Mami sagt, nach dem Selbstmordversuch hat niemand jemals mehr was von ihr was gehört. Selbst sie nicht, obwohl sie sonst alles mitbekommt. Na, egal. Morgen gehen wir alle zusammen in den Wiener Wald, hat Mami versprochen. Backhendl!!! Jaaaaa!

Ich starrte fassungslos auf das Heft. Die ordentliche Schrift begann plötzlich im Takt meines eigenen Herzens zu pumpen, wurde groß, zog sich zusammen und wurde klein, schneller und schneller. Ich kniff die Augen zusammen und fegte das Heft wie eine Tarantel vom Bett.

ES DAUERTE eine Weile, bis sich mein Puls allmählich beruhigt hatte. Das konnte nicht sein. Es musste sich um eine Verwechslung handeln. Aber außer mir hatte es keine Bärbel in der Klasse gegeben, und ich trug schon damals die karierten Blusen und Jerseyhosen, die sie beschrieb. Außerdem hatte ich stets in der hintersten Reihe gesessen.

Wieder drohte mich Panik zu übermannen, aber ich kniff mir fest in den Arm, und als das nichts nutzte, gab ich mir zum zweiten Mal innerhalb kürzester Zeit eine schallende Ohrfeige. Es knallte so laut, dass Frieda aufwachte und beunruhigt zu mir hinüberblickte. Aber es half wie immer, wieder einen klaren Kopf zu bekommen.

Ich hob das Heft mit zitternden Händen vom Boden auf und las die Eintragung erneut. Karins Vater hatte nach dem Krieg Medizin studiert und später als Frauenarzt praktiziert, ja, daran erinnerte ich mich. Ich hatte mich immer gefragt, ob es ein einbeiniger Gynäkologe nicht besonders schwer hatte, beispielsweise bei einer Steißgeburt, bei der man kräftig ziehen und deshalb sicher stehen musste, aber er trug eine Prothese, und wenn man nicht wusste, dass er amputiert war, hätte man meinen können, er würde nur leicht hinken. War meine Mutter etwa eine Patientin von ihm gewesen? Das konnte ich mir beim besten Willen nicht vorstellen, sie konsultierte, solange ich mit ihr zusammenlebte, so gut wie nie einen Arzt und schon gar keinen Gynäkologen. Aber vielleicht hatte sie anlässlich meiner Geburt eine Ausnahme machen müssen, überlegte ich. Ich wusste noch nicht mal, ob ich im Krankenhaus oder zu Hause geboren worden war. Wie bereits erwähnt, sprachen meine Eltern nicht viel mit mir, und ich erinnerte mich nicht daran, dass sie mir jemals etwas über die genaueren Umstände meiner Geburt erzählt hatten. Überhaupt schlossen sie alles weg, von dem sie meinten, es ginge mich nichts an. Natürlich hatte ich nach ihrem Tod ihre privaten Unterlagen gesichtet, aber das war erstaunlich wenig gewesen. Eine Geburtsurkunde oder ein Familienstammbuch, aus denen man Details über meine Geburt hätte erfahren können, waren zum Beispiel nicht dabei gewesen. Auch kein Fotoalbum. Oder persönliche Briefe. Nichts außer alten Rechnungen, ein paar Ansichtskarten von Menschen, die ich nicht kannte, und Steuer- und Versicherungsunterlagen.

Plötzlich fiel mir ein, dass mein Vater zwei, drei Tage vor dem gemeinschaftlichen Suizid draußen ein Feuer gemacht hatte, um Gartenabfälle zu verbrennen. Zudem erinnerte ich mich wieder, dass mich das gewundert hatte – zum einen, weil es ziemlich stürmisch und deshalb ein ungünstiger Zeitpunkt für ein offenes Feuer gewesen war, zum anderen, weil er diese Arbeit normalerweise erst später im Jahr erledigte. Wie üblich hatte ich es aber nicht hinterfragt. War es denkbar, dass er damals statt Grünschnitt irgendwelche Dokumente verbrannt hatte?

Natürlich war es das. Ich sog scharf die Luft ein. Aber von welchem Selbstmordversuch sprach Karin? Selbst sie konnte schließlich im Juni unmöglich gewusst haben, dass sich meine Eltern im Oktober umbringen würden. Es musste sich um einen anderen Selbstmordversuch handeln, von dem ich keine Kenntnis hatte. Überdies sprach sie explizit nur von meiner Mutter. Wenn die versucht hätte, sich vorher schon einmal umzubringen, hätte ich es zweifelsfrei mitbekommen. Wir waren, solange ich denken konnte, niemals auch nur für einen Tag getrennt gewesen.

Fiebrig blätterte ich das Heft durch, doch mein Name oder der meiner Mutter tauchten nicht mehr darin auf. Mir war übel. Ich wäre jetzt für mein Leben gern ins Wohnzimmer gegangen, um mir etwas nervenstärkenden Kirschlikör zu holen, aber ich wagte in diesem Zustand nicht, Bambi unter die Augen zu treten, sie hätte sofort gemerkt, dass etwas nicht stimmte. So gut kannte sie mich allmählich.

Also stand ich auf, nahm mein Offiziersmesser aus der Handtasche und öffnete erneut den Rollladenkasten. Diesmal holte ich sämtliche Hefte heraus. Es waren insgesamt siebenundvierzig Tagebücher. Das würde eine lange Nacht werden.

ZWEI STUNDEN SPÄTER, in denen ich mehr über das hormongetränkte Tun und Lassen meiner damaligen Klassenkameraden im Allgemeinen und Karin im Besonderen erfahren hatte, als ich jemals wissen wollte, stieß ich schließlich im Heft Karin 1979 auf eine weitere Einlassung zu mir beziehungsweise meiner Familie. Es war das Jahr unseres Abiturs gewesen, weswegen ich mich noch ziemlich gut an diese Zeit erinnerte. Karin ließ mich mittlerweile weitestgehend in Frieden, auch weil ich mich für den naturwissenschaftlichen Zweig mit Schwerpunkt Chemie entschieden hatte und wir deswegen nicht mehr allzu oft gemeinsam Unterricht hatten. Eigentlich nur noch in Englisch, was unser jeweiliges zweites Abiturfach war.

Sie hatte Deutsch als erstes Hauptfach gewählt, natürlich hatte sie das, denn Deutsch war neben Religion das Fach, in dem sie auch mit bloßer Geschwätzigkeit punkten konnte. Für ihre schriftliche Prüfung hatte sie sich auf Frank Wedekind kapriziert, einen Dramatiker des frühen zwanzigsten Jahrhunderts, der genau wie sie das Kind eines Gynäkologen gewesen war. Ob er ebenfalls nur ein Bein gehabt hatte, entzog sich meiner Kenntnis. Jedenfalls hatte Karin diese lausige Parallele genügt, um eine Seelenverwandtschaft zwischen ihm und ihr festzustellen und unsere Deutschlehrerin zu überreden, für sie eine

Extrawurst zu braten. Ich nahm an, dass die üblichen Verdächtigen Schiller, Kleist und Goethe für sie einfach eine zu mühsame Lektüre waren und sie sich deshalb Wedekind vornahm: Meines Wissens hatte er sehr viel weniger und einfachere Texte produziert als die drei vorgenannten Literaten, an denen sich die anderen, die ebenfalls Deutsch gewählt hatten, abarbeiten mussten. Angesichts der schriftstellerischen Qualität ihrer Tagebücher ging ich davon aus, dass sich sogar Herr Wedekind im Grab umgedreht hatte, als Karin sich mit ihm verglich.

Als ich von dieser Wendla las, musste ich wieder an die Geschichte mit Bärbels Mutter denken – dieser Satz sprang mir als Erstes ins Auge. Wendla? Der Name war mir vollkommen unbekannt. Langsam blätterte ich zurück, um die Eintragung von Anfang an zu lesen.

16. 2. 1979

Liebes Tagebuch!

Ich bin soooo fertig! Diese blöde Büffelei fürs Abi schafft mich echt. Kann mir mal bitte jemand erklären, wofür es gut sein soll, wenn ich weiß, wie sich Einzeller vermehren? Scheiß-Bio! Hauptsache, ich vermehre mich nicht, aber bis jetzt hab ich die Pille so gut wie noch nie vergessen. Nur zweimal in vierzehn Monaten! Sascha will's ja sowieso lieber mit Gummi, seit er sich vor 'nem Jahr mit 'nem Tripper angesteckt hat. Ich wette, den hatte er von Cordula, auch wenn er behauptet, dass er gar nicht mit ihr in der Kiste war. Aber ich hab sehr genau mitbekommen, dass die sich damals bei der langweiligen Abschiedsfeier für den ollen Direx für 'ne Stunde verdrückt hatten.

Wenigstens in Deutsch komm ich klar, seitdem ich sicher sein kann, dass die mich zu Wedekind prüfen werden. Und da gibt es an wichtigen Sachen ja nur Lulu oder Frühlingserwachen. Lulu wird der Görner zu heiß sein, weil's da nur um Sex geht, also wird's wohl Frühlingserwachen werden. Hihi. Spät rechts einschlafen wär auch ein super Titel gewesen.

Als ich von Wendla las, musste ich wieder an die Geschichte mit Bärbels Mutter denken. Mann, wär das spitze, wenn ich darüber schreiben könnte, dann würde ich einfach – Achtung, es folgt einer der Lieblingssätze der Görnerin – »einen Bogen schlagen vom Gestern zum Heute«. Auf so was steht die Alte. Interpretation mit aktuellem Beispiel. Mit diesem Quatsch würde ich glatt die halbe Arbeit vollkriegen. Ich mein, diese Monika war ja genau wie Wendla vierzehn, als sie Bärbel kriegte. Gut, bei Wedekind bringt sich Moritz um, und Wendla stirbt durch die verpfuschte Abtreibung, aber trotzdem ist das im Grunde dasselbe. Immerhin hat Bärbels Oma ihre Tochter nicht zur Abtreibung gezwungen. Ob das 'ne gute Idee war, wenn man sich das Ergebnis anschaut? Nein, das ist jetzt echt gemein, pfui, Karin. Jedenfalls hab ich Paps gestern noch mal gefragt, ob man Bärbel jetzt, wo sie bald volljährig ist, nicht doch endlich mal stecken sollte, dass ihre richtige Mutter diese Monika ist. Aber Paps wurde sofort total sauer und hat es mir strikt verboten und wieder davon angefangen, dass er mir das nie hätte erzählen dürfen. Na ja, er hat ja recht, ist ja auch eher 'ne Sache innerhalb der Familie von denen. Vielleicht weiß sie es aber auch schon längst und schämt sich. Die redet ja eh über nichts. Die ist wie ein toter Fisch.

ICH SCHLUG das Heft zu und lag ganz still. Mein Herz schlug langsam und flach, meine Atmung ging regelmäßig. Mein Kopf war kühl, meine Augen trocken. Meine Hände, die noch immer das Heft hielten, zitterten nicht mehr. Ich registrierte, dass ich *nichts* empfand. Überhaupt nichts. Vermutlich befand ich mich in einer Art Schockzustand, aber was immer es war, es war besser – hundertmal besser – als die Angst, die mich bei der ersten Erwähnung meiner Familie gepackt hatte. Karin hatte recht. Ich *war* ein toter Fisch. Ich musste an ein Zitat von Sherlock Holmes denken, das ich irgendwann mal gelesen hatte: *Gefühle sind ein chemischer Defekt, der auf der Verliererseite zu finden ist.*

Viele Jahre, eigentlich mein ganzes Leben hatte ich mit Erfolg versucht, nicht auf der *Verliererseite* zu landen, wobei mir nicht klar war, ob ich schlichtweg weniger empfand als andere Menschen oder aber Emotionen besser verdrängen konnte. Folgte man der These, dass Gefühle nichts als Chemie sind, hatte anscheinend soeben bei mir eine Art Verpuffung stattgefunden. Die nervenzerreißenden Erlebnisse der letzten Woche, kombiniert mit der schockierenden Lektüre von Karins Tagebuch, mussten eine chemische Reaktion in mir ausgelöst haben. Mein inneres Gleichgewicht war vollständig durcheinander gewirbelt worden, hatte sich jetzt aber neu sortiert. Obwohl die Realität sich in ein Irrenhaus verwandelt hatte, fühlte ich mich jetzt, als würde ich im Auge des Orkans ruhen. Ich rief mir die wichtigste Sicherheitsregel jeder geschlossenen Psychiatrie ins Bewusstsein. *Öffne nie eine Tür vor dir, bevor du die hinter dir nicht geschlossen hast.* Tja. Da, wo ich mich gerade befand, standen eine Menge Türen sperrangelweit auf, und hinter jeder mochte eine weitere Monstrosität auf mich lauern. Doch statt der zu erwartenden Panik flutete funkelnd klare Ratio mein Hirn. Welche Türe sollte ich zuerst schließen? Welche *konnte* ich zuerst schließen?

Ich bezweifelte keine Sekunde den Wahrheitsgehalt dessen, was ich gerade gelesen hatte. Karin hätte sich so etwas niemals ausdenken können.

Meine Eltern waren also in Wirklichkeit meine Großeltern gewesen. Ich hatte es tatsächlich immer befremdlich gefunden, dass sie im so weit fortgeschrittenen Alter noch ein Kind gezeugt hatten, und ich konnte mir beim besten Willen nie vorstellen, wie sie das angestellt haben mochten, weder physisch noch psychisch. Auch die Distanz, die sie mir gegenüber ausgestrahlt hatten, passte ins Bild.

Ich hatte also eine Mutter namens Monika, die mich mit vierzehn gebar und danach verschwand. Ich rechnete kurz nach – wenn sie noch lebte, wäre sie jetzt achtundsechzig. Hatte sie meinetwegen in den Tod gehen wollen? Und wer war mein Vater gewesen? Hatten meine Großeltern das gewusst? Hing gar ihr rätselhafter Selbstmord mit alldem zusammen?

Das sonnengelbe Kleid im Kleiderschrank meiner Mutter beziehungsweise der Frau, die ich bis vor einer halben Stunde für meine Mutter gehalten hatte, erschien jäh vor meinem geistigen Auge. Es hatte zu ihrer sonstigen Garderobe in etwa so gepasst wie eine Kellerassel auf eine Sahnetorte. War es eines von Monikas Kleidern gewesen?

Immer mehr Türen flogen auf, aber es machte mir keine Angst. *Negerpüpp*. Ich hatte mich nie gefragt, wie die Puppe in unser Haus, auf unseren Speicher gekommen war. War es das Kinderspielzeug meiner richtigen Mutter gewesen?

Gab es vielleicht sogar noch irgendwo Fotos von ihr? Wenn, dann im Schlafzimmer meiner Eltern. Im Kleiderschrank. Es gab keinen anderen Ort im Haus, den ich nicht in- und auswendig kannte. Aber ich wäre niemals auf die Idee gekommen, dort nach Fotoalben zu suchen. Was hätten auch für Bilder darin aufbewahrt werden sollen? Wir besaßen zwar wie gesagt eine Kamera, aber ich konnte mich höchstens an zwei, drei Gelegenheiten erinnern, an denen sie von meinen Eltern benutzt worden war. Einmal hatten sie den Garten fotografiert, nachdem sie die Blutbuche gepflanzt hatten. Ein andermal hatte mein Vater sein Auto fotografiert, nachdem er es so lange poliert hatte, bis es genauso silbrig glänzte wie die Schleimspur einer Schnecke. Es gab aber weder Fotos aus meiner Kindheit noch Fotos meiner Eltern in ihren jungen Jahren, jedenfalls hatte ich nie welche gesehen, was mir tatsächlich erst jetzt, Jahrzehnte später, auffiel.

Wieso hatte ich nie danach gefragt? Sie mussten doch wenigstens ein Hochzeitsbild besessen haben. Und jetzt konnte ich nicht mehr danach suchen, mein Haus, meine Familiengeschichte, so es denn eine gab, war erst mal verloren, es war geradezu zum Heulen.

Mein Pragmatismus ließ mich dennoch nicht im Stich. Es gab nur eine Möglichkeit, all diese Fragen zu beantworten, all diese Türen wieder zu schließen. Ich würde meine Mutter Monika finden und fragen müssen. Aber nicht mehr heute Nacht. *Schließlich, morgen ist auch noch ein Tag*, hatte bereits das Motto der nimmermüden Südstaatenkämpferin Scarlett O'Hara gelautet, deren Taillenumfang 50 cm betragen haben sollte, was ich allerdings immer für vollkommen unmöglich gehalten hatte. Das Vernünftigste war, mich erst mal vollkommen auf die Gegenwart zu fokussieren und mir jeden Gedanken an Vergangenheit und Zukunft zu verbieten. Nur so würde ich überleben. Eins nach dem anderen. Ich streckte mich nach der Lampe und löschte das Licht.

Und als wäre meine Welt im Lot, schlief ich tatsächlich sofort ein.

AM NÄCHSTEN MORGEN wachte ich zeitig auf. Es war erst sechs Uhr und noch dunkel draußen. Frieda schlief noch, ich hörte, wie sie unruhig ihre Pfoten im Schlaf hin und her bewegte, vielleicht jagte sie im Traum einem Hasen nach. Dann knurrte sie leise. Nein, das war nicht Frieda, das war mein Magen, stellte ich fest. Hätte ich doch gestern im Supermarkt nur an Frühstücksfleisch gedacht!

Ich knipste die Nachttischlampe an und schwang meine kurzen Beine aus dem Bett. Heute würde ein anstrengender Tag werden, und je früher ich ihn anginge, desto eher wäre er vorbei. Kurz dachte ich an meine Mutter, an meine *beiden* Mütter, an das Chaos, das mich verschlingen würde, wenn ich jetzt weiter an sie denken würde. NEIN!

Leise zog ich mich an. Dann nahm ich den Stuhl, schraubte den Rollladenkasten auf und legte Karins vier Tagebücher und das Kästchen mit Schmuck und Bargeld wieder zurück. Mir fiel ein, dass der Kasten auch als vorläufiges Versteck für meine Goldbarren dienen konnte; ich wollte sie nicht wieder den halben Tag mit mir herumschleppen. Den Zettel, auf dem die Buchstaben- und Zahlenkombinationen notiert waren, stopfte ich in meine Handtasche, ebenso Karins Reisepass.

Dann begab ich mich ins Bad und erledigte meine morgendlichen Verrichtungen.

In der Küche erhitzte ich Milch und trank sie in kleinen Schlucken, während Frieda mich erwartungsvoll anblickte. Mittlerweile zeigte der Zeiger der Uhr auf sieben.

Ich nahm das Blatt mit den Kombinationen und Karins Pass aus meiner Tasche und legte beides auf den Küchentisch, dann nahm ich ein Stück Papier aus Karins kombinierter Zettelbox mit Stiftehalter und schrieb für Bambi eine Notiz. »7.00 Uhr: Gehe mit Frieda Gassi und bin in Bälde zurück. Bärbel.« Ich sann kurz nach. Sehr viele Bs gen Ende. Ich strich das *Bärbel* wieder durch. Wer sollte auch sonst die Nachricht hinterlassen haben? Aber jetzt wirkte die Notiz irgendwie seltsam. Ich überlegte, ob ich einen neuen Zettel schreiben sollte, aber sie fand mich ja ohnehin seltsam. Würde sie von alleine auf die Idee kommen, dass eine der vier Buchstabenkombinationen das Passwort für Karins Computer sein könnte? Vielleicht nahm sie ja an, *ich* hätte wirres Zeug geschrieben, und warf das Blatt weg? Also setzte ich lieber noch ein Postskriptum unter meine Notiz.

»P. S. Die habe ich hinter einem Bild im Schlafzimmer von Leas Mutter gefunden. Könnte eine davon das Passwort für den Computer sein?«

So. Das sollte reichen, um sie nach dem Aufstehen hinlänglich zu beschäftigen.

Ich leinte Frieda an, setzte Karins rote Brille auf, griff nach meiner Handtasche und schloss sachte die Wohnungstür hinter mir. Wieder blieb mein Weg nach unten ohne nennenswerte Zwischenfälle, von Liberty oder anderen Nachbarn keine Spur. Nur als wir durch die große Lobby zum Ausgang gingen, kam mir ein Zeitungsbote entgegen, der mich aber nicht weiter beachtete, sondern sich unverzüglich daranmachte, seine Druckerzeugnisse in die jeweiligen Briefkästen zu stopfen. Ich hätte mir, wenn ich ein wenig gewartet hätte, einfach diverse Zeitungen aus den Briefkästen nehmen können, anstatt sie später zu kaufen, aber Diebstahl war mir zuwider.

Friedas Darm hatte sich über Nacht beruhigt, wie ich in der Grünanlage befriedigt feststellen konnte. Der Supermarkt war noch geschlossen, aber als ich in eine angrenzende Seitenstraße lugte, sah ich, dass dort bereits sowohl ein Bäcker als auch ein Metzger geöffnet hatten. In beiden Läden hatte sich schon Kundschaft und damit eine potentielle Bedrohung für mich eingefunden, aber ich konnte und wollte dem Einkauf von frischem Tatar und der ein oder anderen Dauerwurst für den Notfall nicht widerstehen. Also band ich Frieda draußen an und trat in den herrlich nach Siedewurst und Fleischkäse duftenden Laden, um mich hinter der kleinen Schar verschlafen wirkender Leute anzustellen, die vor den Tresen darauf wartete, bedient zu werden.

Vor mir standen zwei junge Frauen, die sich leise unterhielten. Ich steckte mein Kinn tiefer in den hochgeschlagenen Kragen meines guten Popelinemantels und versuchte, nicht zuzuhören, aber das war schwierig.

»Meinst du, man muss sich heute Abend irgendwie aufziegeln?«, fragte die Große gerade ihre Nachbarin, deren lilagefärbter Pferdeschwanz gefährlich nah vor meiner Nase baumelte.

»Nee. Casual reicht völlig. Ich hab da eh keinen Bock drauf.«

»Was machst du mit den beiden Kleinen?«

»Bring ich zu meiner Mutter. Ehrlich, Jan und ich werden da maximal ein Getränk nehmen und dann wieder abhauen. Vielleicht schaffen wir noch ’ne Spätvorstellung, wir waren ewig nicht mehr im Kino.«

Die Große kicherte. Es klang anzüglich.

»Oder ihr nutzt die kinderfreie Zeit, um mal wieder gepflegt zu vögeln.«

Nein, das wollte ich wirklich nicht hören. Während Pferdeschwanz heiser lachte, hüstelte ich in meinen Mantel und versuchte, meine Ohren zu verschließen. Doch mit dem nächsten Satz hatten sie meine volle Aufmerksamkeit.

»Ich wette, diese Hahn hat ihr blödes Meet-and-Greet extra so gelegt, dass die Eppenhagen nicht da ist.«

Die Große legte den Kopf schief.

»Ach, komm, die zwei nehmen sich echt nix. Beides frustrierte alte Zicken, die im Mittelpunkt stehen wollen und deswegen ihre Nachbarn nerven.«

Sie waren mittlerweile vorne angelangt, und die Metzgereiverkäuferin schaut die Große fragend an.

»Diese Lammkoteletts da. Sind die auch wirklich Bio?«, fragte sie mit skeptisch gerunzelter Stirn.

Auf dem Rückweg ließ ich mir das Gehörte durch den Kopf gehen. Ich hatte das Nachbarschaftsfest völlig vergessen und hoffte inständig, dass mich Liberty alias Beate Hahn im Gegenzug auch vergessen hatte. Aber nachdem ich jetzt erfahren hatte, dass sie und Karin sich kannten und offenbar um das Krönchen der Societykönigin im Hochhaus buhlten, war das unwahrscheinlich. Im vierzehnten Stock gab es vermutlich nur eine einzige Karin, und so wusste Liberty jetzt, dass ich ausgerechnet bei ihrer Rivalin zu Gast war. Deshalb war sie so aufdringlich gewesen beziehungsweise hatte so viel Wert auf mein Erscheinen beim Fest gelegt. Bestimmt hoffte sie, ich würde irgendwas über Karin ausplaudern, das sie nachher gegen sie verwenden konnte. Aber es hätte noch sehr viel schlimmer kommen können; wenn sie nämlich mit Karin befreundet gewesen wäre und gewusst hätte, dass diese mitnichten mit Besuch in ihrer Abwesenheit rechnete. Dann wäre uns bereits vorgestern die Polizei auf den Pelz gerückt, und ich allein wäre schuld gewesen.

Die Vorstellung, vor heute Abend noch mal dieser Frau zu begegnen und womöglich zu einem Gespräch genötigt zu werden, schien mir so unerträglich, dass ich das Treppenhaus nahm. Ich keuchte bereits in der dritten Etage und konnte nachvollziehen, warum es sinnvoll war, Sherpas zu engagieren, wenn man einen Berg zu besteigen gedachte.

Auf Etage acht musste ich eine Pause einlegen, wollte ich nicht vor meiner Zeit diese Welt verlassen. Es erschien mir sehr verlockend, ab hier den Aufzug zu nehmen, denn eigentlich machte es für Liberty keinen Sinn, höher als in Etage sieben zu fahren, in der sie wohnte, wenn ich mich recht erinnerte. Aber ich traute ihr zu, dass sie heute den halben Tag mit dem Aufzug rauf und runter fahren würde, um möglichst viele Bewohner zusammenzutrommeln. Man war diesem großen Weibsbild ja völlig ausgeliefert in der engen Kabine, das würde sie sicher ausnutzen. Also setzten Frieda und ich uns auf einen Treppenabsatz und stärkten uns mit zwei Wiener Würstchen. Nein, Sie haben recht, ich gab ihr nichts ab, insofern ist der Plural unzutreffend. Danach nahm ich die restlichen Stockwerke in Angriff. Immerhin – die Fenster des Treppenhauses waren aus Milchglas. Manchmal war ich auch für die kleinen Geschenke des Lebens dankbar.

ALS ICH mich endlich mit hochrotem Kopf und völlig außer Puste unserer Tür näherte, wurde diese bereits aufgerissen. Bambis Gesicht war grau.

»Komm rein, schnell«, zischte sie und zog mich halb in die Diele, bevor sie die Tür wieder zuwarf.

»Sie haben diesen verdammten Journalisten gefunden, und jetzt fahnden sie nach dir. Wo um Himmels willen warst du so lange?«

Sie weinte fast, so aufgelöst war sie.

»Beim Fleischer«, erwiderte ich und hielt ihr zum Beweis die pralle Plastiktüte hin.

Sie gab einen Laut zwischen Winseln und Fauchen von sich. »Wenn dich jemand erkannt hätte …«

»Hat aber niemand. Reg dich nicht auf!«

»Jetzt kommen wir nicht mehr an mein Geld. Jetzt ist alles zu spät! Was sollen wir bloß tun!«

Sie schlug die Hände vors Gesicht und zog die Schultern hoch. Frieda merkte, wie aufgewühlt Bambi war, und sprang an ihr hoch, um ihre Hände zu lecken. Sie verharrte in ihrer gekrümmten Haltung, so als sei ihr noch nicht mal genügend Kraft geblieben, meine Hündin wegzuschubsen.

»Valerie«, sagte ich beschwichtigend. »Mach dir erst mal einen Kaffee, das beruhigt dich!«

»Ich will keinen Kaffee«, murmelte sie.

»Woher weißt du, dass sie mich suchen?«

»Ich war im Netz, eines der Passwörter stimmte. Heute Abend bist du bestimmt in den Nachrichten, und morgen steht dein Bild in jeder Zeitung.«

»Schhh«, machte ich und berührte begütigend ihre Hand. Sie stieß sie weg, obwohl *ich* keine Anstalten gemacht hatte, sie abzulecken. Dann straffte sie sich und bedeutete mir, ihr zu folgen.

In Karins Arbeitszimmer ließ sie sich vor dem Schreibtisch nieder. Ich stellte mich hinter sie. Auf dem Monitor des Computers, der bislang schwarz gewesen war, erschienen nun Katzenfotos. Dreifarbige Katzen, schwarze Katzen, Katzen mit Wollknäueln zwischen den Tatzen … Ich spürte, wie mein Magen einen kleinen Hüpfer machte. Bambi drückte auf zwei Tasten, die getigerte Katze, die gerade zum Sprung ansetzte, verschwand jäh, und ein neues Bild öffnete sich. Ich sah als erstes den Kriechtitel, der in grellem Rot »neue Entwicklung + neue Entwicklung + neue Entwicklung« verkündete. Dann klickte Bambi erneut mit der Computermaus, und in großen Lettern erschien die ebenfalls rote Schlagzeile: WEITERES OPFER VON MORDSERIE IN LETZTER SEKUNDE GERETTET! Daneben sah man ein undeutliches Foto von Overcomb, eingehüllt in goldener Wärmefolie vor einem Rettungswagen sitzend. Im Hintergrund erkannte ich die Blutbuche und einen Teil meines Hauses. Immerhin hatte Overcomb die Geistesgegenwart besessen, auch seine Glatze mit Folie zu bedecken, also konnte es ihm *so* schlecht nicht gehen.

Eigentlich war ich nicht unfroh, dass ich jetzt nicht mehr seinetwegen bei der Polizei anrufen musste.

»Wie haben die ihn denn gefunden? Bislang hat sich Lichtblau doch noch nicht besonders schlau angestellt?«, erkundigte ich mich deshalb eher unbeeindruckt.

»Dein holländischer Seeteufel. Er hat seinen Jeep als gestohlen gemeldet. Also sind sie zur dir als nächster Nachbarin rüber, um dich routinemäßig zu befragen, und dann haben sie Geräusche aus der Garage gehört. Lies gefälligst selbst.«

Das Letztere hörte sich wieder sehr unwirsch an. Mir war's recht – unwirsch war sie mir sehr viel lieber als verängstigt.

Ich beugte mich vor und las.

Bei einem Routineeinsatz der Polizei entdeckten Beamte auf einem abgelegenen Privatgrundstück den leicht verletzten Journalisten Kai S., der nach eigener Aussage seit mehreren Tagen in eine Garage eingesperrt worden war. Haus und Grundstück gehören einer gewissen Bärbel B., die von ihrem Nachbar Klaas van W. als »sonderbar«, »psychisch gestört« und »unheimlich« beschrieben wird. Von ihr fehlt jede Spur. Im Wohnhaus fanden die Beamten fast hundert mumifizierte Tiere vor.

»*Mumifiziert!* Das ist ja wohl eine Unverschämtheit, die sind fachkundig präpariert!«, sagte ich erbost, doch als Bambi nicht reagierte, las ich weiter.

Im Untergeschoss des Hauses wurde ein weiteres Verlies gefunden, in dem nach Aussage des Journalisten S. die Ehefrau des erst vor wenigen Tagen brutal ermordeten Schauspielers Ansgar Wonnemuth (wir berichteten) gefangen gehalten worden war. Bei dem Versuch, Valerie Wonnemuth zu befreien, wurde Kai S. von Bärbel B. hinterrücks niedergeschlagen. Zurzeit ist nichts über den Verbleib von Frau Wonnemuth bekannt, allerdings sagte uns der ermittelnde Beamte Kommissar Lichtblau, dass diese sich mit an Sicherheit grenzender Wahrscheinlichkeit weiterhin in der Gewalt der flüchtigen Bärbel B. befindet.

Der Fundort von Wonnemuths Leiche befindet sich nur wenige Kilometer von Bärbel B.s Wohnhaus entfernt.

Ja, das wusste ich ja nun bereits alles. Ich hatte keine Lust, den ganzen Sermon zu lesen, wenn Bambi das bereits getan hatte und mir genauso gut direkt Auskunft erteilen konnte.

Bambi drehte sich zu mir um.

»Overcomb muss ihnen doch erzählt haben, dass ich dich gewarnt habe. Wieso schreiben sie davon nichts?«

»Weil er sich dessen offenbar nicht sicher ist«, antwortete ich. »Vielleicht glaubt er, dass du ihn vor *mir* warnen wolltest! Die Böse hier bin ja eindeutig ich.«

»Ist das nicht völlig egal?«, fragte sie matt.

»Ganz und gar nicht«, sagte ich, denn der Plan, der mir

bislang nur diffus im Kopf herumgegangen war, nahm gerade immer mehr Gestalt an. Meine neu aufgestellte Chemie funktionierte tadellos. Ich schmunzelte. Ich hatte gestern Nacht bereits eine Art Identitätswechsel vollzogen, nachdem ich erfahren musste, dass mein bisheriges Leben nur auf Lügen beruhte, und nun fühlte ich mich frei wie nie zuvor.

»Meinst du, du kannst uns die Haare auch mit einer Haushaltsschere schneiden?«, erkundigte ich mich bei Bambi.

WIR STANDEN im Bad und begutachteten Karins Kosmetika. Besonders viel war es nicht, aber immerhin gab es eine kleine Schublade, in der sie nur selten benutzte oder fast aufgebrauchte Lippenstifte, Lidschatten und Wimperntuschen aufbewahrte. Wir hatten zudem die Wohnung nach Fotos von ihr abgesucht und waren fündig geworden.

Ich weiß nicht, ob ich sie auf der Straße noch wiedererkannt hätte. Seit unserem letzten Zusammentreffen damals mit Lea hatte sie sich stark verändert. Obwohl ihr Körper schlank geblieben war, wirkte ihr immer schon rundes Puppengesicht jetzt regelrecht aufgedunsen, und ihre von Natur aus blonden Haare waren vollständig ergraut, was tatsächlich einen ganz anderen Typ aus ihr machte. Würde das bei mir auch funktionieren?

»Vielleicht wenn du mir die Haare nicht nur schneidest, sondern auch färbst, das verändert einen doch enorm?«, schlug ich vor.

»Und womit bitte?«

Sie wedelte mit einem von Karins Fotos vor meinem Gesicht herum. »Guck sie dir doch an – die will den grauen Mopp auf ihrem Kopf, die färbt nicht«, sagte Bambi ungehalten.

Ich öffnete ein weiteres Schränkchen, denn ich war sicher, irgendwo hier musste es doch zu finden sein, Karin wich nicht so schnell von ihren alten Gewohnheiten ab … Und da stand es auch. Trockenshampoo. Ich hielt ihr die Dose hin.

»Damit könntest du sie grauer machen«, sagte ich.

Sie beäugte die Dose, dann nickte sie widerwillig.

»Lagerfeld benutzt das Zeug angeblich auch, um seinen Zopf dichter und weißer erscheinen zu lassen.«

»Na also«, erwiderte ich, obwohl ich nicht wusste, wer das war.

»Ich könnte mir außerdem Wurststücke in die Backen schieben, bis ich Pausbacken habe. Dann erkennt mich keiner mehr, was meinst du?«

Sie lächelte traurig.

»Du denkst selbst in unserer beschissenen Lage nur ans Essen, oder?«

Immerhin begann sie jetzt, in der kleinen Schublade mit den ausgemusterten Kosmetika herumzuwühlen, was ich als Signal zur Kooperation nahm.

Ich hatte ihr zuvor meinen Plan in groben Zügen auseinandergesetzt:

Sie würde mein Äußeres unverzüglich, so gut es ging, verändern. Nur die rote Lesebrille als Tarnung reichte jetzt wohl nicht mehr.

Auch Bambi würde sich dann mit den dürftigen Mitteln, die ihr in dieser Wohnung zur Verfügung standen, optisch umgestalten, um in die Tiefgarage fahren zu können. Sie musste unbedingt die Nummernschilder des Jeeps austauschen. Zu diesem Zweck standen dort genügend andere Autos herum, und mittags war es dort recht ruhig, weil die meisten Bewohner bei der Arbeit waren.

Dann würde Bambi mit dem Jeep nach Brüssel fahren. Dort könnte sie sich in kürzester Zeit mit professionellen Hilfsmitteln in Karin verwandeln und mit deren Pass nach Chile fliegen.

Bambi hatte sofort begriffen, dass Karins Reisepass ihre vermutlich einzige Chance war, das Land zu verlassen. Ich hatte gespürt, wie sie zum ersten Mal so etwas wie Anerkennung für mich empfand, denn von selbst war sie nicht auf diese Idee gekommen. Sie sprach von einer Nasen- und Kinnprothese, die sie aus Silikon herstellen wollte, einer Perücke und Kontaktlinsen, es hörte sich ausgesprochen qualifiziert an, und ich traute ihr zu, dass sie, wenn sie sich erst mal die nötigen Utensilien beschafft hatte, eine fast perfekte Kopie Karins abgeben würde. Glücklicherweise hatte sie dieselbe Körpergröße.

Ich wiederum würde mich in einen Zug setzen und in eine möglichst am anderen Ende der Republik liegende Stadt fahren. Ich liebäugelte mit dem Erzgebirge. In Orten mit Namen wie Großschirma, Warmbad oder Mildenau würde man mich schon nicht erwischen, hoffte ich. Soweit ich gehört hatte, waren die Kleingeister in den ländlichen Gebieten des Ostens zurzeit damit beschäftigt, gegen Asylanten zu pöbeln, Flüchtlingsheime in Brand zu stecken und sich bei Protestmärschen als das Volk darzustellen – wer von denen würde sich für eine ältere deutsche Frau interessieren, wenn man doch viel lieber die Demokratie in Brand setzen wollte? Irgendwo dort würde ich mich also erst mal in einer kleinen Pension oder Ähnlichem einmieten und die Füße still halten. Einen Pass würde ich nicht brauchen, ich hatte ja nicht vor, Deutschland zu verlassen. Ich erzählte Bambi, dass ich erst vor wenigen Wochen im Fernsehen einen Bericht über eine Frau namens Petra P. gesehen hatte, welche vor einunddreißig Jahren verschwunden und später für tot erklärt worden war. Man hatte angenommen, sie sei ermordet worden. Sogar bei Aktenzeichen XY war damals nach ihr gefahndet worden. Dann wurde sie durch einen Zufall in Düsseldorf entdeckt; sie hatte mehr als drei Jahrzehnte unter falschem Namen gelebt und gearbeitet und niemals Probleme bekommen. Warum sollte mir das also nicht auch gelingen können?

Außerdem würde ich von unterwegs einen Brief an Lichtblau schicken, in dem ich den Doppelmord am Ehepaar Wonnemuth gestehen wollte. Als Motiv beabsichtigte ich, verschmähte Liebe anzugeben – schließlich entsprach ich, als alleinlebende und ältere Frau mit sonderbarem Gebaren genau dem Bild einer geisteskranken Stalkerin, das man sich bei der Polizei vermutlich machte, das musste auch Bambi zugeben. Und sie hätte ich aus Eifersucht erst gekidnappt – Overcomb war Zeuge – und später ebenfalls umgebracht. Dann würde ich noch ankündigen, dass ich mich selbst richten wolle und dass man weder meine noch Bambis Leiche jemals finden werde.

Ob die Ermittler diese Räuberpistole schlucken würden, hielt ich für fraglich. Auf jeden Fall würde mein Geständnis aber für reichlich Verwirrung sorgen, und wir würden Zeit gewinnen. War Bambi erst mal in Chile, würde sie ihre Spuren verwischen, falls die Polizei nicht glaubte, dass sie tot war, und noch weitere Nachforschungen anstellte.

Natürlich würden neue Fragen aufkommen, sobald Karin aus dem Urlaub zurückkehrte und feststellte, dass sie in der Zwischenzeit Besuch gehabt hatte, und vor allem wenn man irgendwann Leas Leiche in Bambis Kofferraum entdeckte, was nur eine Frage der Zeit sein konnte. Aber vielleicht würde man mir auch diesen Mord in die Schuhe schieben, immerhin waren meine Fingerabdrücke überall in und an Bambis Auto, und Karin würde aussagen, dass ich mich nach ihrer Tochter erkundigt hatte. Käme man dann noch dahinter, dass das MAMIL mit Lea ein Verhältnis gehabt hatte – wovon ich nach wie vor felsenfest überzeugt war –, hätte man auch gleich ein wunderbares Motiv für meinen dritten Mord.

Zweifellos hatte mein Plan seine Schwächen. Warum hatte ich zum Beispiel die Polizei angerufen und vorgegeben, ich hätte Wonnemuths Leiche gefunden? Dafür gab es keine logische Erklärung, außer vielleicht meinen Wahnsinn, der auch unlogische Handlungen plausibel machte. Und dann war da auch noch Frieda; diese ließ sich optisch nicht so leicht verändern, und ganz sicher war ich in Kombination mit ihr auffälliger als ohne sie. Aber andererseits war sie eine ganz gewöhnliche Promenadenmischung wie Tausende andere auch. Und die Uhr tickte – weiteres Zaudern und Zagen würde uns nicht mehr helfen, wir mussten endlich handeln.

Bambi setzte gerade die Schere an, um mir die Haare zu schneiden, als plötzlich die Serenade für Streicher in G-Dur, auch bekannt als Mozarts Kleine Nachtmusik, schrill in unsere Ohren schnitt. Wir brauchten eine halbe Sekunde, um zu begreifen, woher die lauten, elektronisch verzerrten Violinentöne kamen – es war Karins Türklingel.

Mein Herz machte den Bocksprung, der meinen Beinen bei Vennedeys Sportunterricht niemals gelungen war, und Frieda jaulte begeistert auf.

WIR WAREN mitten in der Bewegung erstarrt, Bambis Schere verharrte regungslos in der Luft. Die Stille, die nach den ersten neun Tönen eintrat, war fast so laut wie die Klingel zuvor.

»Bestimmt nur irgendein Paketbote, der ins Haus will«, flüsterte ich.

Sie nickte. Die Schere zitterte leicht, als sie ihre Hand langsam sinken ließ. Ich wollte gerade durchatmen, als die Klingel erneut losdröhnte. Tam, tamtam, tamtamtamtamtamtam … Untermalt wurde die kleine Klingelmusik diesmal sowohl von Friedas Bellen als auch von einem energischen Klopfen an der Wohnungstür.

»Da ist jemand vor unserer Tür«, zischte Bambi.

Ja, das war offensichtlich. Sollte das die Polizei sein? War Kommissar Lichtblau doch kompetenter, als ich annahm, und hatte uns aufgespürt? Das wäre nicht gut. Gar nicht gut.

»Huhu, Frau Faust, ich bin's, Beate Hahn«, drang es jetzt durch die Tür.

Bambi starrte mich an.

»*Wer?*«, flüsterte sie mit weitaufgerissenen Augen.

»Ich hab Sie eben reinkommen sehen, haben Sie 'ne Minute?«, tönte es munter weiter von draußen.

»Ich wimmle sie ab«, stieß ich hervor und stand auf. »Versteck dich irgendwo!«

»Nein!«, stieß Bambi panisch hervor und wollte mich aufhalten, doch ich war schon Richtung Diele unterwegs, begleitet von einer aufgeregten Frieda. Ich wollte nicht, dass diese unmögliche Person draußen immer weitersprach und Bambi dadurch erfahren würde, dass ich mich doch mit jemandem aus dem Haus unterhalten hatte. Schließlich hatte sie mir das kategorisch untersagt.

Ich riss die Tür auf, gerade als Liberty wieder klopfen wollte. Sie ließ die Hand sinken und lächelte mich an. Sie war noch blasser als zuvor, und ihre dunklen Augen wirkten hinter der Hornbrille wie erloschene Holzkohle.

»Ich müsste mir mal gerade was bei Ihnen ausborgen. Also vielmehr bei Frau Eppenhagen, geht ganz fix, ich glaub, ich weiß, wo er sein könnte«, sagte sie, als wären sie und Karin die besten Freundinnen und sie ginge hier ein und aus.

Ich muss gestehen, dass mich diese Dreistigkeit für einen Augenblick sprachlos machte, den sie nutzte, um sich an mir vorbei in die Diele zu drängeln.

»Ja, da ist ja mein kleines Schätzchen, geht's dir schon was besser?«, gurrte sie und tätschelte Frieda, die sich außerordentlich freute, die nette Dame aus dem Aufzug wiederzutreffen. Ganz im Gegensatz zu mir.

»Das passt jetzt aber gar nicht«, stotterte ich, doch sie bewegte sich schon zielstrebig Richtung Küche.

»Ich will noch ein paar Gurkenhäppchen vorbereiten für unser Meet-and-Greet heute Abend, aber mein Spiralschneider ist kaputt, und die Frau Eppenhagen hat bestimmt nichts dagegen, wenn ich ihren borge …«, plapperte sie munter weiter.

Schon stand sie mitten in der Küche und öffnete mit einer fließenden Bewegung auch gleich eine der Schubladen. Aber jetzt hatte ich mich wieder gefasst und war bereit, ihr Paroli zu bieten. Ich drückte die Schublade wieder zu.

»Sie müssen leider wieder gehen, ich erwarte Besuch«, sagte ich.

Sie zog die Schublade erneut auf.

»Dauert auch wirklich nur eine Sekunde. Wo hat sie den Schneider denn bloß? Und keine Sorge, ich bringe ihn gleich morgen wieder zurück, versprochen«, erwiderte sie vollkommen unbeeindruckt.

Sie schob ein Salatbesteck weg, um tiefer in die Schublade spähen zu können. Im Hintergrund hörte ich, wie die Dachterrassentür mit einem verstohlenen Quietschen geöffnet wurde. Das hörte auch Liberty.

»Ist noch jemand hier?«, erkundigte sie sich.

»Nein«, log ich. »Der Wind. Wahrscheinlich hab ich die Terrassentür nicht richtig zugemacht.«

Jetzt lauschten wir beide. Die Terrassentür schloss sich sanft, aber dennoch vernehmbar.

»Hören Sie, Frau Hahn, es tut mir leid, aber ich hab jetzt wirklich keine Zeit«, sagte ich schnell, doch sie hatte sich schon wieder von mir abgewandt und eilte zu meinem Entsetzen mit großen Schritten in Richtung Wohnzimmer. An diesem Morgen hatte sie ganz eindeutig noch nicht zur Flasche gegriffen, sie wirkte wach und nüchtern. Und irgendwie *entschlossen*.

»Nicht, dass die Tür noch mal auf- und zuschlägt, ich musste deshalb schon zweimal den Glaser rufen, weil mir eine Scheibe gesprungen ist. Diese Hochhausböen sind unberechenbar, besser, wir sehen gleich nach …«

Ich lief hinter ihr her, aber sie untersuchte bereits die Terrassentür, die geschlossen schien, aber ich konnte nicht richtig hinschauen, meine Höhenangst machte sich wieder bemerkbar. Sie drehte den Griff der Tür resolut herum, während sie aus dem Fenster starrte.

»So. *Jetzt* ist sie richtig zu.«

Ob sie Bambi da draußen gesehen hatte? Aber dann hätte sie nicht einfach die Tür verschlossen, hoffte ich.

Ich hatte wegen meiner neuentdeckten Akrophobie die Dachterrasse bislang keines Blickes gewürdigt, also wusste ich nicht, ob dort irgendetwas herumstand, hinter dem Bambi sich rechtzeitig hatte verstecken können. Vermutlich. Wichtig war jetzt nur, dass ich dieses Riesenbiest so schnell wie möglich aus der Wohnung herausbekam. Ich packte sie beherzt am Arm.

»Sie müssen jetzt wirklich gehen, sonst …«

Liberty schüttelte meine Hand ab, als handele es sich um eine Stubenfliege, und richtete sich zu voller Größe auf. Ich schätzte, sie maß mindestens einen Meter neunzig, wenn nicht mehr.

»Sonst *was?*«, fragte sie und verzog ihre wie vorgestern dunkelrot angemalten Lippen zu einem jetzt definitiv bedrohlichen Grinsen.

Mir fiel auf, dass auf ihren Vorderzähnen, die ähnlich überdimensioniert waren wie der Rest von ihr, ebenfalls Lippenstift klebte – er sah aus wie gestocktes Blut. Unwillkürlich stellte ich mir vor, wie dieses gigantische Weib zum Frühstück eine zappelnde Maus zwischen zwei Brötchenhälften legte und ihr genüsslich den Kopf abbiss. Vielleicht sollte ich doch etwas höflicher zu ihr sein.

»Wissen Sie was, ich suche den Schneider für Sie und bringe ihn Ihnen dann gleich runter, siebter Stock, richtig?«, säuselte ich und tat mein Bestes, um mein Gesicht in freundliche Falten zu legen

»Das wäre wirklich zu reizend«, sagte sie, machte aber keine Anstalten, sich von der Stelle zu rühren.

Stattdessen beäugte sie neugierig das Wohnzimmer, in dem noch unsere Gläser vom vorigen Abend auf dem Tisch standen und auf der Couch die gesammelten Tageszeitungen lagen, die ich ebenfalls gestern besorgt hatte. Auf einer der Vorderseiten prangte ein Foto der Wonnemuths.

»Kommen Sie denn nun heute Abend zu meinem Meet-and-Greet?«, fragte sie.

»Aber natürlich«, hörte ich mich antworten.

Ich hätte alles gesagt, wenn sie nur endlich gegangen wäre.

»Tatsächlich?«, erkundigte sie sich. »An Ihrer Stelle würde ich mir das aber gut überlegen. Es könnte Sie schließlich jemand erkennen und die Polizei rufen!«

ICH REAGIERTE schnell, aber nicht schnell genug. Noch ehe ich mich auf sie stürzen konnte, boxte sie mir ihre bratpfannengroße Faust in den Solarplexus. Ich klappte zusammen wie ein unsachgemäß aufgebauter Liegestuhl.

Ich spürte, wie sie meine Arme nach hinten riss, dann fühlte ich etwas Kaltes und Hartes an meinen Handgelenken und hörte ein Klicken. Hatte sie mir etwa *Handschellen* angelegt? Wenn ja, konnten Bambi und ich von ihr einiges in Sachen Professionalität lernen.

Sie zog mich, die ich mich noch immer vor Schmerz krümmte und nach Luft schnappte, zur Couch und schubste mich auf das weiße Nappaleder.

Wie so häufig in letzter Zeit, wenn ich von einer Frau misshandelt wurde, hielt Frieda das Ganze mal wieder für ein lustiges Spiel. Und jetzt sprach, wie ich am Rande registrierte, Liberty auch noch mit ihr.

»Ja, ist nicht nett, dass ich deinem Frauchen weh tun musste, aber besser ihr als dir, oder Schätzchen?«, fragte sie meine Hündin, und ich hörte Friedas Krallen zur Antwort freudig auf Karins Eichenparkett tanzen, wie sie es immer taten, wenn ihre Besitzerin direkte Ansprache erfuhr. Dann brach das Kratzgeräusch ab.

Allmählich konnte ich wieder atmen und hob deshalb langsam den Kopf. Liberty stand drei Meter entfernt von mir und hatte mein nichtsnutziges Haustier einfach mal so auf den Arm genommen. Sie kraulte Frieda, während sie mich durch die Hornbrille fixierte.

»Ich nehme an, Valerie befindet sich auf der Dachterrasse?«, fragte sie in neutralem Ton.

»Valerie? Wer soll das sein?«, kiekste ich, während ein ganzes Fragenbündel wie eine zerebrale Konfettibombe in meinem Hirn explodierte.

Was um Himmels willen wollte diese Frau von uns? Wieso hatte sie nicht einfach die Polizei gerufen und Kommissar Lichtblau überlassen, uns aus der Wohnung zu holen? Wie war sie uns überhaupt auf die Schliche gekommen? Wer …

»Bärbel. Ich hab Sie etwas gefragt. Beleidigen Sie nicht meine Intelligenz«, bat sie milde.

»Ich weiß aber wirklich nicht …«, versuchte ich mich dennoch weiter ahnungslos zu stellen, aber sie schnitt mir das Wort ab.

»Sie heißen Bärbel Böttcher und stehen unter Mordverdacht. Die Polizei fahndet mit Hochdruck nach Ihnen. Außerdem haben Sie angeblich Valerie Wonnemuth als Geisel genommen.«

Sie deutete auf die beiden benutzten Gläser. »Aber mir scheint, Sie beide kommen eigentlich prima miteinander klar. Oder sehe ich das falsch?«

Was sollte ich ihr antworten? Würde es etwas nutzen, ihr meine missliche Lage zu schildern? Vielleicht hatte sie Verständnis für die lawinös-desaströse Entwicklung, die mein Schicksal in den letzten Tagen genommen hatte? Vielleicht war sie gar auf meiner Seite? Aber hätte sie mich dann geschlagen? Immer noch produzierte mein Hirn Fragen wie Sternschnuppen im Perseidenregen. Gab es das Wort lawinös überhaupt? Und sollte jetzt alles umsonst gewesen sein, was ich an Anstrengungen unternommen hatte, mich aus der Gefahrenzone zu bringen? Andererseits: Was hatte ich zu verlieren, wenn ich versuchte, an ihr Mitleid zu appellieren? Sie wusste genug, um mit uns anzustellen, was immer ihr einfallen mochte. Und Bambi konnte mir nicht helfen, die saß auf einer Dachterrasse im vierzehnten Stock fest, und somit war es höchst unwahrscheinlich, dass sie einen Fluchtweg entdeckte, der nicht in die Tiefe und damit in den Tod führte.

»ALSO? Ist sie da draußen?«, fragte Liberty erneut mit ruhiger Stimme.

»Ja. Ich nehme jedenfalls an, dass Bambi sich dort versteckt hat, als Sie hereingekommen sind«, antwortete ich.

Sie kicherte. »Sie nennen sie *Bambi*?«

Ich begnügte mich mit einem Nicken.

»Passt zu ihr«, lobte sie mich. »Besser als Valerie. Wissen Sie, was Valerie bedeutet?«

Ja, das wusste ich. Jede Menge Ärger.

»Die Starke oder die Gesunde. Kommt aus dem Lateinischen. *Valere*«, klärte sie mich sogleich auf.

Dabei streichelte sie Friedas Genick auf eine Art und Weise, die mir Sorge bereitete. Außerdem war mir völlig schleierhaft, warum sie mir jetzt mit etymologischen Fachsimpeleien kam oder was sie mir damit sagen wollte.

»Dabei ist die Gute eigentlich weder stark noch gesund, zumindest nicht nervlich, finden Sie nicht auch?«

Also kannte sie Bambi? Aber woher? Aus dieser Fernsehbranche?

»Aber wenn Sie sich gar nicht sicher sind, wo sie ist, sollte ich wohl besser auf Nummer Sicher gehen und die restlichen Zimmer kontrollieren, oder?«, fügte sie hinzu und blickte mich fragend an.

Ich nickte heftig. Die Vorstellung, Liberty nicht mehr in meinem unmittelbaren Blickfeld zu haben und endlich in Ruhe nachdenken zu können, war verlockend. Vielleicht könnte ich sogar mit meinen gefesselten Händen die Terrassentür öffnen, Bambi befreien, und zu zweit gelänge es uns …

»Begleiten Sie mich?«

Ihr Blick machte klar, dass dies keine Frage, sondern eine Aufforderung war.

Ich stöhnte, als ich versuchte aufzustehen.

»Jetzt stellen Sie sich mal nicht so an, Bärbel«, sagte sie. »Das gerade war doch nur ein harmloser Magenhaken! Wenn Sie sich benehmen, passiert Ihnen nichts, versprochen!«

Sie setzte Frieda ab und half mir hoch. Ich kam nicht umhin, ihren Mundgeruch wahrzunehmen. Wie gesagt kein Alkohol diesmal, nur ein feiner Odeur nach … Ja, woran erinnerte mich der Geruch nur? Ich kam nicht drauf, zumal ich Probleme hatte, mich auf den Beinen zu halten. Wenn dieser Haken eben harmlos gewesen war, wollte ich nicht erleben, was sie unter brutal verstand.

»Fangen wir in Leas altem Zimmer an«, schlug sie vor und schubste mich leicht, damit ich mich in Bewegung setzte. Fehlte nur noch, dass sie mir einen Klaps auf den Podex gab. Mir fiel auf, dass ich mich anscheinend langsam an die Berührung Fremder gewöhnte, jedenfalls bekam ich neuerdings keine Gänsehaut mehr, wenn ich angefasst wurde. War das gut oder schlecht? Wenn es so bliebe, würde ich in Zukunft wenigstens ohne Handschuhe aus dem Haus gehen können, dachte ich.

Sie öffnete die Tür, um den Raum zu inspizieren.

»Sie kennen Karins Tochter?«, fragte ich reichlich dämlich.

»Na ja, sicher, wir wohnten schließlich eine ganze Weile im selben Haus«, antwortete sie und schloss die Tür wieder, um gleich darauf kurz ins Arbeitszimmer zu linsen. Nichts.

»Ich hab Lea schon mit zwölf als reichlich frühreif empfunden. Und Sie?«

»Was?«

»Kannten Sie sie auch?«

Kannten. Sie hatte in der Vergangenheit gesprochen. Wusste sie, dass Lea tot war? Nein, das war ausgeschlossen. Oder?

»Wer in Gottes Namen sind Sie?«, platzte es aus mir heraus.

»Aber das wissen Sie doch. Beate Hahn. Redakteurin. Also Ex-Redakteurin, um genau zu sein. Und viel mehr gibt es eigentlich auch gar nicht über mich zu sagen.«

Sie legte neckisch grinsend den großen Kopf schief, ein fast mädchenhaftes Gebaren, das ihr nicht stand. »Aber vielleicht ja doch? Was wollen Sie denn wissen?«

»Kennen Sie Valerie?«

»Ja. Aber Ansgar kannte ich noch besser.«

»Das *MAMIL*?«

Ich war ehrlich überrascht. Dann dachte ich, dass sich beim Fernsehen wohl tatsächlich alle Leute irgendwie kannten.

»Wir sind zusammen zur Schule gegangen. Fast acht Jahre waren wir in einer Klasse.«

Ihr Blick schweifte in eine unbestimmte Ferne, in der Schiefertafeln, Kreideschwämmchen und schöne Erinnerungen wohnen mochten, eine Zeit, in der der mit den Jahren immer schwerer werdende Mantel von schlaffer Haut und Vergänglichkeit noch nicht auf ihr gelegen hatte. Die Stippvisite in die Vergangenheit hinderte sie allerdings nicht daran, gleich darauf das Gott sei Dank ebenfalls leere Badezimmer prüfend in Augenschein zu nehmen.

»Bleibt nur noch ein Zimmer«, sagte sie und schubste mich erneut vorwärts.

Sie riss die Tür zu meinem Schlafplatz auf und spähte hinein. Sie schien beruhigt, als auch dort keine Bambi lauerte.

»Scheint, dass sie wirklich draußen auf der Terrasse wartet, bis die Luft rein ist«, sagte sie und schaute mich an. »Auch gut. Wie wäre es jetzt mit einem Kaffee nach der ganzen Aufregung?«

Diese Frau war irrsinnig, so verrückt wie eine Hornisse im Einmachglas. Daran gab es keinen Zweifel mehr. Vermutlich spazierte der Irrsinn in ihrer unsichtbaren Krone schon sehr lange herum, genau wie die Touristen im Kopf der Freiheitsstatue.

»Ich trinke nur Milch. Tagsüber niemals etwas anderes«, erwiderte ich.

Sie nickte, als ob sie das nicht wundern würde. Ich dachte an das arme Bambi auf der zugigen Dachterrasse, das nicht wieder herein konnte. Hoffentlich hielt sich das Wetter.

IN DER KÜCHE begann Liberty, zielstrebig an Karins Kaffeemaschine zu hantieren. Ich hatte mich mit dem Rücken zum Fenster an den Tisch gesetzt und wartete. Was blieb mir auch anderes übrig?

Schließlich lief der Kaffee gurgelnd durch den Filter, und sie gesellte sich zu mir.

»Was ich nicht verstehe …«, hob sie an und rieb sich nachdenklich den Nasenrücken, »… ist *Ihre* Rolle in dem ganzen Theater. Woher kennt jemand wie Sie Valerie überhaupt?«

Was sollte das hier werden? Ein gepflegter Tratsch unter Frauen über fünfzig? Not my cup of tea, wie unser Englischlehrer Herr Biehl zu sagen pflegte. Andererseits würde ich wohl nicht umhinkönnen, auf ihre Konversationsangebote einzugehen, wollte ich mehr über sie erfahren. Wenn ich doch nur verbal geschmeidiger gewesen wäre … So musste ich eben auf meine spröde Art versuchen, das Beste aus der Situation herauszuholen.

»Ich kenne sie kaum.«

»Das beantwortet nicht meine Frage.«

Sollte ich ihr die Wahrheit erzählen? Ich entschied mich stattdessen für die Offensive.

»Was haben Sie mit uns vor?«, fragte ich.

»Das weiß ich selbst noch nicht so genau«, antwortete

sie. »Wenn dieses Fest heute Abend nicht wäre … Aber so muss ich wohl kurzfristig planen.«

Sie erhob sich und goss sich nachdenklich eine Tasse des jetzt durchgelaufenen Kaffees ein. Sie nahm vorsichtig einen Schluck von der schwarzen Brühe und setzte sich wieder zu mir.

»Mir bleiben noch ungefähr drei Stunden Zeit bis zum Fest. Bis dahin sollte mir was einfallen. Oder haben Sie vielleicht einen Vorschlag, wie wir die Situation am besten angehen?«, fragte sie mich.

»Allerdings. Sie könnten mich laufenlassen«, sagte ich mutig. »Ich bin unschuldig, ich habe niemanden umgebracht, auch wenn es vermutlich vernünftiger gewesen wäre.«

Sie schien sich das durch den Kopf gehen zu lassen.

»Verstehe. Und was fang ich mit Valerie an? Beziehungsweise *Bambi*?«

»Die auch. Sie hat zumindest *Ihnen* doch auch nichts getan.«

»Ach ja? Und woher wollen Sie das wissen?«, fragte sie, und irgendetwas in ihrem Ton sagte mir, dass wir uns jetzt dem eigentlichen Thema näherten.

»Sie hat Ihnen doch etwas getan?«, hakte ich vorsichtig nach.

»Na ja«, sagte Liberty. »Sagen wir so. Sie hat mein Leben zerstört.«

Na ja, dachte ich. Da wären wir ja schon zu zweit.

WIR HATTEN also unsere erste Gemeinsamkeit entdeckt. Mehr davon würde es kaum geben. Andererseits hätte ich bei Bambi auch nicht damit gerechnet, dass wir uns trotz des schlechten Starts einander annähern würden. Aber die gemeinsam durchgestandenen Abenteuer hatten mich eines Besseren belehrt. Das Räuspern der Riesin unterbrach meinen Gedankengang. Ich hob den Blick. Sie starrte mich erwartungsvoll an, offenbar wartete sie auf etwas. Glaubte sie, es würde mich interessieren, was sie und Bambi verband? Ja, vermutlich. Normalerweise fragte man wohl nach, wenn man so eine Vorlage geliefert bekam.

»Sie hat also Ihr Leben zerstört?«, wiederholte ich lahm.

Liberty runzelte die Stirn und stellte ihre Kaffeetasse unsanft auf dem Tisch ab. Okay, das reichte wohl nicht, ich würde mir mehr Mühe geben müssen, um Zeit zu schinden, Zeit, in der sie wenigstens weder mich noch Bambi schlug, umbrachte oder der Polizei ans Messer lieferte, was wusste ich, welche unguten Vorhaben noch in dieser sonderbaren Person schlummerten.

»Entschuldigung, ich wüsste wirklich schrecklich gern, was zwischen Ihnen passiert ist«, schob ich eilig nach. »Außerdem bin ich auch nicht gerade ein Fan von Frau Wonnemuth. Auch wenn Sie mir das nicht glauben. Aber ich könnte es Ihnen sogar beweisen – die schreckliche Narbe in ihrem Gesicht. Das war ich!«

Das war für meine Verhältnisse schon ein Monolog, das musste jetzt reichen.

»Was für eine Narbe?«

»Ich hab ihr vor ein paar Tagen mit meinem Ausbeinmesser das Gesicht aufgeschnitten.«

Ihre düstere Miene hellte sich etwas auf.

»Na, das muss ich mir unbedingt gleich mal ansehen«, erwiderte sie fröhlich.

Dass Bambi trotzdem noch recht manierlich aussah und Mittel und Wege finden würde, die Verletzung mit der Zeit unsichtbar werden zu lassen, musste ich ja jetzt nicht erwähnen.

»Also, was hat sie Ihnen getan, bitte erzählen Sie's mir!«, insistierte ich.

Liberty seufzte scheinbar widerwillig, aber mir schwante, dass das bloße Koketterie war. Sie brannte darauf, ihre Geschichte loszuwerden. Sie schien eine einsame Frau zu sein, offenbar hörte ihr sonst niemand zu, und im Gegensatz zu mir schien sie die Aufmerksamkeit und das Interesse anderer Menschen ebenso nötig zu brauchen wie die Luft zum Atmen. Was man schon daran sah, dass sie so etwas Überflüssiges wie dieses Nachbarschaftsfest organisierte.

Sie lächelte versonnen. »Ansgar und ich sind nicht nur zusammen zur Schule gegangen.« Sie machte eine Kunstpause. »Wir waren auch ein Liebespaar.«

»Ach!«, sagte ich überrascht.

»Ja. Wir waren völlig verrückt nacheinander, ich war seine erste große Liebe!«

»Ehrlich?«, fragte ich erstaunt.

Liberty schien mir so gar nicht in das Beuteschema des toten MAMILs zu passen, jedenfalls nicht, wenn ich an Lea oder Bambi dachte, die nicht nur wesentlich jünger, sondern auch optisch nahbarer wirkten, zumindest aus männlicher Sicht, wie ich annahm. Vielleicht war er trotzdem verrückt nach Liberty gewesen; sie hingegen war einfach nur verrückt.

»Ja. Wir waren beide fünfzehn. Es war der schönste Sommer meines Lebens«, fuhr sie mit verklärtem Blick fort.

Es war so eine Sache mit den Erinnerungen, dachte ich. Liberty schnorchelte unverkennbar soeben in den glasklaren, warmen und türkisfarbenen Lagunen der Nostalgie. Das war leichter, als sich wie ein Apnoetaucher in die schlammigen und dunklen Gefilde der tatsächlichen Autobiographie zu wagen, wo der Druck auf die Lungen presste und das Seil der Ratio, an dem man sich festhielt, überlebensnotwendig war, um sich nicht in der Tiefe zu verlieren.

»Und dann hat er Sie sitzenlassen?«, fragte ich.

Das schien mir jedenfalls die wahrscheinlichste Entwicklung dieser verblüffenden Paarung.

Sie runzelte die Stirn. Ich dachte unwillkürlich an aufziehende Gewitterwolken an einem drückenden Sommerabend.

»Nein! So würde ich das keinesfalls ausdrücken! Er war

damals schon ein Künstler, er brauchte Freiheit, und ich ließ sie ihm. Er ging, aber sein Herz blieb bei mir.«

Klar, dachte ich. Und Frieda konnte fliegen.

»Wie romantisch«, sagte ich und hoffte, dass es nicht ironisch klang.

Sie nickte, froh, dass ich ihre Interpretation der Vergangenheit nicht weiter hinterfragte.

»Nach dem Abitur ging er dann nach Berlin auf die Schauspielschule, er war ja so talentiert. Unendlich charmant und unendlich begabt. Solche Menschen gibt es nicht oft.«

Mir fiel es schwer, nicht zu lachen. Das MAMIL war mit Sicherheit ein lausiger Schauspieler gewesen, sonst hätte er auf großen Bühnen den Hamlet oder Faust gespielt und nicht einen Tierarzt im ZDF.

Überhaupt, Berlin. Wer freiwillig nach Berlin ging, konnte nicht ganz bei Trost sein. Nicht, dass ich schon mal dort gewesen wäre, aber was immer ich in den letzten Jahrzehnten über diesen steinernen Dschungel voller Ost- und Westaffen gehört hatte, war gruselig. Politiker, Schwaben und Veganer schienen neunzig Prozent der Einwohnerschaft zu bilden, und der Rest, also der eingeborene Berliner, sprach fürchterliches Deutsch, verwechselte Unhöflichkeit mit Witz und fuhr Taxi.

»Sie blieben aber weiter in Kontakt mit ihm?«, erkundigte ich mich, weniger aus Neugier sondern vielmehr weil ich fürchtete, Blitz und Donner würden auf mich niedergehen, wenn ich mich nicht weiterhin interessiert zeigte.

»Sozusagen. Ich nahm aus der Ferne Anteil an seinem Leben. Wenn man weiß, ganz sicher weiß, dass man zusammengehört, dann reicht das erst mal aus, meinen Sie nicht?«

Tat es das? Ich zweifelte es an.

»Und Sie wurden Redakteurin?«

Ich wollte lieber mehr über sie erfahren als über das MAMIL, das eh nicht mehr am Leben teilnahm. Vielleicht konnte ich diese Informationen gegen sie verwenden.

Sie nickte erneut. »Aber erst viel später. Zunächst hab ich ein paar Semester Chemie studiert, dann aber keine Lust mehr gehabt und bin Rüstmeisterin an einem Stadttheater geworden.«

Chemie. Eine zweite Gemeinsamkeit. Aber was eine Rüstmeisterin sein sollte … Ich hatte nicht die geringste Ahnung, was sie bemerkte.

»Rüstmeister sind die Leute, die für Rüstungen, Helme und Waffen der Schauspieler zuständig sind. Und auch für die Pyrotechnik. Da hat mir mein bisschen Chemie geholfen. Wenn's nämlich auf der Bühne knallt oder blitzt oder raucht, dann auch nur dank des Rüstmeisters.«

Mir behagte diese Berufsbeschreibung nicht. Waffen, Sprengstoff, chemische Stoffe … Ich hätte mir gewünscht, dass sie etwas Friedlicheres erlernt hätte. Kaninchenzucht oder so etwas.

»Und dann war Ansgar fertig mit seiner Ausbildung und übernahm seine erste Rolle beim Fernsehen. In der ZDF-Serie *Alle Vogels fliegen hoch.*«

Wieder lächelte sie verträumt.

»Vielleicht haben Sie ihn darin ja mal gesehen? Er spielte den ältesten Sohn des Flugkapitäns Guido F. Vogel – Frank Vogel.«

»Äh, nein«, sagte ich.

»Wie schade. Eine tolle Rolle. Die Folge, in der er als gerade mal Sechsundzwanzigjähriger eine vollbesetzte Boeing auf dem Main notgewassert hat … Natürlich alles im Studio. Wirklich *nie* mal reingeguckt?«

Ich schüttelte den Kopf. Sie wirkte kurz enttäuscht, fing sich aber wieder.

»Wie auch immer, mir war das Theater mittlerweile auch ein wenig fad geworden, also wechselte ich ebenfalls zum Fernsehen.«

Erst Theater, dann Fernsehen. Sie war den Stationen des MAMILs nachgereist. Was hatte mir Bambi über diese Stalkerinnen erzählt? Saß hier der Archetyp aller Stalkerinnen vor mir?

Sie nahm erneut einen Schluck vom allmählich erkaltenden Kaffee und verzog danach unwillkürlich den Mund.

»Erst kellnerte ich in der Cafeteria, dann wurde ich Sekretärin, dann Produktionsleiterin, was soll ich sagen, ich hab mich so lange hochgearbeitet und im Sender vernetzt, bis man mich schließlich zur Redakteurin beförderte.«

»Glückwunsch«, murmelte ich.

Das Bild einer riesigen Spinne entstand vor meinem geistigen Auge. Eine geduldige Arachne, die ihr Netz spinnt und wartet, dass irgendwann ihre Jugendliebe hineinspaziert.

»Ansgar ging es zu dieser Zeit nicht mehr so gut. *Alle Vogels fliegen hoch* war längst abgesetzt, er hatte keine neuen Angebote, dafür aber gesundheitliche Probleme und ließ sich gerade von seiner zweiten Frau scheiden, was ihn einen Haufen Geld kostete. Geld, das er nicht mehr hatte.«

Mittlerweile enervierte mich ihr Gerede über das MAMIL. Am liebsten hätte ich ihr – wären meine Hände nicht gefesselt gewesen – meine Faust ins plappernde Maul gerammt, ganz egal wie groß und stark sie war. Aber wollte ich überhaupt eine Chance haben, Liberty zu entkommen, musste ich wohl oder übel weiter zuhören.

»Das wusste ich alles nur aus der Presse, ich hab Ansgar zwar regelmäßig geschrieben, aber seine Frauen haben offenbar meine Briefe abgefangen, jedenfalls hatte ich seit Jahren nichts mehr von ihm gehört. Und dann passierte endlich, was passieren musste.«

Sie machte eine Kunstpause und fixierte mich. »Vielleicht können Sie es sich schon denken …«

»Nein, kann ich nicht«, sagte ich wahrheitsgemäß.

»Der Sender suchte damals für eine neue Tierarztserie einen Hauptdarsteller. Ich hatte Ansgar sofort vorgeschlagen, aber er gefiel unserem Unterhaltungschef nicht. Er behauptete, Ansgar sei nicht attraktiv genug. Was natürlich eine Lüge war.« Sie schnaubte.

»War Ihr Chef dieser Dicke mit den schlierigen Augen?«, fragte ich, mich an den Mann erinnernd, der Ansgars Ableben als nicht wiedergutzumachenden Verlust für seinen Sender bezeichnet hatte.

Sie schüttelte den Kopf. »Den gab's damals noch nicht. Aber sein Vorgänger hatte eine Menge Warzen im Gesicht.«

»Ach so.« Anscheinend, begriff ich, war ein optischer Makel, egal welcher, eine Einstellungsbedingung bei Leuten im öffentlich-rechtlichen Fernsehen. Das und ein Hang zur Flasche.

Liberty sprach weiter.

»Und so ging der Job an einen anderen, gänzlich untalentierten, aber prominenteren Darsteller. Doch wie es das Schicksal wollte, lief der Mann auf dem Heimweg vom ersten Drehtag vor einen Bus. Er starb noch an der Unfallstelle. Also musste Ersatz her. So schnell wie möglich, Zeit ist Geld, vor allem beim Fernsehen. Ich schlug erneut Ansgar vor, und was soll ich sagen – diesmal klappte es.«

»Haben *Sie* den Mann vor den Bus gestoßen?«, fragte ich.

Sie guckte mich entgeistert an.

»Was?«

»Haben Sie ihn gestoßen, damit Ansgar die Rolle bekam?«

»*Nein!* Wie kommen Sie denn auf so eine absurde Idee …«

Ich zuckte mit den Achseln. »Ich an Ihrer Stelle hätte es mir überlegt.«

Ihre gerade noch konsternierte Miene wich ganz langsam einem Grinsen, das immer breiter wurde und schließlich ihre großen gelben Zähne zeigte. Kein schöner Anblick.

»Sie sind mir vielleicht eine, Bärbel«, sagte sie. »Aber Sie haben ja nicht ganz unrecht. Was überlegt man nicht alles, wenn man liebt.«

Ich nickte schwer und versuchte, so auszusehen, als hätte ich diesbezüglich ebenfalls einschlägige Erfahrungen gesammelt.

Dabei wusste ich nur oder meinte zu wissen, was passieren konnte, wenn man *hasste*. Die Frau, die ich so lange für meine Mutter gehalten hatte, war immerhin schon als Backfisch zur Henkerin ihres katholischen Dienstherrn geworden, wenn ich mich nicht irrte. Liebe und Hass waren eben nur die beiden Seiten einer einzigen Medaille. Wie immer war ich froh, dass ich *beide* Gefühle nicht kannte.

»Na, jedenfalls war Ansgar die Idealbesetzung für den patenten Tierarzt Dr. Neuroth«, erzählte sie weiter. »Das mussten nach der ersten Staffel wirklich alle zugeben, auch die, die vorher gegen ihn gewesen waren! Ich hatte von Anfang an recht gehabt!«

Triumphierend klatschte sie ihre Hände auf den Tisch. Ihre breiten Nägel waren abgenagt, aber der Rotton war der gleiche wie auf ihren Lippen, fiel mir auf.

»Ansgar ging es dank der vielen Drehtage bald besser, es kam wieder Geld herein, die Scheidung verlief reibungslos, und er ließ sogar die Finger vom Koka…«

Sie stoppte jäh. »Egal. Er blühte jedenfalls richtiggehend auf.«

»War ihm denn klar, dass er all das nur Ihnen zu verdanken hatte?«, bemühte ich mich, ihr zu schmeicheln.

»Natürlich«, sagte sie. »Wir haben damals sehr viel Zeit miteinander verbracht. Ich ging mit ihm gemeinsam die Drehbücher durch, begleitete ihn oft ans Set, ich besorgte ihm sogar einen exzellenten Agenten, der seine Gage noch mehr in die Höhe trieb, was dem Sender gar nicht passte.« Sie lachte. »Fast war es wieder wie früher.«

»Sie wurden also wieder ein Paar?«

»Fast, wie gesagt. Dass wir uns liebten, stand natürlich außer Frage. Aber wir durften es nicht offiziell machen, ich war ja die Senderverantwortliche der Serie, quasi seine Chefin, das hätte für Unmut unter den anderen Kollegen gesorgt.«

Sie räusperte sich. »Und außerdem hatten die schlechten Jahre Ansgar körperlich zugesetzt. Seine Männlichkeit war nicht mehr … Ich meine, er konnte nicht …« Sie räusperte sich erneut.

Ich glaubte keine Sekunde, dass das MAMIL impotent gewesen war. Er hatte das wahrscheinlich nur als Ausrede benutzt, um nicht mit Liberty das Lager teilen zu müssen, aber trotzdem weiter ihr Günstling zu bleiben, solange sie Macht ausübte.

»Darüber möchte ich wirklich nichts wissen, Frau Hahn. Ich bin sicher, Sie waren glücklich miteinander auch ohne *das*«, sagte ich strenger, als es meiner gegenwärtigen Opferrolle zustand. Sie nickte erleichtert.

»Ja. Das waren wir. Bis Valerie in der Maske anfing.«

Wir waren endlich bei Bambi angekommen.

Und als wollte diese aus ihrem windigen Exil nun auch zum Gespräch beitragen, hörten wir, wie die Terrassentür mit einem ohrenbetäubenden Knall zerbarst und etwas sehr Schweres zu Boden polterte.

ICH SPRANG spontan auf und hätte aufgrund meiner gefesselten Hände fast das Gleichgewicht verloren, aber Liberty blieb völlig unbeeindruckt sitzen, monumental, wie sie war.

Frieda, die sich ebenso fürchterlich erschrocken hatte wie ich und zu bellen begann, verzichtete nach einem scharfen Blick von Liberty auf jeden weiteren hündischen Kommentar und verzog sich rasch wieder unter den Küchentisch. Hätte sie noch einen Schwanz gehabt, wäre er eingezogen gewesen, eine Wirkung, die die Riesin also nicht nur auf Männer hatte.

»Das dürfte der gusseiserne Grill gewesen sein, den sich Frau Eppenhagen letzten Sommer angeschafft hat«, sagte sie jetzt ruhig. Dann griff sie in die Tasche ihres Leinenblazers und zog eine Pistole heraus.

»Eine Walther P.38«, erklärte sie. »Noch aus Armeezeiten, war mal ein Bühnenrequisit, das ich wieder scharf gemacht habe. Wenn man die Dinger pflegt, leisten sie immer noch einwandfreie Dienste.«

Das glaubte ich ihr sofort. In ihren Jahren als Rüstmeisterin hatte sie bestimmt genügend ballistische und chemische Waffen beiseitegeschafft, um ein paar kleinere Kriege anzuzetteln. In Nordkorea wäre sie eine großartige Partie gewesen.

Wir lauschten beide auf Bambis Schritte. Wenn sie zur

Haustür wollte, um aus der Wohnung zu fliehen, war sie gezwungen, die Küche zu passieren, in der Liberty nur den Abzug betätigen musste, um sie zu stoppen. Überhaupt würde sie sich nirgendwo länger in der Wohnung verstecken können, gegen eine Pistole waren sowohl Bambi als auch ich machtlos. Bambi musste doch klar sein, dass wir gehört hatten, wie sie durch die Tür brach. Warum hatte sie das gemacht? Ich dachte nach. Na ja, klar. Wenn Liberty unser Geld und Bambis südamerikanische Immobilienunterlagen entdeckte, konnten wir uns die Flucht endgültig abschminken. Offenbar setzte Bambi darauf, dass Angriff die beste Verteidigung war, und lauerte jetzt irgendwo in der Hoffnung, das Riesenbiest zu überwältigen. Vielleicht hatte sie es geschafft, den Taser zu holen oder eine der Glasscherben der Terrassentür gegriffen. Eine winzige Chance war besser als gar keine. Tapferes kleines Rehlein. Aber es konnte natürlich nicht ahnen, dass Liberty eine Schusswaffe hatte.

Weil ich nicht wusste, was ich hätte tun oder sagen können, setzte ich mich wieder hin.

»Valerie?«, rief Liberty jetzt laut in die Wohnung hinein. »Wir sind in der Küche! Willst du uns nicht Gesellschaft leisten?«

Es blieb absolut still.

Liberty schüttelte missbilligend ihren Kanisterkopf.

»Das ist doch albern, Valerie! Können wir nicht wie vernünftige Menschen miteinander reden? Ich hab eine ganze Menge Fragen an dich«, rief sie erneut in Richtung Diele.

Nichts geschah.

»Offenbar möchte sie persönlich von mir abgeholt werden«, sagte die Riesin und hob langsam ihren enormen Körper vom Küchenstuhl. Wieder verzog sie leicht das Gesicht. Hatte sie Schmerzen? Bei so großen Menschen waren im fortgeschrittenen Alter Bandscheibenprobleme an der Tagesordnung, wie ich mir von den Moderatoren hatte sagen lassen, die genau für solche Fälle spezielle Matratzen im Shoppingkanal anpriesen.

»Sie bleiben hier und rühren sich nicht von der Stelle!«, befahl sie in autoritärem Ton, dann ging sie hinaus in die Diele, die Waffe im Anschlag, bereit für die Rotwildjagd.

ICH WAR so erleichtert, dass ich zunächst tatsächlich einfach nur sitzen blieb und das Alleinsein genoss. Mir wurde schmerzlich bewusst, wie sehr ich die Gesellschaft anderer Menschen leid war. Am liebsten hätte ich gar nichts unternommen, sondern nur still vor mich hin geatmet. Meine eigene Luft, die ich mit niemandem teilen wollte, wobei Frieda nicht zählte.

Andererseits würde dieser himmlische Zustand nicht lange währen, das war mir klar. Bald würden wir zu dritt hier in der Küche sein.

Würde es mir etwas nutzen zu versuchen, eines der Messer aus dem Block oder der Schublade zu ziehen? Nein, beschied ich mir. Liberty wäre darüber mit Sicherheit verstimmt, und meine Handschellen ließen sich damit auch nicht öffnen. Außerdem war ich des Kämpfens müde. Mir tat der Magen weh, die Wunde am Rücken zwickte zum ersten Mal seit Tagen wieder, mein Kopf dröhnte vom Zuhören und den vielen Worten, die ich gezwungen gewesen war zu sprechen. Fast war es mir egal, was nun geschehen würde. Nur der Gedanke, dass ich weder meine richtige Mutter noch das Erzgebirge jemals kennenlernen würde, wenn ich nicht irgendeinen Ausweg fand, gab mir die Kraft, mich nicht in Selbstmitleid zu flüchten, sondern darüber nachzudenken, was hier gerade passierte.

ICH BESASS seit langem die deutsche Ausgabe des Buchs *The Mystery of Mainstream* von Prof. Dr. Martha M. Madcock und hatte es bestimmt schon ein dutzendmal gelesen. Sie kennen es sicher auch, es behauptet sich auf der Liste der meistzitierten psychologischen Fachliteratur nach 1945 immer noch auf Platz 11.

Miss Madcock – einer ihrer Spleens war es, auf *Miss* zu bestehen, obwohl sie nach fünf Ehen wirklich Anspruch auf ein *Mrs* gehabt hätte – behandelte in ihrem Buch den unwiderstehlichen Sog, den das Gewöhnliche auf den oder die Gewöhnliche ausübt. Da achtundneunzig Prozent aller Menschen lieber mit dem Strom schwimmen, als im Watt herumzulaufen, war die Lektüre dieses Werks das für mich, was für andere Leute ihr Bekanntenkreis sein mochte. Miss Madcocks filigrane Analysen menschlicher Verhaltensweisen und ihre dadurch gewonnenen Leitlinien im Umgang mit den besagten achtundneunzig Prozent hatten es mir enorm erleichtert, durch Schulzeit, Beruf und allgemeines Leben zu kommen, ohne weggesperrt zu werden.

Dank Miss Madcock konnte ich zumindest ansatzweise begreifen, was die Menschen von mir erwarten mochten, und mich dementsprechend verhalten. Obschon Miss Madcock Amerikanerin war und als solche natürlich mit nationalspezifischen Eigenheiten der Deutschen nicht auf allzu vertrautem Fuß, konnte man doch viele ihrer Erkenntnisse auch auf meine Landsleute übertragen. So hatte sie schon vor mehr als sechzig Jahren in ihrem Kapitel *Feminina – Faszination des Follikels* Charaktere beschrieben, die mich an Beate Hahn erinnerten. Da gab es zum Beispiel den Fall einer Frau namens Peggy, die einen Mann liebte, der nur in ihrer Phantasie existierte. In Wirklichkeit war das Objekt ihrer Zuneigung ein geblümter Wäschesack aus Frotteestoff. Dennoch wurde Peggy nicht müde, für besagten Wäschesack drei Mahlzeiten am Tag zu kochen, gemeinsam mit ihm Fernsehen zu schauen und einmal im Jahr an die Niagarafälle in den Urlaub zu fahren. Natürlich entsprach dieses Verhalten auf den ersten Blick nicht unbedingt dem Mainstream, aber Miss Madcock argumentierte brillant, dass der Wunsch Peggys, *normal* zu sein, so stark war, dass sie lieber einen Wäschesack als Ehemann präsentierte, denn als alleinstehende Frau im Amerika der 1960er Jahre dazustehen, eine Zeit, in der Singles die Ausnahme bildeten. Dass Peggys Partnerschaft mit Fred – so nannte sie ihren Wäschesack – auf vielen Ebenen harmonischer, ja vielleicht sogar glücklicher war als manche Ehen mit einem »richtigen« Mann, verstand sich von selbst.

Doch eines Tages geschah etwas Furchtbares: An einem besonders heißen Sommertag war Fred von Peggy auf die schattige Veranda gebracht worden, wo er friedlich in einer Hängematte schaukelte, während sie zum Supermarkt fuhr, um die Lebensmittelvorräte aufzufüllen.

Was Peggy völlig vergessen oder vielleicht auch niemals gewusst hatte – an diesem Tag hatte die Kirche des letzten Tages Christi zu Kleiderspenden aufgerufen, und ihr Prediger Father Milbert fuhr mit einem Kleinlaster die von Platanen gesäumten Straßen ab, um die Spenden einzusammeln. Fälschlicherweise hielt er auch Fred für eine Spende und nahm ihn mit.

Als Peggy vom Supermarkt nach Hause kam und sah, dass Fred nicht mehr da war, »riss« etwas in ihr. Miss Madcock hatte es genauso formuliert, ich wusste nie genau, was sie damit meinte, aber ich hatte mir vorgestellt, dass sich beim Anblick der leeren Hängematte die zwei Hälften ihres Hirns jäh auseinandergeklappt und das Corpus callosum, also den Hirnsteg, wie eine Hängebrücke allein in luftiger Höhe zurückgelassen hatten. Wie auch immer, Miss Madcock hatte keinen Zweifel daran gelassen, dass der unerwartete Seitenarm des Mainstreams, in dem Peggy bis dato so fröhlich, so vom Leben umarmt geschwommen war, ein katastrophaler Nebenfluss war. *The mystery of mainstream* eben.

Der nächste Tag war auch der letzte Tag der Kirche des letzten Tages Christi, sie brannte lichterloh, und Father Milbert lag mit einem Kopfschuss im Garten hinter der zur Kirche gehörenden Garage. Peggy sah ihren Fred nie wieder und fand auch später im Gefängnis keinen adäquaten neuen Partner mehr, obwohl es dort durchaus auch Wäschesäcke gab. War Liberty Peggys Schwester im Geiste?

Wie damals Peggy in Fred war auch die grobknochige Libby seit ewigen Zeiten in das MAMIL verliebt gewesen und hatte trotz der räumlichen und emotionalen Distanz ihr ganzes Leben nach ihm ausgerichtet. Auch wenn sie leugnete, auf andere Frauen eifersüchtig gewesen zu sein, nahm ich ihr das nicht ab. Welch kranker Geist mochte hinter ihrer monumentalen Stirn wohnen, wenn sie so viele Jahre damit verschwendet hatte, eine Rolle im Leben eines Mannes zu spielen, der sich offenbar nicht allzu sehr für sie interessierte? Und wenn sie schon so einen großen Groll gegen Bambi hegte, wie mochte sie erst reagiert haben, falls sie in Erfahrung gebracht haben sollte, dass sich das MAMIL einer noch viel jüngeren Frau, sprich Lea zugewandt hatte? Die zudem noch die Tochter der Frau war, mit der sie im mühsam zurechtgeschusterten Alltag konkurrierte?

Puh! Zu gern hätte ich Miss Madcocks fachkundige Meinung dazu gehört, aber die stand mir nicht zur Verfügung, die Arme war 1973 an einer Blutvergiftung, die sie sich durch eine rostige Säge zugezogen hatte, verstorben. Und meinen eigenen psychologischen Schlussfolgerungen traute ich nicht recht, dazu verstand ich zu wenig von den Menschen. Besser ich wandte mich praktischeren Überlegungen zu.

Wieso zum Beispiel hatte sie mich eigentlich nicht gleich erkannt? Immerhin war mein Bild ja bereits vor mehreren Tagen im Fernsehen gezeigt worden, und sie hatte sich doch bestimmt extrem für den Mord an ihrem MAMIL interessiert, also war anzunehmen, dass sie alles

Material dazu genauestens studiert hatte. Genau wegen Overcombs vermaledeitem Foto war ja auch Bambi auf die Idee gekommen, mich aufzusuchen. Ich überlegte. Dann fiel mir ein, dass ich es wohl tatsächlich der roten Brille und der neuen Frisur zu verdanken hatte, dass sie nicht direkt bei unserer ersten Begegnung geschaltet hatte, wen sie vor sich hatte. Und natürlich hatte sie nicht damit rechnen können, dass wir ausgerechnet in ihrem Haus auftauchen würden.

Heißt, sie hatte erst heute Morgen herausgefunden, wer ich war, als nochmals mein Bild in diesem Internet veröffentlicht worden war.

Aber was mir noch wichtiger erschien: War *Liberty* Leas Mörderin? Steckte *sie* hinter den ominösen Textnachrichten, die sowohl Bambi als auch das MAMIL angeblich bekommen hatten? War der Mord an Lea ihre ganz persönliche Rache am Ehepaar Wonnemuth gewesen? Das würde bedeuten, dass sie als Erstes Lea umgebracht hatte, um dann später die Wonnemuths zur Leiche zu locken. Aber hatte sie gewusst, dass auch Bambi und Lea liiert gewesen waren? Konnte sie sich so etwas in ihrer MAMIL-Fixiertheit überhaupt vorstellen? Aber wenn es wirklich so abgelaufen war, wie erklärte sie sich den Tod des MAMILs? Oder hatte sie auf der Lauer gelegen und die beiden beobachtet? Wie sehr musste sie dann frohlockt haben, dass der Schock über die Leiche das Ehepaar dazu gebracht hatte, sich gegenseitig an die Gurgel zu gehen. Zumindest sinnbildlich. Für das MAMIL war die ganze Sache ja eher ins Auge gegangen.

Buchstäblich. Andererseits konnte Libby nicht darüber erfreut sein, dass ihre Variante eines Wäschesacks jetzt tot war. Oder doch? Vielleicht war es sogar eine Befreiung, wenn das Objekt der Begierde nicht mehr existierte?

Mir wurde schwindelig von diesen ganzen Was-wäre-wenn-Überlegungen. Wieder dachte ich an Miss Madcock. Sie hätte sicher Ordnung in das Chaos meiner Gedanken bringen können.

Ich seufzte unwillkürlich, und der Laut klang selbst für meine Ohren resigniert. Was wusste ich schon über Frauen? Warum waren sie nur so … so blöde? Was trieb sie dazu, sich derartig lächerlich aufzuführen, wenn Gefühle ins Spiel kamen? Nicht, dass ich annahm, dass Männer klüger, fähiger, vernunftbegabter gewesen wären. Das waren sie definitiv nicht. Das MAMIL, Kommissar Lichtblau, Overcomb: Ebensolche Idioten wie Liberty oder Karin, nur anders.

Warum gab es kein drittes Geschlecht? Ich mochte weder Männer noch Frauen. Es konnte doch einfach nicht sein, dass dieses fitzelige, fleischige, feuchte Untenrum – bei Frauen die Vagina, bei Männern das Sie wissen schon plus auch noch diese hässlichen Hoden – wirklich für alles Böse, das sich die Menschen antaten, verantwortlich zeichnete? Warum waren nicht zumindest ein *paar* meiner Mitmenschen so wie ich? Sich selbst genügend, nicht fordernd, nicht obsessiv, nicht neugierig, nicht ständig irgendetwas von anderen erwartend? Pflanzen waren die besseren Bewohner dieses Planeten. Oder hatten jemals Seegras oder Blutbuchen irgendwem

Ärger gemacht? Wenn man davon absah, dass der eine oder andere an einer Blutbuche Gehenkte da vielleicht anderer Ansicht war? Ob meine Mutter Monika vielleicht so war wie ich? Das würde immerhin erklären, warum sie sich nie die Mühe gemacht hatte, mich aufzusuchen. Bestimmt lebte sie auch seit Jahrzehnten genügsam vor sich hin und schaute Fernsehen. Ob ich sie wohl über dieses Internet finden könnte? Bambi hatte behauptet, dass es darin Suchmaschinen gebe, die einfach alles und jeden finden konnten. Wenn ich den Namen Monika Böttcher eingeben würde, erschiene dann wie von Zauberhand ihre Adresse auf dem Bildschirm? Vielleicht sogar Fotos von ihr? Möglich wäre es, durchaus. Und wieder durchschoss mich die Gewissheit, dass die von Liberty inszenierte melodramatische Situation, in der wir uns zurzeit dummerweise befanden, nicht das Ende sein konnte. Nicht das Ende sein *durfte*.

ÜBER DEM VIELEN GRÜBELN hatte ich ganz versäumt zu horchen, was für ein Tänzchen die beiden Damen wohl aufs Parkett legen mochten. Ich stellte meine Lauscher auf. Aus Richtung Wohnzimmer war kaum hörbar Gerumpel und ein leises Keuchen zu vernehmen. Bestimmt nahm die Riesin gerade Bambi in den Schwitzkasten.

Keine Schüsse, immerhin.

Als sie in die Küche kamen, hatte ich mein indifferentestes Gesicht aufgesetzt und tat so, als fände ich es nicht weiter bemerkenswert, dass Liberty Bambi vorwärtsschubste und ihr dabei die Waffe in den Rehrücken bohrte. Ich hatte Bambi ja von vornherein keine Chancen zugebilligt.

Bambis Hände waren mit einem roten Gürtel zusammengebunden, den ich als Karins Eigentum identifizierte. Er hatte dasselbe Rot wie ihre Lesebrille und die Knöpfe auf der weißen Bluse. Wie gesagt, Karin mochte Rot. In Bambis Mund steckte zudem ein improvisierter Knebel. Wenn mich nicht alles täuschte, war es das bestickte Deckchen, auf dem vorher Karins rokokoverkrustete Uhr gestanden hatte.

Bambis Blick schien eher Wut als Angst auszudrücken, was mir gefiel. Kampfgeist war mir schon immer sympathischer gewesen als Fatalismus.

»Sie kommen nie darauf, wo ich sie gefunden habe«, sagte Liberty und schaute mich erwartungsvoll an.

»Stimmt«, sagte ich, anstatt zu raten.

»Unter der Couch!«, erwiderte Liberty leicht enttäuscht. »Sie hatte sich doch tatsächlich darunter gezwängt! Der reinste Schlangenmensch!«

»Ach was. Sie ist nur um einiges kleiner als Sie«, erwiderte ich, nach wie vor unbeeindruckt.

»Und sie hatte eine Schere in der Hand, mit der sie mich angreifen wollte!«, setzte sie nach.

»Das macht Sinn«, antwortete ich.

»Wie bitte?« Liberty schaute mich halb empört, halb verständnislos an.

»Scheren sind flach. Ich meine, die Waffe musste ja auch noch mit unter die Couch passen«, erläuterte ich ihr.

»Und überhaupt«, fügte ich hinzu. »Was soll der Knebel? Valerie schreit nicht, bei mir hat sie's auch nicht getan.«

Liberty lächelte verhalten.

»Und wenn, hier würde es sowieso niemand hören. Der Wind schluckt die meisten Geräusche, und die Mauern sind aus Beton. Ich hatte einfach Lust, ihr den Mund zu stopfen, Sie hätten hören sollen, wie sie mich beschimpft hat!«

Sie zog Bambi das bestickte Untersetzerdeckchen aus dem Mund und schaute sie fragend an.

»Und? Können wir uns jetzt wie normale Menschen unterhalten?«

Bambi leckte sich die Lippen, räusperte sich, dann sagte sie kühl: »Hallo, Beate. So sieht man sich wieder.«

Liberty lächelte freudlos.

»Glaub bloß nicht, dass ich mich darüber freue. Nette Narbe hast du da.«

»Kleines Souvenir von meinem ersten Date mit Bärbel«, erwiderte Bambi kühl, klang dabei aber nicht vorwurfsvoll.

»Die mir immer noch nicht verraten hat, wie ihr euch eigentlich kennengelernt habt.«

Bambi warf mir einen kurzen Blick zu. War sie erleichtert, dass ich Liberty noch nichts von unseren diversen Abenteuern erzählt hatte?

»Wie hast du mich gefunden? Verfolgst du mich etwa immer noch?«, wechselte sie jetzt das Thema.

»Ich wohne hier. Also in diesem Haus«, sagte die Riesin.

Bambi schaute sie verblüfft an.

»Schon seit mehreren Jahren«, fügte Liberty hinzu. »Und wenn ich nicht im Aufzug die Bekanntschaft deiner Freundin Bärbel gemacht hätte, dann wäre ich im Leben nicht auf die Idee gekommen, dass du hier sein könntest. Ausgerechnet *hier*!«

Ich schaute angelegentlich an die Küchendecke, aber Bambi schien nicht zu beabsichtigen, mir die Leviten zu lesen, weil ich ihre Anordnungen nicht befolgt hatte.

»Willst du mir ernsthaft erzählen, dass unser Zusammentreffen hier nur ein blöder Zufall ist?«, fragte Bambi ungläubig.

»Oder Schicksal, wer weiß«, erwiderte Liberty. »Ich hab's auch nicht fassen können, als vor zwei Wochen plötzlich Ansgar im Foyer stand. Im ersten Moment dachte ich natürlich, er wolle zu mir.«

Sie schüttelte leicht den Kopf über ihre damalige Naivität.

»Er trug zwar Mütze und Sonnenbrille, aber ich hätte ihn sogar erkannt, wenn er in einem Sack gesteckt hätte«, sprach sie weiter. »Ich wollte ihn gerade ansprechen, als *Lea* aus dem Aufzug kam.«

Der Name schwappte in einer Woge von Hass über ihre Lippen.

»Sie hatte ihre Mutter besucht, und er holte sie hier – in *meinem* Haus – ab. Diese kleine Hure. Sie sprang förmlich in seine Arme, und dann steckte sie ihm ihre kleine rosa Zunge in den Hals, direkt vor meinen Augen.«

Sie schüttelte sich vor Ekel. Bambi starrte sie mit riesigen braunen Lichtern an und sagte nichts.

»Irgendwann blickte er hoch und sah mich. Es hat einen Moment gedauert, bis er mich erkannte. Und da hat er sie, so schnell er konnte, aus dem Foyer gezerrt«, ergänzte sie bitter.

»Ansgar und Lea?«, unterbrach Bambi sie tonlos.

»Ja«, erwiderte Liberty schlicht.

Mich überraschte das keineswegs. Genau das erzählte ich Bambi schon seit Tagen, aber mir hatte sie ja bisher nicht glauben wollen.

»Tja, meine Liebe, er hat dich genauso betrogen wie

mich«, fügte Liberty nicht ohne eine gewisse Befriedigung hinzu.

»Ansgar konnte dich gar nicht betrügen. Ihr wart nie ein Paar, und er hat jeden Kontakt zu dir verweigert, nachdem dich der Sender im hohen Bogen rausgeschmissen hatte«, erwiderte Bambi fast zerstreut, offenbar kaute sie noch an der Erkenntnis, dass ich recht gehabt hatte mit meiner Vermutung. »Du bist einfach nur eine verrückte alte Vettel, die jahrzehntelang einem Hirngespinst hinterhergelaufen ist.«

Libertys Augen verengten sich zu Schlitzen. Nervös warf ich einen Blick auf ihre Hand, in der sie nach wie vor die Waffe hielt. Noch lag sie ruhig auf ihrem Schoß.

»Du kannst mir nicht mehr weh tun, Valerie. Die Zeiten sind lange vorbei«, sagte sie erstaunlich entspannt.

»Verdammt, keiner wollte dir je weh tun, du warst uns vollkommen egal! Wenn es nach mir gegangen wäre, hättest du überhaupt nicht *existiert*!«, brauste Bambi auf. »Ansgar hat es dir damals doch tausendmal erklärt. Er war dir dankbar für den Einstieg in die Serie, aber das war's auch.«

»*Dankbar!?* Wir haben uns *geliebt*, bis du ihn mir weggenommen hast!«

»Ach, Beate«, sagte Bambi müde. »Du hast ihm doch immer nur leidgetan. Damals in der Schule, weil dich keiner mochte, später im Sender, weil man dich dort auch nicht ernst nahm. Und als du angefangen hast, dich jeden Tag im Büro zu betrinken, waren sie selig, dass sie dich endlich loswerden konnten.«

Libbys rechtes Auge begann zu zucken. Ich wünschte mir, Bambi würde ihr recht geben, ihr einfach bestätigen, dass sie die einzig wahre und große Liebe des MAMILs gewesen war, vielleicht hätte sie uns dann laufenlassen. Aber nein, sie musste ihr unbedingt aufs Butterbrot schmieren, was sie für die Wahrheit hielt. Ein bisschen bemitleidete ich die Riesin allmählich schon. Ich wusste nur zu gut, was es hieß, eine Außenseiterin zu sein. Zwar hatte ich im Gegensatz zu ihr nie versucht, meiner Rolle und der gesellschaftlichen Realität zu entfliehen, und empfand meine Alleinstellungsmerkmale eher als Schutz denn als Bürde. Aber wenn Libby es vorzog, sich an eine Zuckerwattewelt voller Liebe zu erinnern, dann konnte Bambi doch so großzügig sein, ihr diese Illusion zu lassen.

»Wieso um Himmels willen streitet ihr euch über einen Mann, der nicht nur tot ist, sondern auch ein ziemliches Ekel gewesen sein muss?«, fragte ich also.

Zwei Augenpaare wandten sich mir erstaunt zu, offenbar hatten sie meine Anwesenheit völlig vergessen.

»Gäbe es nicht Wichtigeres zu besprechen?! Zum Beispiel wie es mit uns dreien hier weitergehen soll?«, hakte ich nach.

Die Situation war schließlich abstrus genug. Da saßen wir in der Küche von Karin, zwei von uns gefesselt und ramponiert, die Dritte mit einer Pistole in der Hand uns bedrohend und unterm Tisch ein verängstigter Hund ohne Schwanz. Draußen streifte die Polizei umher, um uns zu finden, und wenn wir hier noch lange saßen, würde man auch noch nach Liberty suchen, weil das Nachbarschaftsfest anfangen sollte, was ohne sie natürlich unmöglich war. Jedenfalls nahm ich nicht an, dass beispielsweise Pferdeschwanz und Biolamm auch nur einen Finger rühren würden, um das Meet-and-Greet zu eröffnen.

»Ich begreife einfach die Zusammenhänge nicht«, sagte Liberty jetzt zu Bambi. »Wie seid ihr hier in diese Wohnung gekommen? Woher wusstet ihr, dass die Eppenhagen für ein paar Tage weg ist? Wieso kennt ihr sie überhaupt?«

»Wir kennen sie nicht«, gab Bambi zurück, »wir wissen gar nichts über sie und diese Lea …«

Nein. Das war die falsche Taktik. Was immer sie Libby für einen Bären aufbinden wollte, es würde uns nicht weiterbringen. Die Zeit lief uns davon. Wir mussten endlich Tacheles reden.

»Valerie hatte auch was mit ihr«, unterbrach ich sie also.

Bambis Kopf fuhr wütend zu mir herum, und Libby schaute mich völlig irritiert an, so als hätte ich beispielsweise behauptet, Angela Merkel sei Satanistin. Wiewohl das eine Menge Leute mit einstelligem IQ bestimmt sofort geglaubt hätten. Bambi fixierte mich mit einem Blick, der schiere Mordlust ausdrückte. Ich war nicht unfroh, dass sie gefesselt war.

»Wer hatte mit wem was?«, fragte Liberty verständnislos.

»Valerie mit Lea. Lea war mit beiden …« Ich räusperte mich. »Liiert. Mit dem MA … mit Ihrem Ansgar *und* mit

Valerie«, ergänzte ich und merkte, dass ich mich wegen ihrer Begriffsstutzigkeit ziemlich ungeduldig anhörte.

Und dann nahm ich all meinen Mut zusammen und machte mich an den ersten Bluff meines Lebens.

»Es würde uns allen dreien extrem helfen, wenn wir endlich aufhörten, um den heißen Brei herumzureden. Gut, Valerie hat mit diesem Stöckchen, was mir im Übrigen nie aufgefallen wäre, wenn es nicht wirklich ein …«

Nein, das würde zu weit führen, wenn ich jetzt ein perfektes Stöckchen zu erklären versuchte.

»Also, Valerie hat Ihrem verehrten Ansgar ein Stöckchen ins Auge gerammt, weil sie annahm, *er* hätte Lea getötet. Aus Eifersucht. Weil sie ihn betrogen hatte. Also weil *Valerie* ihn betrogen hatte.«

Die Riesin versuchte, mir zu folgen, es schien schwierig für sie zu sein. Es war ja auch kompliziert. Sie blickte Bambi an.

»*Du* hast ihn umgebracht? Du hast den einzigen Mann, den ich je …«

Sie brach ab. Ihre Kiefer malmten, in ihren toten Holzkohleaugen glomm plötzlich Glut. Ihre große Hand krampfte sich um die Pistole, die Sehnen traten hervor wie Eisenbahnschienen aus ihrem Schotterbett. Wäre die Waffe ein Hamster oder eine Wühlmaus gewesen, wäre sie jetzt keine Gefahr mehr, doch leider bestand sie aus widerstandsfähigerem Material als ein Nagetier.

»Aber Sie werden uns deswegen nicht der Polizei ausliefern. Weil dann auch rauskäme, wer Lea wirklich umgebracht hat – nämlich *Sie*!«

Das war er also, mein Bluff. Miss Madcock wäre sicher stolz auf mich gewesen, dass ich das wackelige Fazit meiner psychologischen Schlussfolgerungen doch einigermaßen selbstbewusst präsentiert hatte, auch wenn ich mir alles andere als sicher war, dass es den Tatsachen entsprach.

Bambis Augen wurden tellergroß. Eine plötzliche Schweigeminute brach an, an der sogar der Wind, der sonst unermüdlich um das Hochhaus strich, kurz teilzunehmen schien.

Dann setzte er wieder ein, und Liberty begann scheppernd zu lachen.

SIE KRIEGTE SICH gar nicht mehr ein. Die Tränen liefen ihr über die Wangen, und ich begann darüber nachzudenken, ob ich wohl mit dem alten Hopp-Trick meine Hündin dazu bewegen konnte auf den Schoß der Riesin zu springen – wer weiß, vielleicht würde sie vor Schreck die Waffe fallen lassen. Und was dann, Bärbel, hörte ich meine innere Stimme mahnend sagen. Sie hatte recht. Dann würde Libby sich bücken, ihre Pistole wieder aufheben, und alles wäre beim Alten. Sollte sie sich auslachen. Sie hatte bestimmt nicht allzu oft gelacht in den letzten Jahren.

»Du hattest keine Ahnung, dass er mit Lea schlief, und er nicht, dass du auch …?«, brachte sie schließlich hervor, immer noch geschüttelt von den letzten Nachwehen ihres Heiterkeitsausbruchs.

Bambi war kreidebleich geworden.

»Stimmt das? *Du* hast Lea das angetan?«, fragte sie.

Beate Hahn atmete tief durch. Dann zuckte sie mit den Achseln.

»Und wenn?«

»Du blöde Fotze!«

Mit dieser hasserfüllt gespuckten und mehr als unfreundlichen Titulierung schnellte Bambi hoch wie eine Feder. Sie hatte – wie auch immer sie das angestellt haben mochte –, während unseres Gesprächs eine ihrer langen schmalen Hände aus ihrem roten Gürtelgefängnis befreit und krümmte bereits die spitzgefeilten Nägel zur Kralle, während sie mit der anderen Hand den Gürtel wie ein Lasso in Richtung Frau Hahn schleuderte, wohl in der Hoffnung, den scharfkantigen Dorn der Schnalle in ihrem Gesicht zu versenken.

Die Riesin wich mit einer ruckhaften Bewegung zurück, hob dann gelassen ihre Waffe, zielte auf Bambis Kopf und schoss.

MIT DEM KNALL schien der kleine Raum zu implodieren, es war, als ob er sich für eine Millisekunde zu einem stecknadelkopfgroßen schwarzen Loch zusammenziehen würde, das meine Lungen zusammenquetschte und die Zahnwurzeln vibrieren ließ, um sich dann wieder knatternd zu Karins Küche zu entfalten. In meinen Ohren hallte der Schuss so laut nach, dass ich mir ernsthafte Sorgen um meine Trommelfelle machte. Ich hörte von sehr weit weg ein Poltern, dann öffnete ich die Augen. Da, wo vorher Bambis Kopf gewesen war, war jetzt nichts mehr.

Überhaupt war keine Spur mehr von ihr zu sehen.

Dafür prangte in der Wand an der Stelle, an der sie bis gerade eben noch gestanden hatte, ein gezacktes Loch, aus dem feiner rötlicher Mörtelstaub rieselte. Karins Terrakottafliesenspiegel über der Spüle würde nie mehr der alte sein. Es roch leicht nach Schwefel.

Ich wagte einen Seitenblick. Die Riesin saß da wie zuvor und hatte die Waffe noch immer nicht sinken lassen. Liberty wirkte beinahe entspannt, obwohl sie gerade einen Menschen erschossen hatte. Dann drehte sie sich langsam zu mir um, und die schwarze Mündung der Pistole zeigte auf mich. Sie hatte eine gewisse Ähnlichkeit mit Frau Hahns kleinen dunklen Augen hinter der Hornbrille.

Ich öffnete den Mund und wusste nicht, ob ich etwas sagen oder einfach nur schreien würde, als Libertys Stuhl plötzlich mit einem scharfen Ruck nach hinten kippte. Die Hand mit der Waffe fuhr in die Höhe, während sie verzweifelt versuchte, das Gleichgewicht zu wahren und sich mit der anderen Hand am Tisch festzuhalten. Doch es gelang ihr nicht, den Sturz aufzuhalten. Obwohl sie sich herumwarf wie eine Boa constrictor mit Kotstau (ich hatte eine darunter leidende Abgottschlange im Fernsehen gesehen), schaffte ihr schwerknochiger Körper es nicht, sich abzurollen, und ihr Schädel schlug mit einem knirschenden Geräusch auf dem glatten hellen Fliesenboden auf. Ein Laut, halb Stöhnen, halb Grunzen entwich ihren ochsenblutfarbenen Lippen, ihre rechte Hand zuckte noch einmal krampfartig, dann lag Liberty still da. Die Pistole war neben ihr zu Boden gefallen.

Ich blieb vollkommen regungslos sitzen. Vielleicht, ging es mir durch den Kopf, hatte Libertys Blick mich und alles andere in dieser Küche für alle Ewigkeit zu Bronze erstarren lassen, und ganz wie ihre berühmte Namensgeberin war ich jetzt nur noch ein unbeseeltes Standbild.

DAS WAR natürlich Unsinn.

Als Erstes kam Frieda unter dem Tisch hervor. Mit eingekrümmtem Hinterleib und am ganzen Leibe zitternd kroch sie auf mich zu. Sie war so eingeschüchtert, dass sie nicht wagte aufzustehen und stattdessen im Liegen urinierte, ein kleines Bächlein, ein hündischer Fauxpas, der ihrer Angst geschuldet war.

Hinter Frieda kroch Bambi hervor, die aussah, als wolle sie am liebsten Friedas Beispiel folgen, es aber Gott sei Dank unterließ. Aber ihre Unterlippe zitterte unkontrolliert, und ihre Rehaugen blickten wild drein. Ansonsten sah sie vollständig aus, ihr Kopf saß auf den Schultern, wo er hingehörte, eine Schusswunde oder Blut konnte ich nicht entdecken.

Erleichterung durchflutete mich. Sie lebte noch.

»Meinst du, jemand hat den Schuss gehört?«, war das Erste, was sie sagte.

»Wenn's gleich Sturm klingelt, ja. Was …?«

Mir versagte die Stimme. Aber ich wusste sowieso nicht, was ich hatte fragen wollen. Ich wusste gar nichts mehr. Stand ich unter Schock? Jedenfalls begriff ich nichts von dem, was sich hier in der letzten Minute ereignet hatte.

Bambi, noch immer auf allen vieren, legte einen ihrer bebenden Finger an den Hals der Riesin, um deren

Puls zu prüfen – hatte sie überhaupt noch einen? –, dann nahm sie vorsichtig die Waffe und schubste sie aus Libertys Reichweite.

»Sie hat danebengeschossen«, sagte sie.

»Aber … auf die Entfernung … das … wie …«, stotterte ich ebenso ungläubig wie sinnentleert.

»Sie hat absichtlich höher gezielt«, meinte Bambi matt. »Sie wollte mich nicht töten. Nur erschrecken. Hilfst du mir hoch? Mir ist ein bisschen schummrig.«

Sie streckte mir ihre Hand entgegen. Ich nickte, dann erst fiel mir ein, dass ich immer noch gefesselt war, und schüttelte bedauernd den Kopf.

»Ach so, ja«, nickte Bambi.

Sie begann, in der Jackentasche der Riesin zu wühlen, und förderte schließlich einen Schlüsselbund zutage, an dem neben zwei Hausschlüsseln und einem – wie ich wegen seiner schwarzen Kunststoffummantelung vermutete – Autoschlüssel mit einer kleinen blauweißen Raute noch ein weiterer, kleinerer hing. Bambi robbte hinter mich und machte sich daran, mit dem kleinen Schlüssel meine Handschellen aufzuschließen.

»Ich hab mich unter den Tisch fallen lassen, als sie abdrückte«, sagte sie hinter meinem Rücken, und ein wenig Stolz schlich sich in ihre Stimme.

»Und dann hab ich ihr in einem Rutsch die Stuhlbeine weggezogen. Damit hat sie nicht gerechnet.«

Das hätte allerdings auch gut meinen Tod zur Folge haben können, dachte ich. Ein Wunder, dass sich in dem Moment kein Schuss gelöst hatte, denn Libbys Finger hatte am Abzug gelegen. Aber Bambi hatte ja unterm Tisch nicht sehen können, dass die Waffe auf mich gerichtet war, also konnte ich ihr diese Unbedachtheit wohl nicht weiter krummnehmen.

Endlich klickte es, und ich fühlte, wie der kühle Stahl von meinen Handgelenken glitt. Ein gutes Gefühl, und es war auch sehr angenehm, die Hände wieder vor meinem Leib statt dahinter zu haben. Ich ließ meine Schultern kreisen und ballte mehrfach die Fäuste, um den Kreislauf anzuregen.

Bambi hatte die Handschellen genommen und schickte sich an, sie Liberty anzulegen, woraus ich schloss, dass sie noch lebte, sonst hätte das wenig Sinn gemacht. Es brauchte leider mehr als einen Sturz vom Stuhl, um dieser Frau den Garaus zu machen.

Bambi ließ die Handschellen zuschnappen und streckte erneut die Hand aus, damit ich sie hochziehen konnte, was ich nun auch tat. Dann musterten wir wortlos die ohnmächtige Riesin am Boden, deren Schicksal mich an das der unglückseligen Peggy erinnert hatte und die so unverhofft in unsere Leben, unsere Pläne gegrätscht war. Ein schmales Rinnsal Blut bahnte sich jetzt den Weg durch ihre Haare auf die hellen, glatten Steinfliesen.

»Und jetzt?«, fragte ich nach einer Weile.

»Du schleifst sie auf die Dachterrasse und hievst sie über die Brüstung«, sagte Bambi und senkte ihre Stimme zu einem heiseren Raunen. »Lass es wie einen Unfall aussehen. Oder, noch besser, wie Selbstmord.«

»Ich kann unmöglich auf die Dachterrasse«, quiekte ich erschrocken. Hatte sie schon wieder vergessen, dass ich unter Höhenangst litt?

»Herrgott, Bärbel, das war doch nur ein Witz!«, erwiderte Bambi und grinste.

»Das ist gut.« Ich war mehr als erleichtert. »Wir könnten sie eh nicht aus dem vierzehnten Stock fallen lassen, wo sie doch im siebten wohnt.«

Bambi verdrehte die Augen.

»Ich will sie auch gar nicht umbringen«, sagte sie.

»Nicht? Aber sie hat deine Lea …«

»Ja«, erwiderte Bambi mit gepresster Stimme. »Aber *meine* Lea hat auch hinter meinem Rücken mit Ansgar gefickt!«

»Sag dieses Wort nicht«, sagte ich unglücklich. »Und das andere F-Wort von eben auch nicht.«

»Ach Bärbel. Wenn das deine einzige Sorge ist …«

»Ist es nicht. Sag mir, was du jetzt vorhast.«

»Dasselbe wie vorher. Nur dass ich dank der guten Beate mit einem nicht auf der Fahndungsliste stehenden BMW nach Brüssel fahren kann und sie uns dazu noch ein bisschen die Reisekasse auffüllen wird. Wäre das erste Mal, dass sie jemandem nützlich ist.«

»Unverhofft kommt oft«, murmelte ich, ohne nachzudenken. Was, wie Sie sicher ahnen, erneut eine Redensart der Frau war, die ich für meine Mutter gehalten hatte. Dabei war ja in unserem damaligen Leben eher wenig bis nichts Unverhofftes geschehen, alles folgte strengen Regeln und einem perfekt komponierten Alltag. Gut, manchmal hatte es geregnet, ohne dass meine Mutter beziehungsweise meine Oma damit gerechnet hatte. Oder mein Vater, nein *Großvater*, hatte sich eine Erkältung zugezogen. Beides Gelegenheiten für sie, den Spruch anzubringen.

Vielleicht hatte sie ihn ihrer Plattitüdensammlung hinzugefügt, als sie erfuhr, dass ihre minderjährige Tochter schwanger war?

Bambi jedenfalls lächelte, als hätte ich etwas Witziges gesagt.

»Genau. Und außerdem hab ich auch noch ein paar Fragen an sie.«

Ich schaute auf Karins Küchenuhr in Form einer Knoblauchknolle.

»In knapp zwei Stunden beginnt dieses elende Nachbarschaftsfest, bis dahin sollten wir wirklich …«

»Das reicht.«

Sie ging zum Spülbecken und ließ Wasser in ein Glas laufen. Sie trank es mit einem langen Zug aus. Dann zog sie eine Schublade auf und schaute suchend hinein. Der Spiralschneider kam mir sofort in den Sinn, aber was wollte sie denn jetzt … Nein. Den hatte sie nicht gesucht. Sie nahm einen großen metallenen Fleischklopfer aus der Schublade, wog ihn kurz in der Hand, legte ihn auf den Küchentisch, füllte dann das Glas erneut mit Leitungswasser und schüttete Liberty den Inhalt ins Gesicht.

Die Riesin hustete und schlug die Augen auf.

ICH HOCKTE auf dem Boden und bettete Libertys blutigen Kopf vorsichtig auf eine Packung Erbsen, die ich ganz hinten in Karins Tiefkühlfach gefunden hatte, selbstverständlich aus biologischem Anbau. Aber das war momentan zweitrangig; wichtiger war, dass die Hülsenfrüchte das Hämatom am Hinterkopf kühlten, und das würden sie tun. Ich hoffte, Liberty erkannte dies als einen Akt der Großzügigkeit und kam uns ebenfalls entgegen.

Frieda, mittlerweile wieder mit ihrem Hinterteil wackelnd, versuchte, das Blut wegzulecken, das aus der Kopfwunde auf den Küchenboden geflossen war, aber ich schob sie sanft beiseite. Ich würde sie später füttern, wenn wir endlich aus dieser Wohnung, diesem Haus, dieser Stadt heraus wären.

Bambi hatte sich mit der Pistole in der Hand auf die andere Seite der Riesin gekniet.

»Du kannst es dir aussuchen, Beate«, sagte sie, und ich bewunderte sie unwillkürlich für die Gefasstheit, mit der sie sprach.

»Ich will wissen, was du mit Lea gemacht hast. Du erzählst es mir jetzt in allen Einzelheiten, oder …«

»Oder du erschießt mich? Du doch nicht!«, sagte Liberty heiser.

»Oder du bleibst hier liegen, bis Leas Mutter morgen die Mörderin ihrer Tochter in ihrer Küche vorfindet.«

»Also habt *ihr* Leas Leiche versteckt? Wo?«, kam es leise zurück.

»Was ist passiert?«, wiederholte Bambi ihre Frage und hob leicht die Waffe an, so dass die Mündung jetzt genau zwischen Libbys Augen oder, korrekter gesagt, auf den Steg ihrer Hornbrille gerichtet war, die gänzlich unbeeindruckt vom Vorgefallenen immer noch auf ihrer Nase saß.

»Lust hätte ich schon, dich jetzt einfach abzuknallen«, sagte Bambi kalt. »Ansgar hat's mir auch nicht zugetraut, aber … na ja …«

Liberty schielte auf das schwarze Loch der Mündung und schien kurz zu überlegen. Dann gab sie nach. Welche Option hätte sie auch sonst gehabt.

»Das kleine Miststück hat mir gedroht.«

»Lea? Womit?«, fragte Bambi, die diese Antwort offenbar genauso wenig erwartet hatte wie ich.

»Dein Mann hat ihr von mir, also beziehungsweise unserer gemeinsamen, äh, Vergangenheit erzählt, nachdem er es so eilig gehabt hatte, aus dem Foyer abzuhauen. Angeblich hat er Angst gehabt, ich könne seine Affäre öffentlich machen. Oder, was ihr offenbar noch ärger war, *dir* davon erzählen. Also hat sie mir vor gut einer Woche einen Besuch abgestattet, um mir einen Vorgeschmack darauf zu geben, was mich in diesem Fall erwarten würde.«

»Heißt was?«

»Sie hat mich mit so einem verdammten Elektrodings angegriffen. Es hat höllisch weh getan, ich dachte, ich müsste sterben.«

Selbst in der Erinnerung daran verzog sich ihr Gesicht noch zu einer schmerzlichen Grimasse.

Die verheerende Wirkung des Tasers kannte ich aus eigener Erfahrung, die Damen Bambi und Lea waren wirklich reichlich inflationär mit den vermaledeiten Elektroschockern umgegangen. Ganz offensichtlich hatten sie sich damit unangreifbar gefühlt. Dennoch fand ich es ausgesprochen feige vom MAMIL, dass er, statt selbst mit seiner alten Verehrerin zu reden, Lea vorgeschickt hatte.

Aber halt, nein, das war unlogisch. Dann hätte er, als Lea verschwand, Liberty sicher als Erste zur Rede gestellt. Also war Lea auf eigene Faust geradewegs in das Netz der Spinne marschiert. Sie hatte Liberty für eine lästige, aber harmlose Frau gehalten, der sie leicht würde Angst einjagen können. Wäre ja auch zu dumm gewesen, wenn Bambi vorzeitig erfahren hätte, dass sie nicht die einzige Hauptfigur in Leas Liebesreigen gewesen war.

»Aber ich konnte mich wehren und ihr das Ding abnehmen. Dann hab ich mich revanchiert«, hörte ich Liberty jetzt sagen.

»Indem du sie erwürgt hast?« Bambis Augen waren groß und sehr dunkel.

»Nein! Sie hat sich gewehrt wie eine Katze. Gekratzt und gebissen hat sie mich, also hab ich mich auf sie gesetzt, damit sie endlich Ruhe gibt. Und dabei hab ich sie wohl … na ja, wie soll ich sagen …«

»Erdrückt.« Jetzt klang Bambis Stimme gequält.

»Ich wollte das nicht!«

Liberty stöhnte leise auf. Ich hätte beim besten Willen nicht sagen können, ob es wegen der Erinnerung an Leas Tod oder wegen ihrer Kopfwunde war.

»Was dann?«, hakte Bambi weiter nach.

Gut, dass sie jetzt ihren Gefühlen nicht nachgab, sondern weiter aufs Tempo drückte. Sie würde noch genug Zeit zum Trauern haben, wenn wir erst einmal von hier verschwunden waren.

»Dann hab ich mir zwei Tage lang den Kopf zerbrochen, was ich um Himmels willen tun soll. Bis ich begriff, dass es eigentlich nicht meine, sondern *deine* Schuld war! Wärst du Ansgar eine gute Frau gewesen, hätte er sich erst gar nicht auf die kleine Schlampe eingelassen, und ich wäre nicht in diese Scheiße mit reingezogen worden!«

Die letzten Worte fauchte sie Bambi förmlich entgegen, und es war schwer auszumachen, welche der beiden Frauen sie mehr hasste. Eine Feministin würde Liberty in diesem Leben wohl nicht mehr werden, dachte ich.

»Und dann haben Sie dem Ehepaar Wonnemuth diese Textnachrichten gesandt, richtig?«, mischte ich mich in das Gespräch ein.

»Sollten die doch selbst sehen, wie sie damit fertig würden!«, zischte Beate Hahn.

»Sie haben sie in *meinen* Wald gebracht! Hätten Sie Idiotin sich nicht irgendeinen anderen Platz dafür aussuchen können?«

Ich merkte selbst, wie wütend ich mich plötzlich anhörte. Aber dieses dumme Weib war nun mal für die ganzen Scherereien verantwortlich, die sich daraus ergeben hatten! Am liebsten hätte ich Bambi die Pistole aus der Hand genommen und … *Andererseits hättest du sonst nie erfahren, dass da draußen irgendwo deine richtige Mutter lebt*, wisperte eine kleine, mir bis dato unbekannte Stimme in meinem Inneren. *Du hättest nie …*

Bambi schnitt die fremde Stimme ab.

»Hast du Lea mit deinem BMW in den Wald transportiert?«, fragte sie.

Beate Hahn wollte den Kopf schütteln, ließ es aber sofort bleiben, als ihr die Platzwunde wieder schmerzlich bewusst wurde.

»Ich bin ja nicht bescheuert und hinterlasse eine Million forensischer Spuren in meinem eigenen Wagen«, antwortete sie. »Wozu gibt es Carsharing?«

Den Begriff hatte ich noch nie gehört, aber Bambi nickte wissend. Ich verstand nur, dass sie sich eine Art Leihwagen genommen haben musste. Bei ihrer Statur war es für sie sicher ein Kinderspiel gewesen, Lea in einem geräumigen Koffer oder Ähnlichem in die Tiefgarage zu bringen und wie ein Gepäckstück zu verladen.

»Valerie, wir sind doch jetzt irgendwie quitt. Lass mich gehen. Wenn wir den Mund halten, profitieren wir beide davon.«

»Quitt?«, wiederholte Bambi.

Es hörte sich an, als würde das Wort wie Bauschaum

in ihrem Mund aufgehen und sie am Luftholen hindern. Ich sah, wie sich ihre Hand um die Pistole verkrampfte. Es grenzte wirklich an ein Wunder, dass bislang weder die Riesin Bambi noch Bambi die Riesin erschossen hatte. Besser, ich lenkte sie ab.

»Was ich nicht kapiere«, sagte ich, »warum wissen Sie nicht, was danach passiert ist? Wollten Sie denn nicht dabei sein, wenn die zwei die Leiche finden, wenn Sie sie schon extra in den Wald gelockt hatten?«

Auf die breiten blassen Wangen der Riesin krochen kleine rötliche Flecke wie Babykrabben auf einen Strand.

»Doch«, murmelte sie.

»Geht das auch genauer?«, fragte ich harsch, auch um Bambi zu zeigen, dass ich auf ihrer Seite war.

»Es war zwei Uhr morgens, als ich Lea endlich aus meiner Wohnung raus und in dem geliehenen Auto verstaut hatte«, antwortete Liberty kläglich. »Dann bin ich in den Wald gefahren, hab sie abgelegt, hab den Wagen wieder am Bahnhof abgestellt, bin zu Fuß nach Hause gegangen, hab auf Leas Handy die SMS verfasst und so programmiert, dass sie um sechs Uhr morgens zugestellt werden würden. Und danach war ich völlig fertig!«

Das hörte sich rechtfertigend an. Erwartete sie wirklich Bambis Mitgefühl oder gar ihr Verständnis? Es fiel mir leicht zu erraten, was sie schlussendlich gehindert hatte, die beiden im Wald zu beobachten. Nun würde ich Bambi beweisen, dass auch ich Menschenkenntnis hatte.

»Teufel Alkohol«, tippte ich.

»Du trinkst also immer noch?«, fragte Bambi, nicht im Geringsten von meiner Kombinationsgabe beeindruckt.

»Nein!«, erwiderte Liberty empört. »Ich fand nur, ich hatte mir nach der ganzen Plackerei einen Schluck verdient, und dann, na ja …«

»Dann hast du dich völlig zulaufen lassen und bist eingeschlafen.«

Bambi sah aus, als wären damit ihre Fragen beantwortet. Eine kurze Pause entstand. Wir hatten aber keine Zeit für Pausen.

»Gut, wo jetzt alle wissen, was passiert ist, sollten wir nun wirklich, also endlich …«, hob ich an, ohne zu wissen, wie der Satz zu Ende gehen sollte. Ich rechnete damit, dass Bambi mich unterbrechen würde. Das tat sie ausnahmsweise nicht, so dass mein »endlich« in der Küche stehen blieb wie ein kleiner Ring aus Zigarettenrauch. Ich wedelte ihn weg.

»Lasst mich frei«, sagte Liberty mit Inbrunst. »Ich schwöre, ich werde nichts unternehmen, um euch an der Flucht zu hindern.«

Bambi sah sie nachdenklich an, dann nickte sie schließlich bedächtig. Vertraute sie der Riesin? Augenscheinlich, denn sie legte die Pistole auf den Tisch. Liberty und ich wechselten einen kurzen Blick. Ich las Erleichterung in ihren Augen und noch etwas anderes. Amüsement? Hass? Triumph? Ach, ich würde im Lesen der Mimik anderer immer Analphabetin blei… Weiter kam ich nicht in meinem inneren Monolog, denn Bambi hatte den schweren Fleischklopfer vom Tisch genommen und schlug nun mit aller Kraft zu. Und wieder und wieder, bis ich fand, dass es genug sei, und sie sanft stoppte.

ES REGNETE in Strömen, als wir in Libertys schwarzem BMW Richtung Aachen fuhren. Auto und Wohnung ließen darauf schließen, dass die Frühpensionszahlungen an eine öffentlich-rechtliche Angestellte beachtlich waren, selbst wenn sie unehrenhaft entlassen worden war. Immerhin waren die GEZ-Gebühren unter anderem in ein Automatikgetriebe investiert worden.

Allerdings wirkte Libertys Auto weitaus futuristischer als Bambis Limousine. Praktisch fand ich das Navigationsgerät, das wie ein kleiner Fernseher in der Mitte der Konsole thronte. Dieses Gerät, sagte Bambi, würde uns einfach überallhin bringen, sogar ins Ausland, und die Bedienung schien keine Hexerei zu sein, wenn ich das korrekt beobachtet hatte. Es roch leicht, aber nicht unangenehm nach Zigaretten, in der Ablage lag ein Päckchen Lucky Strikes. Diese Marke kannte sogar ich.

Der Motor schnurrte leise, und als es an meiner Rückseite warm wurde, sagte Bambi etwas von einer Sitzheizung. Eine Sitzheizung! Ich staunte. Was diese Autokonstrukteure sich nicht alles hatten einfallen lassen in den letzten vierzig Jahren!

Auf der geräumigen Rückbank lag Frieda, im Kofferraum unser Gepäck. Bambi hatte sich aus Karins und Libertys gutgefüllten Kleiderschränken bedient. Es würde erst mal reichen. Es musste.

Außerdem hatte ich während unserer hastigen Durchsuchung von Libbys Wohnung unter ihrer Matratze eine abgeschnittene rosafarbene Gürteltasche gefunden, die Bambi als Leas Eigentum identifizierte. Niemand außer Lea, sagte sie mit bebender Stimme, trug noch diese albernen Hello-Kitty-Sachen, aber es war ein Geschenk ihrer Mutter zum zwölften Geburtstag gewesen, und sie hatte sich nicht davon trennen können.

Hallo Kätzchen übersetzte ich, und es sagte mir nichts. Die kleine Plastikscheußlichkeit enthielt eng zusammengerollte Fünfhundert-Euroscheine, hundertsechzig an der Zahl. Bambi sah unglücklich aus, als ich ihr meinen Fund zeigte; aus Schmerz über Leas Schicksal oder weil diese Scheine mittlerweile nicht mehr gedruckt wurden, wie ich gelesen hatte, oder weil ich und nicht sie die Tasche gefunden hatte, das konnte ich nicht entscheiden.

Doch immerhin gab sie zu, dass ich auch in diesem Punkt recht behalten hatte. Das Geld war das Fluchtgeld der beiden, Lea hatte es also tatsächlich längst vom Flughafen abgeholt und offenbar ständig bei sich getragen, vermutlich aus Angst, eine ihrer ungepflegten und sexsüchtigen WG-Mitbewohnerinnen könnte es sonst stehlen. Niemand fürchtet Eigentumsdelikte mehr als ein Dieb, dachte ich. Was hatte sie sich nur dabei gedacht, Bambi so behumsen zu wollen? Gut, achtzigtausend Euro waren für eine Studentin bestimmt enorm viel Geld, überlegte ich. Genutzt hatte ihr der Reichtum trotzdem nichts. Trau, schau, wem.

DIE SCHEIBENWISCHER kamen kaum an gegen die Wassermassen, die wie kleine Senkbleie vom grauen Himmel fielen. Immerhin, erwog ich, hatte das schlechte Wetter den Vorteil, dass auf den Autobahnbrücken wohl kaum Steinewerfer stehen würden. Und ich war froh, dass ich den Knirps der Frau, die ich für meine Mutter gehalten hatte, vom Koffer in meine Handtasche transferiert hatte.

Überhaupt, der Koffer. Statt des alten Pappungetüms meiner Großeltern reiste ich jetzt mit einem sehr eleganten dunkelgrünen Metallkoffer der Marke Rimowa. Eine gute Wahl aus Libertys Habseligkeiten, wie mir Bambi versichert hatte. Die Gepäckstücke galten als nahezu unverwüstlich. Und verfügten sogar über kleine Räder, so dass mir das Gewicht meiner Goldbarren nicht mehr so viel ausmachen würde.

Ich schaute auf Libertys Uhr, die jetzt um mein Handgelenk geschnallt war. In einer halben Stunde würde das Meet-and-Greet beginnen. Beziehungsweise nicht beginnen, denn die Riesin würde nicht zur Stelle sein, um Pferdeschwanz, Biolamm und wie ihre Nachbarn noch heißen mochten, zu begrüßen. Ob man sie wohl noch vor Karins Rückkehr finden würde? Nein, das hielt ich für unwahrscheinlich. Niemand würde vor morgen Abend oder übermorgen früh – ungefähr dann müsste Karin aus Barcelona zurückkommen – nach diesem Wagen fahnden.

Als wir zuvor mit unseren Koffern und der improvisierten Verkleidung in den Aufzug gestiegen waren, hatte uns der kalte Schweiß auf der Stirn gestanden. Vierzehn Stockwerke und zwei Tiefgeschosse galt es zu überstehen. Wenn jetzt irgendwelche Leute zustiegen, die unser Bild gesehen hatten, die uns erkannten, die die Polizei riefen …

Doch unser Kontingent an Pech schien endlich erschöpft zu sein. Niemand hielt uns an, niemand stieg zu, die Kabine glitt ohne Stopp in die Tiefgarage, was man bei einem Hochhaus mit geschätzten siebzig Parteien durchaus als ein Wunder bezeichnen konnte. Im zweiten UG war niemand außer einem jungen Mann, der damit beschäftigt war, zu den wummernden Bässen seines Autoradios fleckige Essensverpackungen aus seinem Auto zu werfen.

Während Bambi unser Gepäck in den Kofferraum lud und ich Frieda auf die Rückbank bugsierte, hatte er einmal kurz zu mir herübergeschaut, mich offenbar als ähnlich interessant wie die Stützpfeiler der Tiefgarage eingeschätzt, und sich dann wieder seiner umweltverschmutzenden Tätigkeit zugewandt.

Unsichtbar, das war ich wirklich, und froh darüber. Ich hatte von der Riesin eine dunkelblaue Baskenmütze akquiriert, wie sie vielleicht auch der steinalte Jean-Paul Belmondo trug, falls er noch lebte. Weswegen ich sie sehr passend für mich fand, damit war ich quasi Bebel-Bärbel. Die Mütze war mir zu groß und verbarg Haar, Ohren und Stirn vollständig, was mir nur recht sein konnte. Mit

Karins bewährter roter Lesebrille und meinem den restlichen Körper verhüllenden guten Popelinemantel hätte ich mich selbst nicht identifizieren können. Was natürlich nicht viel hieß. Ich schaute ja so gut wie nie in einen Spiegel, insofern war mir mein Anblick nicht vertrauter als der einer flüchtigen Bekannten. Am ehesten ähnelte ich wohl einer Araberin in Popelineburka, da der hochgestellte Kragen des Mantels auch Mund und Kinn verdeckte.

Für Frieda hatten wir ebenfalls eine Lösung gefunden: Karins Trockenshampoo hatte meine Hündin von einer braunbeigegescheckten Töle in eine gräulich-weiße verwandelt. Frieda war nicht glücklich über ihre Veränderung, das sah man ihr an. Sie nieste viel und versuchte immer wieder, am Fell zu lecken, aber der Geschmack des Puders behagte ihr auch nicht, so dass die Tarnung bestehen blieb. Sofern sie nicht allzu nass wurde, wenn wir ausstiegen, aber ich konnte sie ja notfalls mit meinem Knirps abschirmen.

Bambi wiederum trug die große Hornbrille der Riesin, die ihr besser als der Vorbesitzerin stand. Eine Sonnenbrille wäre an einem solchen Regentag auch wirklich aufgefallen. Karins voluminöser dunkler Parka mit Kapuze, die bei Bedarf auch das Gesicht verbarg, ließ Bambi gut fünfzehn Kilo schwerer erscheinen. Rote Gummistiefel – selbstredend auch von Karin, die diese Farbe gepachtet hatte – vervollständigten das Bild einer kräftigen, geschlechtslosen Person in unauffälliger Allwetterbekleidung. Sie gefiel mir gut in diesen Sachen, viel besser als im Abendkleid oder beigem Bleistiftrock.

Doch lange würde ich nicht mehr mit ihr in diesem gemütlichen Auto sitzen. In circa fünfzig Kilometern würden wir laut Navigationsgerät die Autobahnausfahrt Aachen Rothe Erde erreichen, wo sich ein kleiner Bahnhof befand. Dort würde ich aussteigen, mein Gepäck und Frieda nehmen und mich unter die Fahrgäste irgendeines Regionalzugs nach Köln mischen. Von der Domstadt aus würde ich dann weiterfahren in den Osten. Ich hatte mich final für Mildenau entschieden, es hörte sich so wohltuend und friedvoll an und war bestimmt weit genug von meinem vorigen Wirkungskreis entfernt, um erst mal verschnaufen zu können, wenn ich dort angekommen wäre.

Bambi würde wie geplant nach Brüssel weiterfahren, dort den BMW auf einem großen Supermarktparkplatz parken, wo er hoffentlich erst mal nicht auffallen würde, und dann all die Dinge tun, die notwendig waren, um nach Chile zu entschwinden. Ich wünschte ihr, dass es klappte, wenngleich ich mir nach wie vor nicht vorstellen konnte, dass sie sich dort wohl fühlen würde. Rotwild unter Palmen – nein. Eher nicht. Aber wer war ich, ihr eine alternative Zukunft vorzuschlagen?

Bambi schwieg, seitdem wir auf die Autobahn gefahren waren. Sie schien keine Lust auf Konversation zu haben.

Und so hing auch ich schweigend meinen Gedanken nach, während der Wagen durch den Regen pflügte und unser Abschied mit jeder Sekunde näher rückte.

WIR WAREN am Bahnhof angelangt. Es war nicht viel los; wegen des schlechten Wetters hatten sich offenbar viele Pendler entschieden, lieber das Auto zu nehmen oder gleich daheim zu blieben. Wir hielten dennoch ganz hinten auf dem Parkplatz, um nicht zusammen von einem aufmerksamen Bahnpolizisten gesehen zu werden. Man musste schließlich davon ausgehen, dass auf Bahnhöfen und Flughäfen erhöhte Wachsamkeit bestand.

Bambi lud meinen neuen Koffer aus, während ich Frieda gut zuredete, mir aus der warmen Behaglichkeit des Fonds in den strömenden Regen zu folgen, was sie schließlich unwillig tat.

Bambi schloss den Kofferraum mit einem Knall und kam zu mir. Wir standen uns gegenüber und wurden nass, denn den Knirps hielt ich über Frieda.

»Tja. Jetzt ist es wohl so weit. Leb wohl, Bärbel«, sagte Bambi.

Ich nickte. Meine Kehle war eng.

»Pass auf dich auf.«

»Du auch«, brachte ich hervor.

Den Bruchteil einer Sekunde dachte ich, sie würde mich umarmen. Doch dann tätschelte sie nur kurz meine Schulter und wandte sich ab. Die Kapuze verbarg ihr Gesicht. War sie traurig oder erleichtert?

Sie ging um den Wagen herum, stieg ein, und noch ehe

ich den ersten Schritt in mein neues Leben tun konnte, fuhr sie bereits mit quietschenden Reifen davon. Sie war wohl eher erleichtert.

SO ODER SO ähnlich würde es sich wohl gleich zutragen, dachte ich und gestand mir endlich ein, dass ich Angst vor den nächsten Stunden, Tagen, Wochen hatte. Nicht so sehr vor Kommissar Lichtblau und seinen Schergen, auch nicht vor dem Gesetz, das mich wohl mit aller Härte treffen würde, sollte ich gefasst werden, sondern weil ich in weniger als einer halben Stunde mit einer Welt konfrontiert sein würde, von der ich keine Ahnung hatte. Bislang hatte ich keine Zeit gehabt, *konkret* zu planen, wie ich all die Anforderungen, die auf mich zukommen würden, bewerkstelligen wollte. Ich hatte andere Sorgen gehabt. Nun wurde mir klar, dass ich noch nicht mal wusste, wie man eine Fahrkarte am Automaten löste. Vermutlich würde ich bereits am Bahnhof unangenehm auffallen und verhaftet werden.

Ich fühlte mich angesichts der bevorstehenden Herausforderungen wie ein nacktes Gänsegeierküken, das, eben erst aus dem Ei geschlüpft, dem Leben schutzlos ausgeliefert war. Einst hatte ich ein erwachsenes Exemplar dieser Art ausgestopft und kannte daher die großen Vertreter der Allweltgeier recht intim. Es würde für mich keine Altvögel geben, die mich Fliegen und Beutemachen lehrten. Bildlich gesprochen.

Wäre Bambi mit nach Mildenau gekommen, wenigstens für eine gewisse Zeit, hätte sie mir helfen können, flügge zu werden, dachte ich zu meiner eigenen Überraschung. Sie hätte mir beibringen können, wie man einen Computer bediente, eine Typveränderung bewirkte, Goldbarren zu Bargeld machte, Möbel und Kleider und elegante neue Badezimmer mit passenden Perlatoren kaufte, um sich ein eigenes, komfortables Nest zu bauen, in dem man für die nächsten dreißig, vierzig Jahre oder wie lange auch immer ich noch leben mochte, hocken und fernsehen konnte. Im Gegenzug hätte ich ihr beibringen können, wie man Tiere ausstopfte. Nur ein paar Monate, das war alles, was ich von ihr verlangt hätte! Und danach wäre ihr immer noch reichlich Zeit geblieben, nach Concepción auszuwandern.

Natürlich freute ich mich auch darauf, endlich wieder alleine zu sein und mir von niemanden mehr etwas sagen lassen zu müssen, aber der Preis für meine angestrebte Eremitage war hoch. Wie mühsam mochte es werden, mit den ostdeutschen Menschen zu kommunizieren, die ja auch einen ganz anderen Dialekt sprachen. Wusste man dort überhaupt, was Tatar war? Schon bei dem Gedanken knurrte mein Magen. Wie lange hatte ich eigentlich nichts mehr gegessen? Mir wurde bewusst, dass ich völlig ausgehungert war, und meine Laune verschlechterte sich noch mehr. War mir Bambi nicht sogar eine gewisse Hilfestellung *schuldig*? Immerhin war ich bereit, den Mord am MAMIL auf meine Kappe zu nehmen, obwohl ich völlig unschuldig war. Nur damit *sie* es sich in Südamerika gutgehen lassen konnte. Ich sah sie schon an diesem nierenförmigen Pool aus der Maklerbroschüre sitzen, chilenischen Wein schlürfen und an gefüllten Teigtaschen knabbern unter einem Mond, der falsch herum am Himmel hing. Während ich Kotbeutel in einer Mildenauer Grünanlage zog. War das gerecht? Nein. Andererseits, was konnte ich dagegen tun.

»Ich muss mal«, sagte ich in das Prasseln des Regens hinein.

»Das kannst du auf dem Bahnhof erledigen«, erwiderte Bambi, die Augen auf die Fahrbahn geheftet. »Wir sind gleich da.«

»Ich muss aber *jetzt* mal!« Ich merkte selbst, dass ich mich anhörte wie ein quengelndes Kind.

Sie gab Gas und setzte an, einen Lastwagen zu überholen. Wasserfontänen bespritzten mein Seitenfenster, als wir mit ihm auf gleicher Höhe waren.

»Bitte!«, setzte ich nach und schaute auf das Navigationsgerät. »Guck, in ein paar Kilometern kommt eine Raststätte. Da könntest du auch volltanken, dann kommst du in einem Rutsch durch bis Brüssel!«

Ich hatte gesehen, dass der Tank nur noch viertelvoll war, und hielt das für ein gutes Argument.

»Der verbraucht nicht so viel, der Sprit reicht noch dicke bis Brüssel«, sagte sie ungerührt. »Warum sollten wir jetzt noch so ein unnötiges Risiko eingehen?«

»Weil! Ich! Mal! Muss!!« Ich wurde laut.

Endlich drehte Bambi den Kopf zu Seite und schaute mich angestrengt an.

»Du willst ja wohl nicht, dass ich mir in die Hose mache«, sagte ich kläglich.

Sie zuckte die Achseln. »Der Wagen hat Ledersitze.«

Ich starrte sie an. Das sollte doch wohl ein Witz sein, oder?

»Ja, verdammt, ist ja schon gut!« Sie nahm genervt den Fuß vom Gas.

Einen Plan hatte ich nicht. Eine volle Blase allerdings auch nicht.

AN DER RASTSTÄTTE war es ähnlich leer wie auf meinem Phantasie-Bahnhof. Bambi wollte keinesfalls tanken wegen der Kameras, die, wie sie sagte, überall im Füllbereich installiert waren, also fuhr sie direkt weiter zu den nach hinten gelegenen Parkplätzen, wo klobige graue Betonbänke und -tische wie nasse Elefanten herumstanden und nicht zum Picknick einluden. Kein Mensch hielt sich hier auf, nur in der Ferne parkten einige Laster. Der Regen ließ allmählich nach, es tröpfelte nur noch aus den dicken grauen Wolken.

»Jetzt mach schon. Es ist zu gefährlich, die Toilette in der Raststätte zu benutzen, hier sieht dich keiner«, sagte sie, als ich keine Anstalten machte auszusteigen.

Erwartete sie wirklich, dass ich mich in aller Öffentlichkeit hinhockte und … Ich konnte das noch nicht mal denken.

»Und nimm Frieda auch mit. Wenn du erst mit ihr im Zug sitzt, kann sie nicht mehr raus«, fügte Bambi hinzu.

Ich rührte mich nicht.

»Worauf wartest du? Ich denke, es ist so dringend?«, fragte sie ungeduldig.

»Gib mir die Autoschlüssel«, sagte ich.

Sie schaute mich verblüfft an.

»Warum sollte ich?«

»Damit du mich hier nicht aussetzt.«

»Was?«

»Weißt du, wie viele Leute ihre Kinder an Raststätten vergessen? Oder sogar ihre Haustiere?«

Ihre Hände krampften sich ums Lenkrad. Sie atmete tief ein und hörbar wieder aus.

»Ich werde dich nicht aussetzen. Es war doch *deine* Idee, hier rauszufahren!«

»Ich kann das nicht. Bitte, ich brauche eine richtige Toilette!«

Ihre Nasenflügel blähten sich, ein sicheres Indiz, dass sie wütend wurde.

»Ich hab drei verfluchte Tage in deinem Kellerloch gesessen, und dich hat's einen Dreck interessiert, was …«

»Ja, aber da hatten wir auch noch ein anderes Verhältnis«, unterbrach ich sie.

»Ach ja? Und was sind wir jetzt? *Freundinnen?!*«, fragte sie böse zurück.

Auf der Rückbank gab Frieda ein leises Wimmern von sich. Sie hatte ganz offenbar genug von Streit unter Frauen.

»Wir sind … Komplizinnen. Wir lassen einander nicht im Stich. Wir sind quasi … vom Schicksal zusammengeschweißt.«

Woher ich diese Formulierung nahm, war mir unklar. Nicht von der Frau, die ich für meine Mutter gehalten hatte. Sollte ich doch mal aus Versehen in eine ZDF-Serie hineingeschaut haben?

»Okay, Bärbel, okay, okay, okay«, sagte Bambi jetzt.

Wenn sie mich in diesem Ton Bärbel nannte, war sie

meist am Ende ihrer Geduld angelangt. Sie zog den Autoschlüssel ab und gab ihn mir.

»Du gehst jetzt pinkeln. Dann fahren wir zum Bahnhof, und unsere Wege trennen sich. Einverstanden?«

»Moment noch«, murmelte ich.

Ich nestelte in meiner Handtasche. Da waren die Papiertaschentücher. Und das Fläschchen, das ich in Beate Hahns beeindruckender Hausapotheke entdeckt hatte. Von chemischen Verbindungen hatte die Dame auf jeden Fall mehr verstanden als von menschlichen, so viel stand fest.

Bambi griff nach Frau Hahns halbvollen Päckchen Zigaretten, während ich mich meines Gurts entledigte. Ich nahm meine Handtasche, ließ den Autoschlüssel hineinfallen und stieg aus. Bambi zündete sich eine Zigarette an.

»Du rauchst?«, fragte ich durch die offene Beifahrertür.

»Gelegentlich«, antwortete sie.

»Dann mach bitte dein Fenster auf, es regnet ja kaum noch«, beschied ich ihr. Ich wartete ihre Antwort nicht ab, schloss die Beifahrertür, leinte Frieda ab und ging Richtung Gebüsch.

Ich blickte mich noch einmal um. Bambi saß hinter dem Steuer und inhalierte tief, der Rauch ihrer Zigarette mäanderte durch das weitgeöffnete Fenster, sie blickte mir nicht nach, sondern starrte blicklos in die Ferne. Gut.

MIT JEDEM KILOMETER wurde es besser. Der Mut der Verzweiflung ist der beste Fahrlehrer, dachte ich. Ein Merkspruch, den ich in diesem Moment erfunden hatte. Na ja, er basierte wohl auf dem Spruch *Hunger ist der beste Koch*, aber war dennoch originell, fand ich.

Ich hatte jeden Handgriff Bambis beobachtet und wusste deshalb in etwa, wie das Fahrzeug zu öffnen, zu schließen und anzulassen war. Gas, Bremse und Automatikschaltung beherrschte ich ja bereits. Die ersten Fahrversuche hatte ich auf dem leeren Autobahnrastplatz unternommen. Eine ganz passable Übungsstrecke, entschied ich. Ich würgte mehrfach den Motor ab, fuhr an wie ein bockender Esel, gab zu wenig und dann zu viel Gas, aber nach und nach wurde ich zuversichtlicher, die vielen Pferdestärken bändigen zu können. Wahrscheinlich reichte es noch nicht für die Autobahn, aber dank der wunderbaren Erfindung des Navigationsgerätes würde ich mich erst mal auf Landstraßen ausprobieren können. Ich hatte Aachen Rothe Erde und Brüssel gelöscht und Mildenau als Zielort eingegeben. Das Gerät meldete, dass die Entfernung 628 Kilometer betrage. Ich gedachte, diese Strecke in den nächsten zwölf bis fünfzehn Stunden zu bewältigen. Ich durfte nur keinen Unfall bauen oder in eine Polizeikontrolle geraten. Aber ich vertraute dem Schicksal; bei dem ganzen Pech, das ich in den letzten zehn Tagen gehabt hatte, müsste es mit dem Teufel zugehen, wenn ich jetzt noch scheitern würde. Und den Teufel gab es bekanntlich ebenso wenig wie Gott.

Bambi lag auf dem Rücksitz und schlief wie ein Baby. Frieda hatte sich zu ihren Füßen eingekuschelt. Ich hatte eine karierte Wolldecke, die im Kofferraum lag, über Bambi gebreitet, damit sie nicht gesehen wurde, es könnte ja beispielsweise ein Fernfahrer von seinem erhöhten Sitz aus in unser Auto schauen und auf dumme Gedanken kommen.

Auch wenn mir reichlich mulmig zumute war, als ich mich schließlich vom Parkplatz auf die Autobahn wagte, um an der erstbesten Abfahrt auf die Landstraße zu wechseln, war ich froh, nicht allein in einem Zug mit fremden Leuten zu sitzen. So fühlte es sich richtiger an.

Wenn Bambi aufwachte, würde sie sehr verärgert sein, das war mir klar. Aber ich hoffte, dass ich ihr begreiflich machen könnte, dass es so viel besser für uns beide war. Und wenn nicht, würde ich sie eben noch mal betäuben müssen.

Das Chloroform, das ich in Beate Hahns Badezimmerschränkchen gefunden hatte – Gott weiß, was sie damit vorgehabt oder gar schon unternommen hatte –, hatte nicht so schnell gewirkt, wie ich gehofft hatte. Ich musste meine ganze Kraft aufbringen, um Bambi, die ich von hinten durch das offene Fenster gepackt und der ich dann die chloroformgetränkten Papiertaschentücher auf Nase und Mund gedrückt hatte, so lange im

Zaum zu halten, bis die Chemikalie zu wirken begann. Sie hatte sich heftig gewehrt, aber der Gurt, das Steuer und die brennende Zigarette behinderten sie, und so wurde nach ungefähr einer Minute ihr Körper schlaff, und sie rutschte halb vom Sitz. Sicherheitshalber drückte ich ihr die Tücher noch eine weitere Minute auf Mund und Nase, bis ich überzeugt war, dass sie ausreichend narkotisiert war.

In ungefähr hundertfünfzig Kilometern würde ich tanken müssen, wenn Bambis Aussage, der Sprit würde noch locker bis Brüssel reichen, zutreffend gewesen war. Es war bereits dunkel, und der Regen würde bald wieder einsetzen, wenn ich die wild treibenden schwarzen Wolken richtig deutete. Ich würde auf eine große Tankstelle fahren und dort irgendeinen Angestellten oder Kunden bitten, den Tank für mich zu befüllen. Als Grund gedachte ich eine Handverletzung zu simulieren. Ich hatte bereits einen Mullverband aus dem Verbandskasten, der ebenfalls im Kofferraum gelegen hatte, genommen und um meine rechte Hand gewickelt. Ich war zuversichtlich, dass man mir helfen würde. Dann würde ich genau beobachten, wie man tankte und es fürderhin selber erledigen. Die Kameras, von denen Bambi gesprochen hatte, fürchtete ich nicht; solange es dunkel war und regnete, konnte ich mich in meinem Popelinemantel vermummen. Niemand würde mich erkennen. Außerdem konnte ich mich an der Tankstelle auch mit ausreichend Proviant für ein, zwei Tage eindecken. Danach würde man weitersehen.

Mein Magen knurrte wieder laut und vernehmlich, aber ich ignorierte es. Wundersamerweise war ich trotz des nagenden Hungergefühls so gut gelaunt wie seit langem nicht mehr. Bärbel auf großer Fahrt! Wer hätte das je gedacht!

Ich lächelte.

Karin würde einen Schlag bekommen, wenn sie in ihre Wohnung zurückkam. Sie würde auf der Stelle die Polizei, die Feuerwehr, die Nachbarn, den Pfarrer und die GSG 9 rufen. Und wahrscheinlich einen Krankenwagen für Beate Hahn. Was die wohl den Beamten für eine Mär auftischen würde, wenn sie wieder sprechen konnte? Wie wollte sie erklären, was sie in Karins Wohnung zu suchen gehabt hatte? Und wen würde sie als Schuldigen für ihren Zustand benennen?

Ich glaubte nicht, dass sie den Beamten von Bambi und mir erzählen würde. Zu groß war die Gefahr, dass sie dann selbst in den Fokus der Ermittlungen geriet. Solange niemand Leas Leiche fand, war sie sicher, und jeder Tag, der verstrich, ohne dass jemand das Auto samt seinem mittlerweile vermutlich halb flüssigen Inhalt entdeckte, machte es unwahrscheinlicher, dass es überhaupt in absehbarer Zeit gefunden wurde. Kommissar Lichtblau hatte schließlich keinen Grund, den Radius seiner Untersuchungen noch mehr zu erweitern, er wusste ja nichts von Lea, ihrer Verbindung zu den Wonnemuths oder gar ihrem Verschwinden. Wahrscheinlich würde Liberty behaupten, es seien Einbrecher gewesen, die von ihr auf frischer Tat ertappt worden seien und die sie dann überwältigt hätten. Natürlich war die ganze Wohnung übersät mit Bambis und meinen Fingerabdrücken, aber würde die Polizei einem Wohnungseinbruch mit marginalem Personenschaden so viel Aufmerksamkeit widmen, dass sie ein Spurensicherungsteam dorthin schickte? Insofern war es wirklich von Vorteil, dass wir Liberty hatten leben lassen. Bei einer Leiche wäre automatisch das forensische Vollprogramm gestartet worden, nahm ich an. Aber wir waren ja auch keine Mörderinnen, Bambi und ich, jedenfalls nicht im eigentlichen Sinne. Wir hatten uns immer nur *verteidigt* gegen eine Welt, die uns Böses wollte.

Ich glaubte auch nicht, dass man eine Verbindung zwischen Liberty und dem MAMIL herstellen würde. Sie hatte uns selbst erzählt, dass sie Bambis Gatten seit Jahren nicht mehr gesehen hatte. Wer würde auf den Gedanken kommen, dass eine seiner früheren Redakteurinnen in die Sache verwickelt war? Niemand, und die Riesin war die Letzte, die Kommissar Lichtblau selbst auf diese Spur setzen würde.

Sicher, Karin würde Lea sehr bald als vermisst melden. Aber es verschwanden täglich junge, volljährige Frauen auf Nimmerwiedersehen, die Polizei würde sich daher erst mal nicht sonderlich anstrengen. Und selbst wenn sie nach ihr fahnden würden – dank Leas Geheimniskrämerei würden sie schwerlich eine Spur finden.

Ich würde bei unserem Plan bleiben und der Polizei einen Brief schreiben, in dem ich den Mord am MAMIL und den an Bambi gestand und meinen Selbstmord ankündigte. Und damit war für mich die Angelegenheit bis auf weiteres erledigt.

Im Fond schmatzte Frieda im Schlaf. Bestimmt war sie auch hungrig, das bisschen Blut aus Beate Hahns Hinterkopf füllte keinen Hundemagen auf lange Sicht.

Wieder schmunzelte ich und begann, mir unsere Zukunft auszumalen, während der BMW souverän auf der regennassen und wenig befahrenen Landstraße Richtung Frankfurt dahinglitt. Ein *gutes* Auto! Ich nahm mir vor, auch einen BMW anzuschaffen, denn wir würden ein neues Auto brauchen, wenn wir erst mal in Mildenau waren.

Hatte Bambi erst mal eingesehen, dass es keinen Grund gab, allzu lange zu schmollen, würde eine neue Zeit für uns beide anbrechen. Zusammen hatten wir reichlich Geld, um die ersten Monate, vielleicht sogar die ersten anderthalb, zwei Jahre zu überstehen. Wenn wir vorsichtig waren, keine Bekanntschaften schlossen und für uns blieben, hatten wir eine reelle Chance. Und dann würden wir zusammen nach meiner Mutter suchen. Ich stellte mir vor, was die für Augen machen würde, wenn wir uns das erste Mal trafen. Das sonnengelbe Kleid … Die Negerpüpp … Dinge, die sie geliebt und zurückgelassen hatte. Zu schade, dass sie jetzt für immer verloren waren, aber ich würde ihr davon erzählen. Wir würden zu dritt Tatar essen, Anislikör trinken und Fernsehen schauen.

Ich blickte durch das Glasdach nach oben. Die Wolken waren kurz aufgerissen und gaben den Blick frei auf eine schmale weiße und absolut korrekt hängende Mondsichel, die mich anzulachen schien.

Ich lachte laut zurück.

DANK

Als Erstes bedanke ich mich bei Iris Kirschenhofer vom Fischer Verlag, die mich immer wieder aufs Neue motiviert hat, endlich einen Roman zu schreiben. Ohne sie hätte sich Bärbel ganz sicher niemals in die Öffentlichkeit gewagt.

Enge Freunde haben das Manuskript während verschiedener Stadien gelesen und mich beim Schreiben bestärkt, allen voran Sylke, Thomas, Roland, Katrin und Bernd.

Mein Dank gebührt aber auch den Freunden, die mein Gejammer ertragen haben und/oder hilfreiche Hinweise gaben wie Walter, Andi, Franzi, Torsten, Karin und Gerlis. Und ganz besonders bedanke ich mich auch bei Sascha, der in jeder Hinsicht der beste Agent ist, den ich mir vorstellen kann.

Paula, Pia, Snob, Ben, Frieda, Mia, Heidi und Pepi haben mich über die Jahre auf langen Spaziergängen manchmal zur Verzweiflung gebracht, aber immer wieder inspiriert – Hunde sind einfach wunderbar.

Ich bedanke mich bei Julia Schade und allen anderen Leuten vom Fischer Verlag, die mich unterstützt und Bärbel möglich gemacht haben.

Niemals genug danken kann ich meinen Eltern Inge und Paul für ihre Liebe. Und ihre an mich großzügig weitervererbten Macken.

Und zuletzt gebührt ein großes Dankeschön den diversen Menschen aus meiner Vergangenheit, von denen ich den ein oder anderen pathologischen Charakterzug für meine Figuren entliehen habe, und ja, einige der Vornamen beginnen mit B, enden aber nur in einem Fall auf -ärbel.

Orkun Ertener
Lebt
Roman
Band 19651

»Einen spannenderen Thriller aus deutschen Landen habe ich lange nicht, nein: eigentlich noch nie gelesen.«
Jochen Vogt, Westdeutsche Allgemeine

Der Ghostwriter Can Evinman findet heraus, dass seine Identität eine einzige Lüge ist. Die Suche nach der Wahrheit führt ihn von Thessaloniki über Istanbul, Berlin, London bis nach Marseille. Und lässt ihn auf eine ungeheuerliche geschichtliche Begebenheit stoßen. Aber wie weit ist er bereit zu gehen? Will er wirklich alles in Gefahr bringen, was ihm lieb ist? Seine Familie. Seine Freunde. Sein eigenes Leben.

Das gesamte Programm gibt es unter
www.fischerverlage.de

fi 19651 / 1